THE GAME MUST BE FOUL OF

1/14

必须犯规的游戏 II

宁航一 著

NINGHANGYI WORKS

江苏凤凰文艺出版社
JIANGSU PHOENIX LITERATURE AND ART PUBLISHING, LTD

图书在版编目（CIP）数据

必须犯规的游戏. 2 / 宁航一著. -- 南京 : 江苏凤凰文艺出版社, 2019.11
ISBN 978-7-5594-3660-3

Ⅰ. ①必… Ⅱ. ①宁… Ⅲ. ①长篇小说 - 中国 - 当代
Ⅳ. ① I247.5

中国版本图书馆 CIP 数据核字 (2019) 第 075214 号

必须犯规的游戏. 2

宁航一 著

责任编辑	张　倩　王　青
特约编辑	李　彤
装帧设计	46 设计
出版发行	江苏凤凰文艺出版社
	南京市中央路 165 号，邮编：210009
网　　址	http://www.jswenyi.com
印　　刷	河北鹏润印刷有限公司
开　　本	700mm × 980mm　1/16
印　　张	19
字　　数	287 千字
版　　次	2019 年 11 月第 1 版　2019 年 11 月第 1 次印刷
书　　号	ISBN 978-7-5594-3660-3
定　　价	48.00 元

目录

CATALOGUE

楔子

南天半倚在床上，双手枕在脑后，眼睛望着灰白色、没有任何装饰的天花板，心中暗暗吃惊。

令他感到惊讶的，有两件事。

第一是，从进入（准确地说是被“带入”）这个封闭空间的那一天起到现在，短短不到四天的时间，他由于周遭的诸种暗示或启发而迸射出来的创作灵感，居然比以往一两年中所产生的还要多。他现在所处的这个特殊环境，简直像一台提供恐怖悬疑小说灵感的机器——各种故事构思就像打印机出口处的文件一样不断产生，要求他用大脑来接住。南天觉得自己的头脑都快装不下了，往往是一个故事还没想完，另一个故事的框架又悄然生成，令他应接不暇。还好，他身边有一支笔和一沓纸，允许他将冒出来的所有构思都记录下来——

一对年轻夫妇，彼此十分恩爱，妻子每天晚上都和丈夫相拥而眠。但一场意外事故后，妻子的脸被彻底毁容。任何先进的医疗技术都无法使她再拥有以前那张美丽的脸。妻子的心变得和脸一样扭曲，她偏执地要丈夫每天晚上必须看着她的脸入睡——以此证明丈夫还像以前一样爱她。丈夫因此噩梦连连，却选择默默忍受。一段时间后，丈夫渐渐发现，妻子的脸竟然在产生着某种不可思议的变化……

几个年轻人约好去一栋传说中闹鬼的老房子探险，并带上了摄像机。在黑暗的“鬼屋”待了一阵后，有人故意开玩笑，假装看到了鬼魂。几个人狂奔出去，却发现打开着的摄像机留在了那里。没人敢回去取，只有等到第二天上午去拿。结果，取回摄像机的那个人，发现摄像机无意间记录下了一些恐怖的事情……

男主角的家人在家中遭到谋杀，全部遇害，目击命案的只有家中的一只黑猫。警察对破案毫无头绪。男主角悲痛之余，突然想到一个疯狂而离奇的方法，打算利用这只猫来探知真相……

…………

将所有故事构思都记录下来后，南天吐出一口气。他审视一遍，发现这些框架每一个扩展开来，都是一个好故事。作为**最后一天晚上讲故事的人**，南天认为自己还是有某些优势的——他可以在之前构思许多个故事，最后选择一个和前面绝不雷同的讲出来。

南天望着手中的笔和纸，忽然想到——这些东西，会不会是那个“主办者”故意准备给他们，做此用途的？难道说，那个主办者早就预料到会有这样的状况？

想到那个神秘的“主办者”，南天心中一阵战栗——这究竟是一个什么样的人呢？他和另外12个人一起面对的，到底是一个怎样的可怕对手？

这个人能将13个悬疑作家（其中还包括了克里斯、荒木舟、白鲸、歌特这样的名人）神不知鬼不觉地“弄”到这样一所荒废的监狱中，非法拘禁起来。还要这些人以他（她）制定的规则来玩一个残忍的“游戏”。他（她）对自己邀请的客人了如指掌，对他（她）自己更是充满信心——他（她）明目张胆地告知众人，他（她）就在14个人之中；更扬言如果最后胜出游戏的人就是他（她）自己，那其他的人就一个都别想活着离开。这个人胆大妄为、目无法纪，疯狂的举动背后，却透露出无比的冷静和狡黠——否则的话，他们怎么会直到现在还分辨不出这个隐藏在他们身边，每天就出现在众人眼皮子底下的“主办者”究竟是谁？他的真正目的是什么？一切都是个谜。

更可怕的是，这个人所制定的那个“游戏规则”——**后面的故事绝不能和前面的故事有任何构思上的相似或剧情上的雷同**。这条规则看起来不难做到，但实际情况是：目前讲了故事的前三个人——尉迟成、徐文和夏侯申——竟然无一例外地违反了这个规则！并且，每个人都是以根本无法想象的方式犯了规！第一天晚上讲故事的尉迟成已经变成了一具冷冰冰的尸体，以这种恐怖的方式“出局”了——余下两个犯规的人，虽然目前还活着，但不用想也知道，他们会紧张恐惧成什么样。

通过目前发生的所有事情来看，这个神秘的主办者，如果不是一个拥有超能力或鬼神般魔力的人，那就必然是一个具有高智商、无比缜密的心思和残忍性格的危险角色。不管是南天还是另外那12个悬疑小说作家，这个主办者都将是他们一生中最强劲的对手，是他们生命中最大的挑战。

想到这里，南天竟然暗自兴奋，甚至热血沸腾——这是他感到惊讶的第二件事。按理说，以他现在这样的状况，情绪中更多的应该是恐惧、压抑和无奈才对，但为什么——这点他自己都想不通——他更多的是激动、兴奋，甚至……还有些许期待呢？

其他人会不会也有这种情绪，还是只有我才是这样？南天不得而知。但不论如何，这个具有无比挑战性和刺激性的游戏，我一定会尽全力的，我要赢——他暗自发狠——不仅是为了离开这里，逃出生天，也为了证明自己。他又看了一眼那些记录在纸上的故事构思——也为了这些绝妙的故事，为了我的智慧和才华。

他想得入神，连叩门的声音都没能干扰到他的思绪，直到那人加大力度，他才发现有人敲门。

“是谁？”南天警觉地问道，站了起来。

“我，龙马。”

南天判断了一下，的确是龙马的声音，他将房门打开。

“到吃晚饭的时间了。”龙马站在门口说，“咱们到大厅去集合一下吧。”

南天看了一眼手腕上的电子表，现在差十分钟到六点，他心中咯噔一下——**那个“游戏”的时刻又要到了**。今天晚上轮到谁？

“今天我们要早一点儿下去。”龙马说。

“为什么？”

龙马望着南天：“你忘了吗？‘谜梦’这个故事现在还没评出分数来呢。”

南天“唔”了一声。他想起来了，今天早上他们聚集在一起，本来打算给夏侯申昨晚讲的这个故事打分，却发生了令人意想不到的惊悚事件（*参见第一季《必须犯规的游戏》）……之后，夏侯申失魂落魄地回到自己的房间，屋门紧闭。其余的人也被阴云笼罩，暂时没有提到评分这件事。现在过了几个小时后，大家似乎稍微平息了一些，意识到不管怎样，游戏还是要继续进行下去的。他们没有选择，一开始就没有。

南天走出房门，从二楼往下俯视，一楼大厅里，已经聚集了八九个人。令他感到诧异的是——之前宣布不继续参加游戏的徐文竟然也在下面，而且提前坐在了自己的位置上。

南天感到好奇：“徐文先生不是说他不想参加了吗？怎么又下来了？”

龙马说：“想想看吧，他昨晚没有下来听夏侯申讲那个‘谜梦’，结果就为自己惹上了麻烦，陷入不利局面。他显然是不想再引起任何怀疑和误会了，只有继续参加。”

“这是个无法逃避的游戏。”南天叹息道，“没人能全身而退。”

两个人顺着楼梯走到一楼，之后千秋和暗火也从楼上下来。目前剩下的13个人再次聚齐了。大家好像还沉浸在早晨的惊恐和紧张气氛中，彼此之间都没怎么说话。各人默默地到柜子那里去拿了些东西吃，作为晚饭。

南天只拿了一袋面包和一瓶纯净水，他只想把肚子填饱就够了。刚咬了几口面包，纱嘉向他走过来，手中托着一听打开了的沙丁鱼罐头，对南天说：“来点儿鱼肉吧。”

“谢谢。”南天礼貌地说，并没有接过鱼肉罐头，“我吃面包就行了。”

“这样会没营养的。”

这种时候谁还顾得上营养这样的问题？南天苦笑了一下，然后指着背对着他们、蹲在角落的夏侯申说：“我没问题的。倒是夏侯申先生更值得担心。你看，他什么吃的都没拿，只喝了点儿水。看起来一点儿食欲都没有的样子。纱嘉，你不如劝他把这听罐头给吃了吧。”

纱嘉执着地托着沙丁鱼罐头，显得有些不悦：“我管不了所有的人……我，希望你把它吃了。”

南天不是木头，其实他之前也有所发觉，纱嘉似乎对自己有些好感，总是格外照顾自己。他看到纱嘉坚持要他吃这罐头，也就不再推托了，接了过来，说了声：“好吧，谢谢。”

纱嘉满意地转身走了。她嘴上说顾不了所有的人，还是去柜子里拿了一些食物，走到夏侯申身旁去。但夏侯申婉拒了，看来早上的事情对他的打击非同小可。

南天一边吃东西，一边暗中观察着大厅里的每一个人。**主办者就在其中，就在眼前！**此刻正和他们一起若无其事地吃着东西！一想到这个，南天就感到心痒难耐，却又无能为力。

大概六点二十分的时候，大家进餐完毕，陆续坐到了大厅里的那一圈皮椅上，位置和之前一样，似乎每个人的座位已经固定下来了。

荒木舟清了清嗓子，说：“在今晚的故事开讲之前，我们先为昨晚夏侯申讲的那个‘谜梦’打分吧。至于我们之前探讨的，关于这个故事真实性的问题，我想也没有必要再追究了。认为是真的，就当作是真的；不相信的，就当作虚构的故事来打分好了。”他望向旁边的中年男人：“夏侯申先生，你没意见吧？”

“随便你们吧。”夏侯申有气无力地说。看得出来，他对于自己所得的分数已经不那么关心了。他现在最在意的不是自己能不能赢，而是能不能活——活着离开这里。

“那好吧，我们现在就开始打分。”荒木舟说。

和前几次一样，还是北斗到柜子里去拿出一把签字笔和一沓白纸，挨个儿分发给众人。由于龙马将“谜梦”这个故事转述给了昨晚没有到场的徐文听，所以他也参与了打分。

12个悬疑小说作家所打的分数最后由龙马和北斗负责统计。众目睽睽之下，他们计算出了夏侯申所讲的“谜梦”最后的平均分——8.4分。

夏侯申闷哼了一声，显然是对于这个结果不甚满意，但也没有多说什么。

南天在一张纸上默默记下了目前三个人的得分——

第一天晚上　尉迟成（已经死亡）：8.8分

第二天晚上　徐文：8.7分

第三天晚上　夏侯申：8.4分

接近七点钟的时候，大家的目光都投向了今天晚上要讲故事的人——莱克。

莱克此时眉头紧锁，脸色发白，显得有些紧张和焦虑——这也难怪，前面讲故事的三个人无一例外地违反了“游戏规则”。他又怎能保持从容不迫呢？

白鲸看到莱克一副心神不定的样子，不禁替他担心，问道：“莱克，你想好故事了吗？”

莱克抬起头来望着白鲸。所有人也在同时望着他。莱克将众人扫视一遍，说出了令人感到意外的话：**“我……还没有想好。”**

“什么？”龙马大吃一惊，他看了一下手表，“还差五分钟就到七点钟了，你还没准备好要讲什么故事？”

“你不会是想弃权吧？”荒木舟瞪着他问。

“不，我不是这个意思。”莱克下颌收紧，显得有些迟疑，“我准备了一个故事……我说没想好的意思是——这个故事的结局，包括中间的一些情节，我都没有完全预想好。只能一会儿开始讲之后，再将它即兴创作和补充完……”

他说的话令在场的人都为之愕然。长相英俊的“偶像作家”歌特将他细长的手指放到唇边，担忧地问道：“你就不怕即兴创作的话，中间会出现瓶颈或破绽，最后难以自圆其说吗？”

莱克没有说话，嘴唇咬得更紧了。

“算了，我们别给莱克制造压力了。”北斗用同情的口吻说，“想想看，要在这么短的时间内构思出一个精彩的悬疑故事，还要保证不与之前的故事重复，这本来就是件很有难度的事。换成是我也有可能想不完整。莱克，你别慌，慢慢把故事讲清楚，尽量发挥好些就行了。”

北斗说到这里，坐在他斜对面的克里斯“扑哧”一声笑了出来。大家的目光都聚集在他身上。

千秋以一种妩媚的声调问道："小天才，你笑什么？"

克里斯脸上挂着一丝精明的浅笑："你们以为莱克是没有能力将故事构思完整吗？那也未免太天真了吧。"

大家都愣了一下，包括莱克本人。纱嘉纳闷地问道："那你的意思是什么？他故意不把故事想完整？"

克里斯盯着莱克，问道："你说呢，莱克？我猜得对吗？"

莱克压低眼神，嘴唇微张，直视着克里斯，没有说话。

北斗觉得他们好像在打哑谜，令他大惑不解，不禁问道："到底什么意思啊？你们能不能说明白？莱克为什么要故意不把故事想完整？这样做有什么意义吗？"

克里斯见莱克没有说话，便开口道："让我来说明一下吧——之前讲故事的三个人，都是事先将故事全部想好了的。但他们在讲完故事后，却发现在此之前身边已经发生了和自己所讲故事类似的事。"

说到这里，夏侯申和徐文同时打了个冷噤，他们瞪大眼睛望着克里斯，显得惊恐无比。

18岁的天才男孩继续说道："所以，莱克想出了一个方法，那就是——**连他自己本人都不知道所讲故事的一些具体情节和结局！**这样的话，恐怕连神仙都难以猜到他的想法了！他认为，只有用这种方法，才能避免故事和现实经历的事出现雷同！"

在场的人被克里斯的这番解释震惊得许久没说出话来。沉寂良久后，歌特骇异地问道："照你这样说，即便是我们在心中设想的东西，也有可能会泄露出来？如果真是这样的话，这个'主办者'到底是何方神圣？"

这个问题没人能回答。北斗急切地问了另一个问题："莱克，你真是这样想的吗？"

莱克不再隐藏内心的想法了，他承认道："没错，我就是这样打算的。"他有些佩服地望着克里斯："不愧是智商150以上的天才少年，竟然连我的这种心思都能被你洞察到。"

“过奖了。**你能想出这样的方法，并且有胆量和能力做这种挑战，证明你也不是普通人。**”克里斯的话颇有些意味深长，“如果不是因为这个，大概我们都不会发现，一直默默无闻的你，其实并不是个平庸之辈吧。”

谁都听出了克里斯话中强烈的暗示性，众人怀疑的目光像聚光灯一样射向莱克。莱克立刻变得不自然起来，他不安地扭动着身子，眼睛不敢望向任何一个人：“你这么说……是什么意思？你该不会怀疑我是……”

这时，突然有人将话锋一转，直指克里斯：“为什么你这么了解莱克呢，克里斯？**你和他只不过在一起待了三天而已，怎么会猜得透他心中的想法？**”

说话的人是南天。

克里斯为之一愣，他显然没想到状况竟然逆转得如此之快，现在众人的目光又集中在他身上了。但他并没有表现出窘迫，而是平静地回答道：“这不奇怪，我以前看过莱克写的一本书，名字叫作《暗尘》。当时我就知道，这个作者一定不简单，不是那种泛泛之辈。”

“为什么你一开始不说呢？”南天问，“你为什么不告诉莱克，你以前看过他的书？”

“有这种必要吗？”克里斯反问道，“我为什么非要说出来不可？”

“你看过我们这里其他作者的书吗？”荒木舟眯起眼睛，以一种审讯的口吻问道，**“你对我们是不是都很了解？”**

克里斯摇了摇头，淡淡一笑：“真没想到，居然审问到我头上来了。诸位当中很多都是有名气和影响力的著名作家。我看过你们写的书，这很奇怪吗？想必你们也彼此看过对方的作品吧。如果以这一点作为判断‘主办者’的理由，未免太牵强了。”

“克里斯，其实我只是问你为什么会这么了解莱克，没说怀疑你是主办者，你不用这么敏感呀。”南天说。

克里斯耸了耸肩膀：“但荒木舟先生好像有这个意思，我只有解释一下了。”

这时，龙马看了一下手表，提醒道：“已经七点过五分了，不管怎么样，先听莱克讲他的故事吧。”

“你有把握吗？”暗火问道。

“我相信自己的能力。”莱克说，“不瞒你们说，我从小就有即兴创作故事的能力。就算让我临时编一个，我也不会觉得为难。况且这个故事我多少还是构思了一下的，是一个恐怖气息浓重的悬疑故事，相信不会让你们失望。”

克里斯的嘴角掠过一丝难以捉摸的浅笑。

莱克开始讲了：

“这个故事的名字叫作**‘灵媒’**。”

（*每个人所讲的故事与后面发生的事均有重大关系。）

第四天晚上的故事——灵媒

“……现在想起来，其实我从一开始就已经意识到不对劲了。只是当时没有引起重视，也根本不可能想到，这小小的‘不对劲’，竟然会是后面那一连串恐怖事件的开端。”

（季宁日记）

一、第一天（上午）

母亲在厨房里做着午饭，门铃响的时候，她正切着猪肉，满手油腻，只有朝儿子的房间喊道：“季宁，你去开一下门！”

下学期读高三的季宁正享受着暑假难得的清闲，他有些不耐烦地叹了口气，跟网上视频聊天的对象说了声“等一下”，然后站起来，走到客厅把门打开。

一个清脆的声音和门口的小家伙一齐跳了进来：“季宁表哥！”

季宁愣了一下，随即哈哈笑道：“豆豆！”

“什么，豆豆来了？”母亲用一块帕子擦了擦手，从厨房走出来。小家伙看到她后，大声叫道：“姨妈！”

“哎，豆豆乖。”季宁妈妈冲着侄儿笑了笑，眼睛望向门口，“你妈妈呢？在后面？”

豆豆朝客厅走去，把他随身背着的一个包解下来，放在沙发上："妈妈没来，是我一个人来的！"

"什么？"季宁的妈妈惊讶地张大了嘴，"你一个人来的？不会吧？"

一边说，她一边走到门口，朝外面张望着，确实没看见豆豆的妈妈。她满脸狐疑地走到客厅，问7岁大的侄儿："豆豆，这到底是怎么回事？"

"姨妈，我渴死了，你倒杯水给我喝吧。"豆豆吐着舌头说。

季宁和妈妈这才看到小家伙一脸通红、满头大汗，显然是在这大热的天从车站直接走过来的。妈妈赶紧去拿杯子倒水，季宁说了声"不用了"，直接从冰箱里拿出一听可乐，递给豆豆。豆豆揭开可乐盖，咕噜咕噜一口气喝了个精光，用手背一抹嘴："真爽！"

季宁妈妈蹲在豆豆面前，带着疑惑和焦虑的口吻问道："豆豆，你告诉姨妈，你怎么会一个人来呢？不会是家里出什么事了吧？"

豆豆不以为然地说："没有啊，妈妈说我现在长大了，可以一个人坐车到城里来，她把我送上车之后就回去了。"

季宁的妈妈怀疑地看着他："是吗？就算是这样，她总该事先跟我打个电话吧？"

季宁说："妈，你现在打电话问问小姨吧。"

"你小姨家没有电话，只能打到村委会的传达室去，请他们帮忙叫一下，怪麻烦的。"妈妈皱着眉说。停顿片刻，又自言自语道："不过必须打电话问问清楚。"说着走到客厅的座机旁边，按了一串数字。

豆豆拉着季宁的手，两眼放光："表哥，你的电脑上又安装什么新游戏没有？"

季宁用手指刮了一下表弟的鼻子："就知道你想着这个，走吧，到我房间来。"

"好嘞！"豆豆像泥鳅一样从沙发上滑下来，拍着手冲向表哥的房间。

季宁想起自己还正在跟人网上视频聊天，于是抢先走到电脑前去，跟视频中的人说了声"下次再聊"，然后把聊天工具关了，指着电脑桌面上的几个图标："这些都是新安装的游戏，你自己看喜欢玩什么吧。"

"太好了！"豆豆用鼠标点开其中一个游戏，立刻沉迷其中。

季宁坐在一旁看豆豆玩，不时教他一下。过了十几分钟，妈妈走到房间门口，冲他招了下手，低声道："季宁，你过来一下。"

母子俩走到饭厅，季宁看见妈妈蹙着眉头，小声问道："怎么了，找到小姨了吗？不会真出什么事了吧？"

"你小姨来接了电话，我问了她，她也说是想锻炼一下豆豆的独立能力，就让他一个人坐公交车到我们这里来。但是……"妈妈迟疑道，"我总觉得有点不对劲……"

"怎么不对劲？"

妈妈望了一眼季宁房间里的豆豆，压低声音："你小姨家的情况你又不是不知道，豆豆从小跟他妈妈相依为命，你小姨把他看得比什么都重要。以前来城里玩，就连逛个街你小姨都一刻不停地牵着豆豆的手，生怕他跑丢了，或者是出点什么意外——可这次，她竟然放心让豆豆一个人来，这不是很奇怪吗？"

妈妈这番话让季宁感到这事确实有几分不寻常，也令他再次想起了小姨那不幸的遭遇。

小姨住在老家的乡村里，23岁那年和小姨夫结了婚。他们俩都没什么钱，靠微薄的收入维持这个家，但这却丝毫不影响他们拥有比谁都多的快乐和幸福。儿子降临之后，这个温暖的小巢更是美满。但谁都想不到，在豆豆快满一岁的时候，却发生了怪事——小姨夫在某一天莫名其妙地"消失"了。小姨把全村甚至全县都找了个遍，却是一无所获。小姨夫就像是露珠一样蒸发了——这起神秘的失踪案，直到现在都是个谜。

之后——小姨几乎想浪迹天涯，把整个世界都寻个遍。但最终，为了儿子——她活着仅存的意义——她妥协了，没有再浪费时间精力去进行那无意义的寻找。但谁都知道，在小姨的生命里，她每一天，乃至每一分每一秒，都在盼望着奇迹出现——有一天，她心爱的丈夫会出现在门口，回到她身边——但这一盼，换来的却是整整六年的失望。

想到这里，季宁觉得鼻子有些发酸。他望向妈妈，发现妈妈也是神情哀切，显然也跟他一样陷入了往事。季宁深呼吸一口："妈，那你觉得这是怎么回事？"

妈妈神思惘然地晃了晃脑袋，好几秒后，才像是从那酸楚的回忆中走出来：“我不知道，我就是觉得有点怪怪的。”

季宁安慰母亲：“也许我们想多了。毕竟豆豆现在都7岁了，小姨可能真的是想锻炼一下他。我看过一个电视节目，让4岁的小孩单独坐飞机到另一个城市去找父母呢——相比起来，这就不算什么了。”

“也许吧。”妈妈微微点头，舒了口气，“好了，我去加两个菜，多做几样好吃的。你让豆豆到卫生间去洗个澡，然后带他到楼上见你外婆——豆豆来了，她肯定高兴。”

季宁点了下头，朝自己房间走去。

二、第一天（中午）

豆豆洗完澡后，季宁带着他上楼。

季宁的家是半跃层的，楼上楼下加起来一共180平方米，算是套大房子。季宁住楼下，二楼的两间卧室分别是爸妈的房间和外婆的房间。外婆已经70岁了，两年前得了轻度偏瘫，下半身的一条腿无法行动，平时几乎都躺在床上，想出去活动的时候只能用拐杖或坐轮椅。季宁跟外婆的感情很好，在他的记忆中，从小到大外婆一直都很疼自己——当然，也疼爱豆豆这个机灵的小外孙。

“外婆！外婆！”豆豆一路叫着跑到外婆的床前，就像条撒欢的小狗。

“哟，这不是豆豆吗！什么时候来的？”外婆高兴得笑开了花，季宁扶外婆从床上直起身子。

“刚才才到。”豆豆说，“我还洗了个澡呢！”

“嗯，怪不得这么香呢。”外婆捏了捏豆豆肉嘟嘟的小手臂，“你妈呢？她怎么不上来看我？”

“我妈妈没来，我一个人来的！”豆豆自豪地说。

“什么？你妈没送你来？”很显然，外婆的反应跟妈妈是一样的。季宁向外婆解释道，小姨想锻炼一下豆豆的独立能力。

“你小姨这个人，还真放心得下啊……”外婆不满地说，“她就不怕我的小乖孙被人拐跑了？”

“外婆！”豆豆嘟着嘴，“我不是小孩子了，我都快满8岁了！”

“是，是，豆豆长大了，是小男子汉了！”外婆又呵呵地笑起来，干枯的手疼爱地抚摸着豆豆稚嫩的脸颊，叹了口气，“可惜啊，外婆现在老了，不能带你出去玩了。”

说着，外婆伸手到枕头下摸出一个小包来，从里面拿出几百元钱，递给小外孙：“拿着，豆豆，让你季宁表哥下午带你去玩吧。”

如果是以前，豆豆会爽快地接着，然后连喊几声：“谢谢外婆！”但这次，他竟然像个懂事的大人一样，摆着手说：“不用了外婆，我有零花钱。”

“哟，我的小外孙都会说客气话了。”外婆笑着把钱递到豆豆面前，“拿着吧，你跟外婆客气什么？你有多少零花钱呀？”

豆豆像是被小瞧了一样，红着脸说：“我真的有！不信我拿给你们看！”

说着，豆豆从裤包内侧的一个暗兜里摸出一沓钱来，挥了挥：“怎么样，没骗你们吧？”

季宁和外婆惊讶地望着豆豆手中的钱。“拿给表哥看看。”季宁把那沓钱拿过来数了一下，竟然有一千多元。

外婆愕然地望着小外孙：“豆豆，告诉外婆，你哪儿来的这么多钱啊？”

“我妈妈给我的零花钱呗。”豆豆得意地说。

“你妈妈……给你这么多零花钱？”季宁张大了嘴。他知道，小姨在老家种蔬菜，低价卖给城里的贩子，一个月的收入有时只有两三百元。妈妈时不时地总会汇些钱去资助她——现在豆豆手里拿着的一千多元钱，对小姨家来说，简直就是一笔巨款。

外婆盯着豆豆，表情渐渐变得严峻起来，她喃喃道：“你妈，她……”没有再往下说。

就在这时，楼下传来妈妈的声音："季宁、豆豆，吃饭了！"

季宁把钱帮豆豆揣好，叮嘱一句："揣好，别丢了。"然后对外婆说："我们下去吃饭了，外婆，一会儿给您端上来。"

"唔，好……"外婆讷讷地回答，神情惘然，似有所思。

下楼之后，季宁看到爸爸也下班回来了，豆豆活泼地叫着姨夫。一家人坐上餐桌。

吃饭的时候，季宁妈妈不停地给豆豆夹菜，看得出豆豆是好久没吃到这么丰盛可口的饭菜了，狼吞虎咽、大快朵颐。季宁妈妈在一边看着，鼻子又有些酸了。这时，她又看到豆豆身上穿的背心已经烂了好几个小洞，那条短裤也早就洗得又白又旧，几乎看不出本来的颜色——顿时眼眶就红了，边帮豆豆夹菜，边说："下午姨妈去给你买几身新衣服，然后让表哥带你到游乐场去玩儿。"

"谢谢姨妈！"豆豆抬起头来嘟囔着说，嘴里塞满了东西。

"豆豆，你告诉姨妈，还想要什么，姨妈给你买。"

豆豆嚼着食物想了想："姨妈，我想画画，你帮我买些画画的纸和颜料吧。"

"没问题。"季宁的妈妈又给豆豆夹了一大筷肉。

吃完了饭，豆豆又到季宁的房间去玩电脑。妈妈把季宁拉到厨房，塞给他600元钱："这钱你拿着，下午带豆豆去玩吧。"

季宁小声说："我正想跟你说呢，刚才外婆也拿钱给豆豆，但是豆豆说他有钱，从裤包里摸了一千多元出来。"

"什么？一千多？"妈妈惊讶地瞪大了眼睛，"他怎么会有这么多钱？"

"说是小姨给他当零花钱的。"

"不可能。"妈妈断然否决，"你小姨的经济状况我太清楚了，别说是零花钱，她家里总共还不定有没有一千多元呢，怎么可能拿这么多给孩子？"

"小姨不会是发什么意外之财了吧？中彩票什么的。"季宁猜测。

妈妈连连摇头："他们住的那个小乡村，连彩票站都没有，买什么彩票？再说你小姨可不是有闲钱买彩票的人。"

"那是怎么回事？"季宁纳闷了。

妈妈皱着眉头：“豆豆这次来，确实有些蹊跷。”

这时，豆豆在房间里喊道：“表哥，这个游戏怎么玩儿啊？”

“你去陪豆豆玩吧。”妈妈说，“让我想想。”

三、第一天（下午）

其实，季宁今天下午已经约了人出去玩了，就是豆豆来之前他在网上视频聊天的那个高中班上的女同学——也是他瞒着父母交的女朋友。现在情况有变，他只能打电话跟女友说，下午要陪表弟去游乐场，没法约会了。没想到的是，女友竟然说愿意跟他们一起去游乐场玩，季宁只有答应。

下午两点，季宁带着表弟出门，走过几条街，在一个小区的门口，看到了等在那里的女朋友筱凡。

筱凡穿着一身漂亮的白底蓝花连衣裙，整个人显得青春靓丽、落落大方。刚一走过来，豆豆就指着她说：“大姐姐，我见过你！”

“哦？”筱凡有些诧异，“是吗？在哪里？”

“在我表哥的电脑里，我看见你的脸了，还听到你说话呢！”

筱凡“咯咯”地笑起来，对季宁说：“这就是你表弟豆豆吧？真逗。”

季宁点了下头，对表弟说：“豆豆，你要叫筱凡姐姐。”

“筱凡姐姐。”豆豆听话地喊了一声，然后问了一句，“你和我表哥在谈恋爱吗？”

“豆豆！”季宁的脸一下红了，“别瞎说。”

筱凡哈哈大笑起来：“你这个人小鬼大的家伙。季宁，我看咱们就不用装了，瞒不过你这个机灵鬼表弟的！”

季宁无奈地叹了口气，蹲下身子说：“豆豆，你可不要告诉你姨夫姨妈呀。我不想让他们管我的事儿，你明白吗？”

豆豆像个小大人一样很理解地点着头："放心吧表哥，这是我们的秘密。"他那副认真的模样惹得筱凡又是一阵大笑。

"走吧，去游乐场！"季宁和筱凡一起牵着豆豆的手，到街对面招了辆出租车。

季宁帮豆豆买了张两百多元的游乐场通票，可以玩游乐场的所有项目。豆豆玩得过瘾极了，像是从来没这么开心过。季宁和筱凡光是在旁边看，都被他的快乐所感染。等豆豆挨个儿把每个项目都玩了个遍，已经五点半了。离开游乐场后，筱凡提议去附近的水吧喝冷饮。

三个人各点了一杯果汁，筱凡又点了一份香蕉船，一共60元，季宁正要付钱，豆豆从包里摸出一沓钱来，抽了一张一百的递给服务员："表哥，你请我去游乐场玩，我就请你们喝饮料吧。"

季宁正想说算了，怎么能让你付钱。筱凡却赞叹道："豆豆，看不出来你这么有钱啊，而且又大方，像个男子汉！"

"那是。"豆豆昂着头说。

季宁不好说什么了，他默不作声地喝着饮料，想起小姨家的拮据状况，心里有些不是滋味。

豆豆那杯果汁被他一口气喝完了，他眼睛盯着筱凡的香蕉船："筱凡姐姐，你那个……好吃吗？"

筱凡看见豆豆的眼神，马上就明白了，她把香蕉船推到豆豆面前："当然了，你尝尝吧。"

豆豆用小勺舀进嘴里尝了一口："哇，真好吃！"

"那我再给你买一份吧。"季宁说。

"不用了，"筱凡说，"一份够多了，我和豆豆一起吃吧。豆豆，你请了我喝饮料，姐姐一会儿也请你到美食街去吃烤肉和炸串，怎么样？"

"好啊！好啊！"豆豆高兴得拍起手来，"城里就是好，有这么多好吃好玩的东西，比我们那里好多了！"

筱凡笑着问："你们那里是哪儿呀？"

"亦县的矿石村。"豆豆说。

筱凡愣了一下，随即问道："你叫什么名字？"

"豆豆呀。"

"那是小名吧，大名呢？"

"徐瑞——不过大家都喜欢叫我的小名'豆豆'。"

听到这句话，筱凡骤然怔住了，脸上的笑容慢慢凝滞，愣愣地凝视着豆豆。

豆豆埋着头吃香蕉船。季宁注意到了女友表情的变化，问道："筱凡，你怎么了？"

"唔……"筱凡转过头，望着季宁，显得有些不自然，"没……没什么。"

季宁皱起眉头望着她。

豆豆没察觉到有什么不对，他把香蕉船吃了一大半，有些不好意思地推到筱凡面前："筱凡姐姐，不好意思，我都快吃完了。"

筱凡的面部肌肉努力挤出一丝笑容："没关系，你吃吧。"

"那我可真吃了。"豆豆把香蕉船拖回来，继续吃。

筱凡看了下手表，对季宁说："对了，我想起来晚上还有点事，咱们回去吧。"

季宁望着她："你刚才不是还说要带豆豆去美食街吗？怎么突然又有事了？"

"是啊……才想起来的。"筱凡尴尬地对豆豆说，"豆豆，姐姐下次再请你吃小吃，好吗？"

"好啊。"豆豆把香蕉船全吃完了，用手抹了抹嘴。

三个人出了冷饮店，筱凡立刻招了辆车。坐在车里，她几乎没怎么说话，直到她下车，才匆匆跟季宁两人道了声再见，然后匆匆离去。

她这是怎么了？季宁望着筱凡的背影，感到迷茫。

四、第一天（晚上）

吃完晚饭后，季宁的妈妈把一套漂亮齐全的绘画用具送给豆豆，豆豆看样子很喜欢画画，高兴得马上就想创作起来。但姨妈催着他去洗个澡，然后让豆豆穿上了新买的名牌T恤衫、短裤和运动鞋。焕然一新之后，豆豆像是变了个人，既时尚又帅气，一点儿都不像乡下来的孩子了。

大家都集中在客厅，评价着豆豆的新形象。外婆坐在轮椅上笑得合不拢嘴：“我的小外孙看起来，比城里那些孩子还要洋气！”

豆豆自己更是高兴得不得了，穿着新衣服又蹦又跳，还臭美地拿着梳子在镜子前梳了个新发型，引得大家开怀大笑。

豆豆跑到季宁身边：“表哥，你有照相机吗？帮我照张相吧！”

季宁逗他：“干什么？你还要发到网上去参加选秀啊？”

豆豆不好意思地挠着头：“我想……等我回去之后拿给妈妈看看。”

这话一说出来，大家都愣了，季宁的爸爸说：“豆豆，你回去后，你妈妈还用得着看照片吗？她直接看你不就行了？”

豆豆呆呆地站在那里，神情恍惚：“唔……是啊。”

“这孩子，高兴过头了吧？都犯糊涂了。”季宁的妈妈笑道。

这时候，季宁突然听到一个若有若无的声音，像是谁在唱歌。他起先以为是电视里的声音，但发现电视里播的节目跟这歌声完全不挨边儿，不禁问道：“你们听到什么声音没有？”

“我也听到了，好像是有谁在唱什么歌。”爸爸说。他拿起遥控器，将电视按成静音。

客厅里骤然安静下来，这一下，大家都清楚地听见了这轻柔的歌声：

“拉大锯，扯大锯，姥姥家，唱大戏。接闺女，请女婿，小外孙子也要去……小气鬼，喝凉水，砸破了缸，喝不到水，讨了老婆吊死鬼，生个孩子一条腿……”

大家都听清楚了，这是一个女人在唱儿歌，声音柔如飘雪，听起来似乎有些幽怨，而且……还有种熟悉感。

季宁的妈妈一下叫了出来：“哎呀，这不是慧云（豆豆的妈妈）的声音吗？”

这一提醒，大家都听出来了，感觉诡异莫名。

几秒钟后，豆豆一下想起了什么，大叫道：“是妈妈，妈妈给我打电话了！”

大家还没反应过来，就看见豆豆朝卫生间冲去，季宁和妈妈赶紧跟过去看，发现豆豆从换下来的短裤裤包里摸出一个手机来，歌声正是从这里发出来的。

豆豆按了接听键后，歌声停下来了，他拿着电话高兴地喊道："妈妈，妈妈！"

爸爸也走了过来，看到豆豆在接电话，松了口气："原来是慧云把自己唱的儿歌录下来设成了铃声啊。"

豆豆一边接电话，一边往外走："嗯，我知道……我会听姨夫姨妈的话……妈妈，姨妈给我买了新衣服，表哥下午还带我去游乐场玩呢……"

电话里不知道豆豆妈妈跟豆豆说了些什么，好几分钟后，豆豆突然说道："妈妈，我会乖的，你不要哭了。"

大家的目光都聚集过去。

豆豆又凝神听了几分钟，不知道是在应允什么事："好的，妈妈，我答应你……嗯，再见，以后你每天晚上都要给我打电话哦。"

听着豆豆好像是准备结束通话了，外婆突然喊了一声："豆豆，把电话给我，我要跟你妈妈说话。"

"哦，好的，妈妈，外婆说她……"豆豆停了下来，慢慢放下手机，"妈妈她挂电话了。"

外婆显得有些恼火："她是故意不想跟我说话吗？"

季宁的妈妈说："妈，怎么会呢，肯定是你说的时候慧云已经挂电话了。"

"那你现在给她打过去，说我找她。"

"妈，你忘了吗，慧云家里没有电话，她可能是到村口的公用电话那里打的。我现在打过去，接电话的已经不是她了。"

外婆把头扭过去，不再说话。

季宁的妈妈忽然想起了什么："豆豆，你这个手机是谁的呀？"

"我的啊。"豆豆说。

"你的？你妈妈给你买的？"

豆豆点着头："嗯，上个星期妈妈专门到县城里去给我买的。"

季宁妈妈难以置信地回头望着丈夫："真是怪了，慧云家里都没安电话，却给豆豆买了个手机——有必要吗？这么小的孩子用手机干什么？"

豆豆开口道："妈妈说，我有手机的话，以后她想我的时候就可以给我打电话了。"

外婆的脸渐渐转了过来，望着豆豆。

妈妈和爸爸对视了一眼，问道："豆豆，你不是一直在你妈妈身边吗？她干吗要给你打电话呀？"

"我现在就没在她身边啊。"豆豆说。

"可是你在我们家啊，如果你妈妈想你的话，打我们家的电话不就行了吗？为什么非得要买个手机，然后打给你？"

豆豆不说话了。

沉默了片刻，季宁的妈妈忍不住问道："豆豆，你到底有没有跟我们说实话呀？你妈妈给你这么多钱，又给你买手机，到底是为什么？"

"我也不知道……"豆豆小声地说。

这时，在一旁的外婆突然问道："豆豆，你妈妈刚才在电话里跟你说了些什么？"

"没说什么，她就是跟我说，要我听话，不要调皮，还说……"

"还说什么？"大家都望着他。

豆豆一下笑起来："妈妈还说，她好爱好爱我。"

"你妈妈刚才哭了？"季宁妈妈问。

豆豆点头。

"她为什么要哭？"

"我不知道。"豆豆低下头，沉默了。

季宁的爸爸说："也许是慧云从来没跟孩子分开过，一时不适应，想孩子了，没什么大不了的。"

"也许吧。"妈妈缓缓点头。

"没事儿了，看电视吧。"爸爸拿起遥控器，准备把声音打开。

“等一下。”外婆喊了一声，她摇着轮椅来到豆豆身边，凝视着他，“豆豆，外婆再问你件事——刚才你手机里那首歌，是你妈妈唱的吧？”

“嗯。”豆豆点头道，“是我妈妈经常在我睡觉的时候唱给我听的。”

“她为什么要把它录在手机里？”

“妈妈说，这样的话，就算她以后不在我身边，我也能听到她的声音。”

外婆没说话，她的脸慢慢转向别处，若有所思。

季宁的妈妈走到母亲身边，轻声问道：“妈，你怎么了？”

外婆的嘴唇一张一合，许久没有说出话来，好一会儿后，才发出了声音：“慧晴（季宁妈妈的名字），你送我到房间去吧，我想睡了。”

“哎，好。”妈妈转身对季宁爸爸说，“来搭把手，妈想回房间休息了。”

爸爸赶紧过去，和妈妈一起把外婆从轮椅上抱下来，再小心地把她抱上楼。

过了一会儿，妈妈下楼来安排道：“季宁，晚上你就跟豆豆一起睡吧。”

“嗯。”季宁应了一声，看了一眼旁边的豆豆，发现他双眼无神地注视着地面，不知是在发呆还是在想着什么。

从豆豆接了小姨的那个电话后，家里就弥漫着一种怪异的气氛。不过——季宁又想道——今天一整天都有些怪怪的，到底是怎么回事？

此时，他并不知道，这一天所发生的事情都只是一个先兆，可怕的事情在此之后接踵而来了。

五、第三天（早晨）

因为豆豆来了，季宁的妈妈把早餐做得格外丰盛：牛奶、面包、花生粥，还有煎蛋和火腿，满满的一桌。季宁和爸爸、豆豆一起坐在餐桌前吃早餐，豆豆几乎把每样都吃了个遍。

外婆不方便下楼，季宁的妈妈盛了碗粥，准备给母亲端去，这时，客厅里的电话响了起来。

妈妈放下碗，走过去接起电话，说了声“是的”，过了十多秒，她惊叫一声：“什么！”

季宁和爸爸一齐望了过去。

妈妈把身体转过去，背对着他们，小声说着什么，季宁注意到，妈妈的肩膀在微微抽搐。

几分钟后，妈妈缓缓放下电话，却仍然坐在那里，背对着他们，她双手抱着肩膀，身体一阵阵颤动。

爸爸走过去，小声问道：“怎么了？”

妈妈用手掌在脸颊上抹了两下，分明是在拭擦泪水，她回头瞄了豆豆一眼，咽了咽唾沫，深深吸了口气。

豆豆正大口大口地吃着煎蛋，没注意到姨妈这边。但季宁看到了，妈妈脸色惨白，神色惶惑，而且很明显地——她在努力控制着自己的情绪。

直觉告诉季宁，肯定出什么事了。

妈妈再次深呼吸了几口后，绷着脸走过来。这时豆豆正好吃完了，妈妈对他说：“豆豆，外婆还没吃早饭呢，你把这碗粥给外婆送去，然后陪外婆吃饭，好吗？”

“好。”豆豆端起餐桌上的花生粥，朝楼上外婆的房间走去。

妈妈对父子俩说：“你们进来一下。”说完走进季宁的房间。

爸爸把房间门关好：“出什么事了？”

妈妈控制不住了，坐在床上捂着脸抽噎起来。爸爸坐过去搂着她的肩膀，神情焦急地再次问道：“到底怎么了？”

妈妈低声啜泣了好一阵后，抬起头来，一双发红的眼睛望着季宁父子俩，压着声音：“刚才的电话是矿石村的村长打来的，他告诉我……慧云她……在前天晚上，上吊自杀了！”

季宁的脑袋嗡的一声炸开了，震惊得脑子里一片空白。爸爸显然也惊呆了，张着嘴半天说不出话来。

妈妈说完这句话，又忍不住掩面痛哭，只是控制住不让哭声太大。

爸爸呆了许久，突然想起了什么："前天晚上？慧云不是还给豆豆打过电话吗？"

"村长说派出所的法医来鉴定过了，死亡时间就是前天晚上。"妈妈流着泪说，"也许，那晚慧云给豆豆打完电话后，就……"

季宁这时回忆起，前天晚上豆豆接到小姨的电话后，说他妈妈哭了，还说好爱好爱他之类——天哪，那是小姨自杀前在向儿子告别?

"慧云为什么要自杀？"爸爸疑惑地问。

妈妈哀伤地摇着头："不知道……村长没有细说，他叫我今天就赶紧到村里去一趟。一是处理慧云的后事，另外还有一些事情要跟我说。"

"那我和你一起去。"爸爸站起来，"我现在就去收拾一下，马上就走。"

"等一下。"妈妈叫住他，然后望着季宁，"我提醒你们一件事。"

爸爸坐了回来，妈妈盯着他们父子俩说："**这件事情，只能我们三个人知道，**否则可能还会出人命。"

季宁愣了一下，但马上就懂了。

外婆患有心脏病，医生交代过，不能受到任何刺激，否则会有生命危险；而对于豆豆来说，母亲自杀这种事情对年幼的他来说太过残忍了——况且，如果他知道妈妈已经死了的话，哭闹起来，也就等于告诉了外婆。

爸爸也意识到了这个问题，连声道："对、对……这件事现在不能让老太太知道，不然就更糟了。"

季宁担忧地说："但是，我们能瞒多久呢？"

"能瞒多久算多久吧……"妈妈神情哀切地说，"起码让我们处理完你小姨的后事再说。"

季宁想了想："妈，如果你跟爸爸一起去的话，外婆可能会生疑的。要不这样吧——我和你去，让爸爸留在家里。"

妈妈望向爸爸。爸爸思索片刻后，点头道："行，就让季宁陪你去吧，但是怎么跟他外婆说呢？"

“就说是到外地的一所大学去看看，那天吃饭的时候不是说起我以后读哪所大学的事吗？”季宁说。

“就这么办。”爸爸拍板道。

妈妈用纸巾擦干眼泪，深吸一口气：“我们一会儿出房间之后，别让豆豆和他外婆察觉到什么，装作没事一样。妈心眼多，别让她看出什么破绽。”

爸爸叹了口气：“主要是你，只要你别让老太太看出什么来就行了。”

“我会忍着的。”妈妈从床上站起来，打开房门，三个人走了出去。

豆豆还在楼上的房间里陪着外婆吃饭，季宁听到他正跟外婆讲昨天在童话书上看的故事。季宁在心里调整着自己的情绪。

妈妈到卫生间洗了把脸，又去房间稍微化了下妆，把哭过的痕迹完全抹去。然后，她跟季宁一起到外婆的房间去，把季宁刚才想的借口讲给母亲听，说可能要在外地待一两天。外婆倒也没生疑，只是叮嘱他们到外面要注意安全。

豆豆不希望姨妈和表哥走，但姨夫跟他讲了一通道理后，他也就懂事地答应，会在家里陪着外婆。

交代完一切，母子俩匆匆出门，直奔汽车站。

六、第三天（下午）

经过两个多小时的车程，季宁和妈妈到了亦县县城。在一家小餐馆随便吃了点儿东西，接着又坐了四十多分钟的小中巴车，才到矿石村。两人到达村委办公室的时候，已经是下午四点过了。

村长倒了两杯水给母子俩，然后坐到他们对面的一把藤椅上，叹了口气：“唉，没想到会发生这种事，你们节哀顺变。”

妈妈顾不上喘息，流着泪急切地问：“村长，你知不知道我妹妹为什么会自杀？我的意思是，她在自杀之前有没有遇到什么事？”

“你也不知道吗？”村长诧异地问。

“知道什么？”

“慧云自杀的原因。”

妈妈望着村长：“我怎么会知道？我要是知道她要自杀的话，早就赶过来阻止她了呀！”

“那倒是。”村长点头道，随即皱起眉头，“这就怪了，我把慧云的邻居和经常跟她接触的那些人都找来问过了，他们都说想不通这是怎么回事，连猜都没法猜出个原因。”

沉默了片刻，季宁问道：“村长，是谁最先发现我小姨自杀的？”

“住在她旁边的陈婶，她是今天早上才发现的，吓坏了。”

“她怎么会知道慧云在家上吊自杀了呢？”妈妈问。

村长说：“前天，慧云死之前，把家里养的五只老母鸡全送给陈婶了。陈婶先是感激不尽，过了两天后，觉得有点不对劲，因为自那以后就没看见慧云出门。所以今天一早，她去敲门，结果在门口闻到一股臭味……”

“臭味？”季宁皱起眉头。

村长望了他一眼：“可不是吗？这么热的天，尸体在屋里捂了两天，能没味儿吗？”

季宁的脑子里浮现出一些画面——腐败的尸体悬挂在房梁上，周围蚊蝇萦绕……他尽量不去联想那是小姨的脸，却仍然感觉阵阵反胃，几乎快要呕吐出来。而旁边的妈妈又捂着脸呜咽起来。

村长站起来，从身后的办公桌抽屉里拿出一张纸来，递给季宁的妈妈：“我们在慧云家发现了她留下的一张字条，是写给你的。我看不懂。你看看吧，兴许你知道她写的这几句话是什么意思。”

“慧云她……留下了遗书？”妈妈颤抖着接过那张纸，看到上面歪歪扭扭的几行字，这正是她那可怜的妹妹的笔迹。触景生情，妈妈的眼泪像决堤的江水一样涌了出来。季宁把头凑过去，看到了纸条上的内容——

“姐，我知道了一些事，我知道豆豆的爸爸去哪儿了，所有的事情我都清楚

了。姐，我好害怕，我从来没有这么害怕过，但我又不敢告诉任何人，只有把这个秘密带到坟墓中去。姐，我现在只希望不要受到打扰，这就足够了。

——云”

短短的几行字，却喊了三声“姐”。季宁的妈妈读来，仿佛妹妹就在自己耳边呼喊，令她伤心欲绝、肝肠寸断。

“你看得懂她写的是什么意思吗？”村长问。

妈妈悲哀地摇着头。

“你都看不懂？”村长露出讶异的表情，“这张字条是慧云写给她的姐姐，也就是你的，但是你也不知道她写的是什么意思？你是她唯一的姐姐吗？”

妈妈答道：“对，慧云只有我这一个姐姐。”

村长凝望了季宁的妈妈一阵，叹道：“既然你都看不明白，那慧云为什么会自杀，就真的成了一个谜了。”

妈妈哽咽着说：“也许……慧云根本就不是想要告诉我们什么，她只是在自杀之前，把埋藏在心底的不安和恐惧倾吐出来而已……”

季宁疑惑地问道：“小姨为什么会觉得恐惧不安？”

“我不知道……”妈妈疲惫地说，“我现在心里很乱。”

季宁指了一下那张字条：“妈，给我看看。”妈妈递给了他。

季宁将纸条上的文字又读了几遍，字里行间透露出来的绝望和恐惧令他升起一股寒意，不禁打了个冷噤。

这张字条上，透露出很多怪异的信息，令人费解——小姨到底知道了什么？她又在害怕什么？更奇怪的是，既然她都已经决定“把这个秘密带到坟墓”，为什么还说不希望受到打扰呢？一个人都已经死了，还会受到什么打扰？

季宁竭力思索着，忽然又想到一个问题。他扭头问道：“妈，你有没有觉得这张字条缺了点什么？”

“什么意思？”妈妈望着季宁，“缺了什么？”

“你不觉得奇怪吗？小姨留的这张遗书，**竟然一个字都没有提到豆豆。**”

听到这话，村长也凑过来：“对啊，按道理说，豆豆是慧云的命根子，她怎么完全没跟你们交代一下？对了，豆豆现在在哪儿？他知道这事吗？”

“豆豆在我们家，我们暂时还没告诉他这事，怕他接受不了……”妈妈说。

村长点头道：“这样也好。虽然按理说，应该让这孩子来见他妈妈最后一面，但是……不看也罢，这么小的孩子，会吓着的……”

季宁的妈妈像是被提醒了：“村长，我妹妹的尸体，现在在什么地方？”

“就停在她家里。”

“我要去看看她。”妈妈的眼泪又淌了下来。

村长皱起眉头：“我看……要不就算了，你们还是赶紧雇几个人，把她直接埋葬了吧。”

“怎么了？我为什么不能去看她？”妈妈问道。

“不是不能看，只是……”村长面有难色，“慧云死了两天了，我们这种乡村里，又没法做什么防腐的措施。现在……尸体已经开始腐烂发臭了。我怕你们看了害怕，晚上做噩梦。”

“不，我要再看我妹妹最后一眼。”妈妈流着泪说，“不管她变成什么样，那都是我的亲妹妹。”

七、第三天（傍晚）

快到小姨家门口的时候，季宁觉得自己的胃又开始翻腾起来。

不知道是不是心理作用，还隔着好几米的距离，房门又关着，他却好像已经闻到了一股腐尸的气味。

村长停下了脚步，对季宁的妈妈说：“你真要进去看？打开门后，那臭味可能谁都受不了。”

季宁也劝道：“妈，要不算了吧。”

“对，别去看了，我叫人去备棺材，直接把尸体装进去下葬吧。”村长再次建议。

季宁的妈妈似乎也有些迟疑了，沉吟片刻："我就进去看一眼，马上就出来。"

村长见她仍然坚持，只好无奈地挥了下手："你去看吧，门没锁，推开就行了。"

妈妈朝门口走去。季宁走上前来："妈，我陪你一起去吧。"

"你别去，我自己去看一眼就行了。你就在这里等我。"妈妈说。

季宁只能眼看着妈妈走到小姨的家门口，战栗地将那扇木门推开，走了进去。

这次，他实实在在地闻到了那股令人作呕的臭味，连村长也忍不住转过身去用手在鼻子前扇着风。季宁想到妈妈此刻竟然还能待在里面，心紧紧地揪了起来。

大概半分钟后，季宁的妈妈脸色铁青地捂着嘴冲了出来，扑到门口的一棵大树旁，剧烈呕吐。季宁赶紧过去帮妈妈捶背。村长快步上前去，将房门带拢了。

狂吐了好一阵后，季宁的妈妈又忍不住放声痛哭。住在周围的人都出来了，知道这是慧云的姐姐，都过来说着安慰的话。一个四十多岁的大婶也跟着抹眼泪，后来季宁才知道，她就是陈婶。

妈妈过了好久才慢慢平复下来。天色逐渐低沉了，夜晚即将降临。村长有些着急地说："慧云她姐，别伤心了，还是赶紧办正事吧。天色再暗些，就看不到上山的路了！"

季宁的妈妈抬起头来，充满哀伤："村长，我一天灵都没给我妹妹守，就把她下葬了？"

村长焦急地拍了下腿："情况特殊啊，不能再按那套老规矩来了。现在正是一年中最热的几天，而且尸体已经放了两天，要是再等到明天早上，那臭味……我怕没人敢来帮着出丧了！"

季宁说："妈，听村长的吧，不能再拖了。"

妈妈木然地点了点头。

村长见季宁的妈妈答应了，赶紧张罗周围的人帮忙，叫人去请村里负责丧葬的人，又叫陈婶去找人把棺材抬来。大家都忙活起来。不到一小时，一副黑色的棺材抬到了小姨家门口，帮忙下葬的人也都来齐了。

这时已经是晚上七点过了，天色越来越暗。村长指挥着几个男人到屋里去抬尸体。按他的吩咐，在场的人要站在两旁，让抬着尸体的人从中间走过，这就算是为死者送行了。

季宁和妈妈站在最前面，陈婶在他们身边，小声叮嘱道：

“一会儿尸体出来的时候，要低头默哀，不要发出什么声音。就算是想哭，那会儿也得忍着，不然的话，死者没法安心上路。”

季宁和妈妈点头应允。这时，季宁听到里面几个人挪动的脚步声越来越近，心里不禁紧张起来。

分列两旁的十几个人全都安静下来，一片肃穆。

突然，一首与现场气氛极不协调的欢快歌声响了起来，把大家都吓了一跳。季宁心中一惊——遭了，是自己的手机铃声！

季宁手忙脚乱地从裤兜里摸出手机，为了让铃声停下来，他赶紧按下了接听键。

手机里传出一个小男孩的声音：“表哥，你们到大学那里了吗？怎么没来个电话啊？”

季宁怔住了——是豆豆打来的！

这突发的状况令季宁和妈妈惊愕不已，一时不知该怎么办才好。豆豆在电话里问道：“表哥，你怎么不说话呀？你们在干什么？”

季宁怔怔地问：“豆豆，你怎么知道我的手机号？”

“是外婆告诉我的，她让我打给你问问你们到了没有。”

这时，几个人抬着尸体从屋里出来了。妈妈焦急地望向季宁，季宁完全慌神了，他麻木地握着手机，听到电话里豆豆兀自说道：“表哥，我今天画了好几张画，一张是送给妈妈的，还有两张是送给外婆和姨妈的……”

尸体的脚出现在季宁的视线中。在几个抬尸人的空隙中，他看到死去的小姨的腿、腰和上身慢慢从他眼前经过。而这时，小姨的儿子正在打电话跟自己闲聊！这是季宁从没经历过的诡异状况，他呆呆地伫立在原地，不知所措。

而就在这时，一件怪异、恐怖的事情发生了——

当小姨尸体的头部经过季宁眼前时，他骇然看到，**那张煞白并开始腐败的脸在谁都没有注意到的情况下，慢慢转向自己这边，一双瞪大的眼睛直愣愣地盯着他。**

一瞬间，季宁感到遍体生寒、毛发直立，他“啊！”的一声大叫出来，吓得魂不附体，身体因恐惧而剧烈抖动，手机啪的一声掉到了地上。

所有人都望向他，妈妈惊诧地问道：“怎么了？”

季宁把身体转向一边，呼吸急促，头脑里嗡嗡作响。妈妈又问了一次。季宁惊骇地望着母亲，正要开口说话，突然想起掉到地上的手机还处于通话状态，赶紧把手机捡起来放到耳边，听到了豆豆的声音：“表哥，你怎么了？”

季宁尽量让自己那颗狂跳的心平复下来，他吞了口唾沫：“没什么，豆豆，我一会儿给你打过去。”挂断了电话。

妈妈焦急地望着他：“你刚才怎么了？”

季宁环视一眼身边的人，发现大家都用诧异的目光盯着自己，他没法告诉所有人他刚才看到了什么，实际上，就连他自己也不能确定这是怎么回事。他心里惊骇地猜想着，难道是由于晃动，尸体的头朝这个方向耷拉？可眼睛怎么会是睁开着的呢？而且他分明感觉到，那双眼睛在盯着自己看——这实在是太可怕了——季宁越想越觉得瘆得慌，感到毛骨悚然。

村长走过来，望着母子俩：“没事吧？”

季宁不想让所有人都感染到恐惧的气氛，他摇着头说：“没事。”

村长狐疑地打量了他几眼，对季宁的妈妈说：“尸体已经装进棺材了，上山吧。地我都找人看好了。”

妈妈点了下头。村长大喝一声：“起棺！”四个壮汉抬起用麻绳拴好的棺材，朝山上进发。一行人跟在后面，走向黑黝黝的山林。

八、第三天（晚上）

出丧结束，已经是晚上九点过了，妈妈在小姨的坟头上哭干了最后一滴眼泪。众人劝慰许久后，她才肯离去。

这个小村子里没有旅馆和饭店，村长说他家里有两间空房，可以让季宁母子俩住。陈婶和好几个跟小姨生前关系好的妇女不愿离去，说想再陪季宁的妈妈一会儿。一群人便一起来到村长的家。

村长的房子是自己修建的两层楼砖房，楼上楼下一共六个房间。大家聚集在客厅里，村长老婆忙着沏茶倒水。

季宁的妈妈本来都控制住了情绪，结果在提包里拿纸巾的时候，看到妹妹留下的那张字条，眼泪又下来了。众人说着宽慰的话，她却摇头道："我就是想不明白，我妹妹到底遇到了什么事，怎么会自杀呢？"

大家都沉默了。

季宁的妈妈用哀求的眼光望着众人："各位，你们都是我妹妹生前的好友、邻居，真的不知道我妹妹为什么会自杀吗？难道她在之前就一点儿征兆都没表现出来？"

大家都茫然地摇着头。过了半晌，陈婶难过地说："那天，慧云说要把家里养的鸡全送给我，我要是多长个心眼就好了……但我当时以为她只是嫌麻烦，不想养了，谁知道……唉……"

季宁妈妈拉着陈婶的手说："陈婶，这件事不怪你。我只是想弄清我妹妹自杀的真相——以后对豆豆和他外婆，也好有个交代啊！"

陈婶为难地说："慧云他姐，我们这小山村里，谁家要出点什么事儿，保准全村人第二天就知道了。但慧云为什么会自杀，我们真的是想不通——她之前一点儿都没让我们察觉到啊。"

一个三十多岁的妇女说："是啊，不瞒你说，我们也想知道这是怎么回事，但全村人没一个知情的，连猜都没法猜。”

季宁的妈妈失落地埋下头：“这么说，慧云自杀的真相，就永远都不可能知道了……”

客厅里又陷入了难堪的沉默。

村长10岁大的小女儿一直坐在旁边听着大人们谈话，看到所有人都沉默了，她突然纳闷地说道：

“你们要是用那个方法的话，不就能知道真相了吗？”

季宁一愣，诧异地望向这个小女孩。妈妈也抬起头来问她：“什么方法？”

“小孩子懂什么？别在这里乱插嘴！”村长大声呵斥女儿，拍了她的肩膀一下，“到外面玩去！”

小女孩嘟着嘴出去了，蹲在门口的一个沙堆前玩儿。

季宁的妈妈问道：“村长，你女儿说的是什么意思啊？”

“嘿，小孩儿的话，你还当真啊。”村长不以为然地说，“肯定是看了什么童话故事，在这儿胡说呢。”

季宁的妈妈想了想，没说话。

接着，屋里的人好像都不愿再接着说这个话题，改说别的事了。

季宁坐在靠近门的地方，眼睛一直盯着门口的小女孩，回想着她刚才说的那句话。

直觉告诉他，这女孩并不是在胡说，她确实知道什么。

季宁在屋里待了一会儿，看到村长到另一间屋去了。他对妈妈说：“我出去透透气。”妈妈点了下头，季宁朝门口走去。

小女孩在沙堆前，用一根木棍画画。季宁左右看了看，然后蹲在她身旁，小声问道：“小妹妹，你刚才说，有什么方法能知道真相？”

小女孩抬起头，一双大大的眼睛盯着季宁：“你相信我说的话吗？”

“我相信。”季宁肯定地说。

小女孩望了屋里的人一眼：“其实他们也知道这个方法，这些本来就是大人们讲给我听的，但他们现在却不想承认有这种方法了。”

季宁听糊涂了："到底什么意思啊？"

小女孩压低声音，用一种神秘的口吻说："你知道什么叫灵媒师吗？"

季宁愣了一下，他不确定自己所理解的和小女孩说的是不是一回事，他试探着问："你是说，那种可以和死去的人的灵魂沟通……"

"对，就是这个意思。灵媒师能够让死者的灵魂暂时附在自己或别人的身上。"小女孩凝视着他，"听大人们说，我们这个村子以前曾经有几个厉害的灵媒师，当有人想和死者取得联系的时候，就会去找这些灵媒师帮忙。然后，灵媒师就会告诉他们比如'你们家老太爷的钱藏在床下的左边第三块砖下面'这一类的事，当然就帮了他们的大忙了。"

季宁有些吃惊，同时也十分感兴趣："这么厉害吗？那为什么刚才你说大人们现在不承认这种方法了？"

"可能是现在出了些'冒牌货'，他们根本就没有通灵的本事，却自称是灵媒师，目的只是骗钱。所以渐渐地大家就不相信这回事了。"小女孩显得有些遗憾，不过很快又睁大了眼睛，"但听我同学的妈妈说，我们这里以前那几个灵媒师可是真的，她以前亲身经历过这种神奇的事呢。"

季宁思忖着："我明白了，你的意思是，如果要想知道我小姨自杀的真相，可以请灵媒师帮忙？"

没想到，小女孩摇起了头："其实我也就是这么一说，真要这么做，可能不行了。"

"为什么？"

"我刚才说了呀，现在的很多灵媒师都是假冒的，想要找到一个真正的可不容易。而且听我同学的妈妈说，我们村最厉害的那个灵媒师已经不在这里了。"

"那他在哪里？"

"可能已经死了。"

季宁"哦"了一声，显得有些失望。

小女孩好像是看出了季宁的心思，靠近他说："大哥哥，别灰心，我告诉你一件事吧。"

季宁凝视着她。

“你要找的那个灵媒师虽然可能已经不在了，但是，如果你能找到他的后人，说不定也能帮你通灵。因为——”她极为神秘地说，“灵媒师的体质有时是可以遗传的，你懂我的意思吗——**如果一个家族里出了一个真正的灵媒师，那么他的后人也可能会有通灵的本事。**”

季宁惊愕地望着这个只有10岁的小女孩，瞠目结舌。她说话的口气很明显比一般的小女孩要早熟得多，而且——

“这些事情，你怎么会知道得这么清楚？”季宁问。

小女孩笑了一下：“听我同学的妈妈说的呀。我刚才说了，她以前亲身经历过这种事。所以，不是我知道得清楚，而是她知道得清楚。”

“你好像一点儿都不怕这些事情？”

“有什么好怕的？我觉得很有趣。”她眨着眼睛回答。

真是个胆大而又特别的女孩——季宁在心中暗忖。

这时，小女孩的母亲走到门口来喊道：“小登，这么晚了还在外面！进来洗脸刷牙睡了。”

女孩应了一声，朝右边的那间屋跑去。季宁也跟着站起来，回到中间的客厅。

屋里的女人们正跟季宁的妈妈聊着关于豆豆以后的事。

“以后豆豆就一直跟着你们住吗？”一个大婶问。

“那当然，他爹妈都没了，不跟着我们跟着谁呀？”季宁的妈妈说，“我回去就帮他办理转学手续，让他到城里来读书。”

一个瘦小的女人迟疑着说：“要是豆豆他爸……哪天又回来了呢？”

季宁妈妈叹了口气：“要是还能回来的话，早就回来了……不过我也盼望着有一天能出现奇迹。豆豆要是能有个爸爸的话，总比爹妈都没了强啊……有那天的话再说吧。”

陈婶伤感地说：“豆豆从小就没了爹，跟他妈相依为命，要是让他知道妈妈也死了，不知道会有多难过呢。唉，这孩子怎么这么苦命呀！”

一屋的女人们都长吁短叹起来，有的还抹起了眼泪。但这回季宁的妈妈却反而变得坚强了，她坚定地说："豆豆虽然遭遇了这么多不幸的事，但以后我们家就是他的家，我这个姨妈会像亲妈一样对待他的，不会让他少一点儿的爱！"

女人们都有些感动了。但这时季宁注意到，坐在最右边角落的一个三十多岁的短头发女人表情和大家有些不一样，她张了张嘴，一副欲言又止的模样，但最后还是没说出话来，脸上却挂着惶恐不安的神情。

季宁皱了皱眉，他不知道这个女人为什么会出现这种怪异的神情。

接近十一点钟的时候，一屋的大婶、阿姨们站起来告辞了。季宁的妈妈对她们说了许多感谢的话，然后和季宁、村长一起送她们出门。女人们再三叫母子俩留步，结果站在门外又说了好一会儿的话，这才纷纷离去。

她们走的时候，季宁特别注意了那个三十多岁的短头发女人，发现她回过头来望了妈妈好几次，又露出了那种惶惶不安的表情，在一群女人中显得十分特殊。

这个女人好像知道些什么特别的事——季宁心中隐隐猜测——但是，她为什么忍住不说呢?

九、第四天（上午）

季宁母子俩在村长家住了一晚。早上起来，村长贤惠的老婆已经准备好了一大桌丰盛的饭菜。妈妈觉得过意不去。村长解释说，在农村，早饭是一天当中最重要的一顿。母子俩虽然不习惯一大早吃这么多大鱼大肉，但盛情难却，每人都吃了一大碗饭。

吃过早饭，妈妈说事情处理完了，该回去了。村长夫妇一直送母子俩到了村委会。妈妈向村长再三表示感谢，然后和季宁朝村口的大路走去。

离开村长的家之前，季宁专门跟村长的小女儿——那个叫小登的女孩告别。小登眨巴着那双大大的眼睛，季宁感觉她好像在用眼神提醒自己——**别忘了昨天晚上跟你说过的话。**

走了十多分钟，季宁和妈妈看到了村口的大路。这时，他们发现路边站着一个人，好像是在等人。走近一些后，季宁看清了那人是谁，心中一怔。

是昨晚那个欲言又止的短头发女人。

妈妈也认出了她，说道："妹子，在这儿等人呢？昨天真是谢谢你们帮忙了。"

这女人两只手握在一起，显得有些局促。过了几秒后，她开口道："大姐，我是专门在这儿等你的。"

季宁的妈妈一愣："等我？有什么事吗？"

短发女人又迟疑了好一阵："我猜……有些事情你可能不知道。"

妈妈脸上的表情渐渐严峻起来，她试探着问："什么事？"

女人埋着头："本来，我昨天就想告诉你的，但昨晚人太多了，有些不合适。所以我才一大早起来，等在这里……"

妈妈凝视着她，意识到她接下来要说的，肯定是很重要的事情。

"大姐，到这边来。"短发女人把季宁的妈妈拉到一旁，低声在她耳边说着什么。季宁站在离她们几米远的地方，完全听不见她的声音，只是看到妈妈的神情在不断发生着变化，惊愕、惶恐。等这女人说完的时候，她的脸色都有些发白了。

"真的吗？有这种事？我以前怎么一点儿都不知道？"季宁的妈妈一脸惊惶，低声问那女人。

"这件事本来就没几个人知道，慧云说她只告诉我一个人——她不希望别人知道。"

"那我该怎么办？"妈妈显得有些害怕。

女人摇着头说："我也不知道，反正你注意点吧——我也只能提醒你一下。"

她们神秘的对话，只有最后这几句让季宁听到了。而这时，那短发女人已经埋着头朝回走了，剩下季宁的妈妈站在原地发呆。

季宁走到妈妈身边："妈，她跟你说了些什么？"

妈妈把头扭到旁边，眼神闪烁："没说什么。"

"怎么，这件事还要瞒着我？"季宁惊讶地问。

妈妈望着季宁："不是要瞒着你，而是她跟我说的这些事，让我脑子一时有点乱。让我好好想一下，合适的时候，我会告诉你的。”

季宁盯着妈妈看了几秒，无奈地说：“好吧。”

两人走到公路边，不一会儿就来了一辆中巴车。母子俩坐了上去。几十分钟后到了县城的车站。买票，上车。

坐在大巴车上，季宁和妈妈都望着窗外的风景发呆。就在季宁产生倦意的时候，妈妈突然说道：“季宁，回家之后，你千万不要让豆豆知道他妈妈已经死了这件事。”

季宁转过头望着妈妈：“这不是早就说好了的吗？”

“嗯……我就是提醒你一下。”

季宁觉得有点奇怪：“妈，你为什么单单叫我不要让豆豆知道呢？外婆才是最该瞒的啊。”

妈妈不自然地说：“对……你外婆当然也不能让她知道。不过，你记住，尤其不能让豆豆知道。”

季宁想了想：“妈，你想过没有，我们不可能瞒得了多久的。豆豆发现她妈妈很久都没跟他联系，肯定会问起的，到时候怎么办？”

“我知道。”妈妈面色忧虑，“但是，无论如何都要把这几天瞒过去。”

“这几天？”季宁越发好奇了，“为什么？”

妈妈没有说话。

顿了几秒，季宁问道：“妈，你说的这些话，是不是跟刚才那个女人告诉你的事有关？”

妈妈皱起了眉头，有些烦躁地说：“季宁，别问了，反正就这么做吧。至于原因，我以后会告诉你的。”

季宁望向窗外，不说话了。

其实，他心里也很烦。

除了小姨这件事之外，还有另一件事也令他感到困扰。

本来女友筱凡每天晚上都要给自己打电话或发短信的，但自从那天去游乐场玩了之后，一连三天，她都没有再跟自己联系过。

季宁又想起了那天的事——筱凡好像是在问了豆豆什么问题之后，才出现那种怪异反应的——这到底是怎么回事呢？她跟豆豆会扯上什么关系？

突然之间，季宁产生了一种奇怪的思绪——这几天发生的所有事情，全都跟豆豆有关。

那么，小姨的死，会不会也是因为豆豆呢？

带着这些怪异的想法，季宁望着窗外出神，渐渐睡了过去。

十、第四天（晚上）

下午三点半，季宁和妈妈回到了家中。

爸爸还没下班，只有豆豆和外婆在家里。听见表哥和姨妈的声音，豆豆欢快地从房间里跑了出来，一下扑到季宁身上。

“表哥，你们这么快就回来了！我还以为要等到明天呢。”豆豆高兴地说。

“是啊，大学的校园就那样，半天就看完了。”季宁说。

妈妈朝楼上走去：“季宁，上楼跟外婆打个招呼吧，让她知道我们回来了。”

季宁牵着豆豆一起走到外婆的房间。外婆仍旧躺在床上，看上去精神状况不怎么好，但看到季宁和他妈妈回来了，又强打起精神坐了起来，问他们那所大学的情况怎么样。季宁和妈妈即兴发挥，瞎编了一通，外婆不懂这些，没听出什么破绽来。

六点过，爸爸下班回来了。三个人心领神会，故意在外婆和豆豆面前聊那所大学，装成什么事都没有发生的样子。吃饭的时候，外婆坐上轮椅，一家人围在餐桌前吃晚饭。

由于妈妈今天没去买菜，晚饭吃得有些简单。但因为有豆豆这颗开心果在，气氛显得其乐融融。季宁和妈妈这两天都在悲伤、压抑中度过，好不容易有了些好心情。本来佯装的快乐都像是变成真的了。

没想到这短暂的欢乐只持续了不到十分钟，就被意想不到的惊骇所取代。

豆豆吃着吃着饭，忽然想起了什么，问道："表哥，昨天我给你打电话，你怎么话没说完就挂了？我还听到你在电话那边大叫了一声，怎么了呀？"

季宁一愣，昨天那恐怖的一幕又浮现在了眼前，不禁令他浑身抽搐了一下。这时他想了起来，昨天挂完电话后，本来是想等心情平复后再打回去，编个理由解释一下的。结果送葬回来，就完全把这事给忘了！

外婆听到豆豆这么说，停下吃饭，望着季宁问道："怎么回事啊？"

季宁的脑筋急速运转着："哦，没什么……昨天豆豆给我打电话的时候，我们正好在过马路，一辆的士开得太快了，吓了我一跳。"

"没撞着吧？"外婆急切地问。

"没有，撞着的话今天就回不来了。"季宁笑着说。

"你们呀，过马路的时候要小心一点儿，别三心二意的。电话来了，可以等会儿再接嘛……"外婆唠唠叨叨地说了下去，季宁连连点头，把这事糊弄了过去。

豆豆放下筷子，跑到房间里去拿了一沓纸出来，兴奋地拿给表哥和姨妈看："这是我昨天画的画，你们看画得好吗？"

季宁的妈妈拿过一张来看，是用水粉颜料画的一个大头娃娃，充满了儿童画的稚趣。她"扑哧"一声笑出声来："这张是画的我呀？"

爸爸靠过来一看，点头道："嗯，别说，跟你姨妈还真有点儿像。"

豆豆说："姨妈，这张画我是送给你的。"

"太好了，谢谢豆豆。"季宁的妈妈笑着摸了摸豆豆的脑袋。

"这张不会是画的我吧？"季宁拿起一张画笑道，"我有这么丑吗？这鼻孔都比猩猩还大了。"

豆豆红着脸说："你又没坐在我面前，我是凭想象画的嘛。"

外婆"呵呵"笑着："你们就别刁难豆豆了，我觉得他画得蛮好。我把他送我那张都收藏起来了。"

季宁的妈妈赞扬道："豆豆画画是挺有天赋的，说不定以后能当画家呢。"

豆豆受到表扬，满脸放光，他把一张画举起来展示给大家看："这张是我画的妈妈，是我准备回去后送给妈妈的礼物。”

季宁和父母的表情一下凝固了，他们看到的这张画，是所有肖像里面画得最用心、细腻，也是最神似的一张——那活脱脱就是豆豆的妈妈，正望着大家露出微笑——毕竟这是豆豆最熟悉和在乎的人，画里面饱含着爱。但他不知道，他已经永远不可能见到妈妈了。季宁的心一下揪紧了，而他旁边的妈妈几乎已难以自持，紧紧地咬住嘴唇，拼命忍住不让眼泪掉下来。

豆豆见大家都愣在那里，纳闷地问道：“你们怎么不说话呀？我画得不好吗？”

“嗯，画得真好！”季宁的爸爸说。他想赶紧把话题岔开，伸手去拿豆豆手里另外一沓背面朝上的画，“姨夫看看这些画的是什么。”

豆豆把那沓画挪到身后，躲闪着：“没什么……这些就别看了。”然后把刚才那些画收起来盖在上面，拿到房间里去。

豆豆躲躲闪闪的态度有些奇怪，但大家的心思这时都没放在画上。豆豆出来后，继续吃饭。

过了半晌，外婆突然自言自语地说道：“不知道慧云最近怎么样，她都好久没来看我了。”

季宁的心被猛地击打了一下。爸妈也怔住了，一时之间谁都不知道该说什么好。

这时，豆豆说出了令人无比震惊的话：

“外婆，我妈妈好着呢，她昨天给我打电话，说过几天就来看你。”

季宁暂时忘记了呼吸——什么？昨天？

他和妈妈对视了一眼，两人眼中都透露出难以掩饰的惊悸。他们拼命克制着。

外婆似乎没注意到季宁一家人的骇然神情，她点着头说：“嗯，那就好。”

接下来大家都没怎么说话，埋头吃饭。

一个晚上，季宁都在出神，妈妈也显得心不在焉，显然是在思考同一个问题。

这到底是怎么回事？

小姨在三天前就死了，但豆豆刚才却说，他昨晚接到了小姨的电话！

是豆豆在说谎吗？但他为什么要这样做？——季宁在心中不安地猜测着，百思不得其解。

季宁悄悄观察豆豆，发现他并没有什么异常之处。想试探着问一下，却又不知道该怎么开口，心里堵得慌。

十一、第四天（深夜）

晚上睡觉的时候，季宁终于忍不住了："豆豆，你妈妈昨天什么时候给你打的电话？"

豆豆穿着一件小背心和裤衩，躺在床上说："就是晚上啊。我跟妈妈说了，叫她每天都要给我打电话。"

季宁假装平静："她前两天晚上也给你打了电话？"

"是啊。"

"那她今天晚上怎么没打？"

豆豆说："还没到时间呢。"

季宁一愣："没到时间？"他瞄了一眼书桌上的电子钟，现在是11点。

豆豆好像也有些不解："不知道怎么的，妈妈这几天给我打电话的时间都有点晚，都是在我睡觉后才打的。"

"大概什么时候？"

豆豆想了想："好像都是12点。"

季宁沉思了几秒，头脑里冒出一个想法——也许豆豆是梦到妈妈给他打电话？但是，可能吗？每天晚上都做同样的梦？

这时，豆豆开始问表哥关于某个电脑游戏的问题，季宁心不在焉地跟他解释了一下，然后关灯睡觉。

不一会儿，两人都睡着了。

不知什么时候，迷迷糊糊之中，季宁的耳边出现了一首轻柔而熟悉的歌谣——

“拉大锯，扯大锯，姥姥家，唱大戏。接闺女，请女婿，小外孙子也要去……小气鬼，喝凉水，砸破了缸，喝不到水，讨了老婆吊死鬼，生个孩子一条腿……”

歌谣重复地唱着这几句，季宁想了起来，这是小姨唱的童谣，是豆豆的手机铃声……

突然，他的神经一下绷紧了——**豆豆的电话响了?**

“喂。”黑暗中，豆豆接起了电话，“妈妈。”

睡在床铺另一头的季宁紧张地屏住了呼吸，感到毛骨悚然。

“妈妈，你怎么这么晚才给我打电话啊……嗯，我睡了。”豆豆迷迷糊糊地说，“唔，我今天很乖啊……妈妈，今天姨妈和季宁表哥回来了……”

接下来的几分钟，豆豆都没怎么开腔，似乎在安静地听着电话里的人说话。

过了一会儿，豆豆低声说：“好的，妈妈，我知道了……嗯，晚安。”

豆豆挂了电话后，季宁看了一眼桌上的电子钟——12点零9分，看来电话真的是在12点钟准时打来的!

季宁心中充满恐惧和惊愕，他无法理解这种超乎现实的事，却又难以压抑强烈的好奇心。他努力将恐惧吞咽下去，试探着问道：“豆豆，是你妈妈给你打的电话吗？”

“嗯。”豆豆在床的另一头答道。

“她跟你说了些什么？”

顿了几秒钟，豆豆说：“季宁表哥，我不能说。”

“为什么？”

“妈妈说，她晚上打电话跟我说的事，是我和她的秘密，不能告诉任何人。”

季宁张着嘴，无言以对，只感觉身子阵阵发冷。

不一会儿，床的另一头传来豆豆轻微的鼾声。但季宁却怎么也睡不着了。

他在心里思量了好一阵后，再也按捺不住，决定立刻找父母商量一下——他无法独自面对这恐怖的状况。

季宁悄悄翻身下床，没有扰醒豆豆。他蹑手蹑脚地走出房间，摸黑上楼，来到父母的卧室门前。

本来，他以为父母已经睡了，打算轻声叫醒他们，没想到正要敲门的时候，听到里面传来父母的说话声，内容一下就把他吸引了。

“……你说，那个女人说的如果是真的，我们怎么办？”妈妈的声音。

季宁的心一下提了起来——他们正在谈论今天早上那件事。

“我怎么知道？我又没有遇到过这样的事。”爸爸无奈的声音，顿了一下，“我看你不要太在意了，那女人也只是提醒我们一下罢了，不见得真的会发生什么事。”

“本来我也是这么想的，但今天吃饭时你也听到了，豆豆说他妈妈这几天晚上都在给他打电话！我当时听他这么说，立刻就想到了这件事，简直太可怕了！”

房间里静默了片刻：“也许豆豆是在说谎，他想妈妈了，就说接到了妈妈的电话。小孩子有时就是这样的。”

不对！他真的接到了电话！季宁在门口几乎要喊出来了。他想马上推门进去，又想偷听一下父母的谈话，探知那件妈妈不愿告诉他的事。但又听了几分钟，他发现父母的声音越来越小，他无法从那些断断续续的对话中听出什么头绪来，只好放弃偷听，选择直接交谈。

季宁轻轻敲了敲房间门。

“谁？”爸爸在里面问道。

“我。”季宁回答。

“进来吧。”爸爸说。

季宁把门推开，看到父母都穿着睡衣靠在床头上。妈妈问道：“季宁，这么晚了，有什么事吗？”

季宁坐到一把椅子上：“这么晚了，你们也没睡啊。”

妈妈和爸爸对视了一眼。“季宁，你刚才不会是听到我们谈话了吧？”妈妈问。

“我不是有意要偷听，我是想上来找你们说些事，碰巧听到你们在谈话。不过我也没听到几句。”

“你想跟我们说什么？”妈妈问。

季宁想了想：“今天吃晚饭时，豆豆说他这几天都接到了小姨打给他的电话。但事实是，小姨在三天前就死了。我想问问，这件事你们怎么看？”

“你爸爸认为豆豆可能没说实话。他也许是因为……”

季宁做了个手势，打断了妈妈说话。他站起来，走到父母床边：“不是这样的，他没有说谎。”

“你怎么知道？”爸爸问。

季宁吸了口气，一字一顿地说：“因为刚才，也就是12点钟的时候，豆豆的手机响了——他真的接到了一个电话，而且就是他妈妈打来的！”

妈妈捂住了嘴，惊恐地瞪大了眼睛。爸爸也不由自主地张大了嘴，好半天后，他难以置信地问道：“这是真的吗？”

“这种时候难道我还有心思开玩笑吗？”

“你真的听到声音了吗？我是说，你有没有听到电话里传出人说话的声音？”爸爸问。

“你这么问是什么意思？”妈妈望着爸爸，“你以为豆豆是在假装打电话吗？这怎么可能？他没有理由这么做。”

季宁说：“第一，我听到了手机来电的铃声，也就是说——电话不是豆豆打过去的，而是他接到了电话。第二，虽然我睡在床的另一头，听不到手机里的人说话的声音，但我却能感觉得到，豆豆确实是在给谁打电话，不是演戏。因为他的反应和语言都很自然，七岁多的小孩是演不出来这种戏的。”

爸爸有些不情愿地问道：“那么，你有没有听到豆豆在跟电话里的人说些什么？”

季宁摇头：“电话打了六七分钟，豆豆只说了几句话，其他时候都是对方在说。而且中间有一段时间，豆豆几乎一句话都没有说，好像是在专心听着什么内容。”

妈妈掖紧被子：“你有没有问豆豆……他妈妈跟他说了些什么？”

“问题就在这里。”季宁说，“我问了，但豆豆说，他妈妈不让他把电话内容告诉任何人，说这是他们之间的秘密。”

爸爸和妈妈对视了一眼，两人都显得惊骇莫名。“这到底是怎么回事？豆豆为什么不愿告诉我们电话的内容？这里面一定有什么问题。”妈妈说。

“谜团不止这一个。豆豆还告诉我，他妈妈每天晚上打电话来的时间是固定的——都是午夜12点钟——我觉得这也许有什么意义。”季宁说。

“啊……”妈妈恐惧地低吟一声，“豆豆果然……”

刚说到这里，她一下意识到季宁就在身边，骤然停了下来。

季宁望着母亲：“妈，你想说什么？豆豆果然怎么样？”

妈妈紧紧抿着嘴，埋着头不说话。

“我不知道你们为什么要瞒着我一些事情，难道你们还觉得我是个小孩子吗？”季宁叹了口气，“我还以为我已经长大了，可以帮你们分享一些烦恼了。也许我错了。”

片刻后，爸爸说：“季宁说得对，这件事我们应该让他知道。”

妈妈抬起头来望着儿子：“季宁，我不是想要瞒你什么，而是怕你知道了这些事情后，会对豆豆产生异样的感觉……你知道，豆豆已经够可怜的了，我不希望你再对他产生距离感或者排斥感。”

“你什么都不告诉我，我才会对豆豆产生距离感。”季宁说，“实际上，发生在他身上的事还不够怪吗？他居然能接到死去的母亲的电话！恐怕我只有找到这些事情的解释和答案后，才能安心和他待在一起——而这正是我们现在要做的事。”

妈妈缄默了十几秒：“好吧，我把那个女人告诉我的事讲给你听——据她说，这件事情是豆豆的妈妈亲口告诉她的。”

季宁聚精会神。

“这是两年多前的事，当时你小姨他们那个村子里，有一家人的老父亲突然脑溢血死了，临死前一句话都没有留下。他的子女们为了财产和土地的分配问题，去请了一个灵媒师来，希望借由他和老父亲的亡灵通话。灵媒师，你知道是什么意思吗，季宁？”

“我知道。”季宁假装平静地回答，但心里却猛地震动了一下。他想起了那个叫小登的女孩跟自己说过的话，没想到此刻妈妈也提到了这件事。

“那个灵媒师答应帮那家人通灵，但是提出了一个要求。他说，他只是会一些通灵的方法，但并不能让死者的灵魂附到自己身上，必须找一个有通灵体质的人来才行。他说这种人天生就有能够和死去的人沟通的能力，只有借助于他，通灵才能成功。”

妈妈说到这里，停了下来，似乎有些不愿再说下去了。但季宁却有些隐隐猜到了，他张大了嘴：“难道，那灵媒师要找的那个有通灵体质的人……”

“对，就是豆豆。”妈妈极不情愿地说了出来。

“然后呢？豆豆真的帮那家人通灵了吗？”季宁急切地问。

妈妈摇着头：“没有。虽然那家人拿了不少的钱来找你小姨，想‘借’豆豆去帮一下忙。但你小姨不想让豆豆去做这种事，就严词拒绝了。最后那家人只好悻悻而归，那次通灵最后就没能做成。”

季宁用手捏着下巴，思索着：“那个灵媒师为什么会找上豆豆呢？他凭什么认为豆豆有通灵的体质？”

“这我就不知道了，她（短发女人）没有告诉我这些。她只是说，你小姨当时是因为实在憋不住了才跟她说的这件事，而且反复叮嘱过，叫她千万不能告诉别人——因为你小姨不希望大家都知道豆豆有这种特殊的‘能力’。”

季宁听得有点急了：“小姨怎么能这么轻信那灵媒师的话？也许他根本就是胡说的。他说豆豆有通灵体质，豆豆就一定有吗？小姨还不清楚自己儿子……”

说到这里，他猛然打住，想起了目前所发生的事，忽然有些明白了。

“难道……小姨自己也知道，豆豆有这种‘能力’？”季宁神情骇然地说了出来。

“本来，那女人跟我说起这件事的时候，我只是觉得有些惊诧和意外，并不是很相信。但回到家后，听豆豆说他昨天接到了他妈妈打来的电话，再加上你刚才告诉我们的……我开始觉得，也许豆豆真的……有这种特殊的能力。”妈妈恐惧地捂住了嘴。

一阵冰冷的沉默持续了片刻。

“如果豆豆真的有这种特殊体质的话，这么多年来，我们为什么都不知道呢？”季宁说。

“以前又没有发生过谁死去这种事情。而且，就算你小姨清楚，但她不告诉我们，我们又怎么会知道这些呢？”妈妈分析。

季宁的下颌收紧了。突然，那个叫小登的女孩对他说过的一些话，此刻在脑海里浮现出来。他骤然抬起头来问道：“有个问题……你们想到了吗？”

爸妈都望着他：“什么问题？”

“假如说，我们现在验证出了，豆豆真的有那种特殊的体质，或者说是能力——**那么，当初那个灵媒师是怎么知道这些的？**”

妈妈和爸爸对视一眼，露出错愕的神情，显然这个问题他们之前都没有想过。

沉默片刻后，季宁突兀地问道：**“我们家族里，以前有没有出过灵媒师？”**

妈妈好像被吓了一跳：“你怎么会问这样的问题？当然没有！如果有的话，我怎么会不知道？”

“你怎么能肯定呢？”季宁对妈妈说，“也许我们家族里在好几代之前，出过一个灵媒师，只是你不知道呢？”

妈妈摇着头：“我从没听你外婆、外公或者是祖奶奶提起过，这绝不可能。”

爸爸问道：“季宁，你怎么会这样想？”

季宁抿了下嘴：“我在村长家住的时候，他的小女儿对我说，灵媒师的体质有时是可以遗传的。如果一个家族曾经出过一个真正的灵媒师，那么他的后人就可能会遗传到这种通灵的能力。”

爸爸摇着头说：“一个小女孩的话，怎么可信呢？况且通灵这种事情本来就没有什么科学依据的。”

“那发生在豆豆身上的事，该怎么解释？”季宁说。

“这个……我们再多观察几天，不要轻易下结论。”

这时，妈妈的身体突然颤抖起来，脸色发白：“豆豆……每天晚上都跟一个死去的人通电话……那么，**他到底知不知道，他妈妈已经死了呢？**”

这句话让季宁的后背蹿起一股凉意。妈妈好像也被自己的话吓呆了。

爸爸问道："你想说什么？"

妈妈哆嗦着："我的意思是……如果那真是慧云的亡灵在跟儿子通话，那她会跟豆豆说些什么呢？"

爸爸似乎仍然无法相信会有这样的事，他皱起眉头："我们居然在这里探讨一个死去的人会说些什么样的话，这简直是太荒谬了。"

妈妈像着了魔似的，非得追究这个问题："就算是……假设一下吧，你觉得她会跟豆豆说些什么？"

爸爸耸着肩膀："一些问候、关心的话吧，还能是什么呢？"

妈妈惶恐地说："如果只是这些普通的谈话，豆豆为什么说——他妈妈不让他把通话的内容告诉我们，还说这是个秘密？"

"那你觉得他们会说些什么？"爸爸问。

季宁打岔道："恐怕不是'他们'会说些什么，而是'它'会跟豆豆说些什么。我刚才告诉你们了，豆豆接电话的中间六七分钟，几乎都是在听他妈妈说话。"

"是啊，慧云会跟豆豆说些什么呢……"妈妈越发害怕了，"而豆豆如果通过这些谈话知道妈妈已经死了的话，又会做出什么样的事来？"

季宁听出妈妈的忧患似乎有某种来源："妈，说到底，你究竟在惧怕什么？"

房间里的冷气已经关了，但妈妈却颤抖得更加厉害，她用被子紧紧裹住身体，犹豫了许久，才终于说出了她心中隐藏最深的恐惧：

"村里那个女人告诉我，有通灵体质的人，不只是能和亡灵沟通……甚至，能把亡灵召唤到身边来，令'它'长久地待在自己所居住的地方。那女人提醒我，如果我们真的打算一直让豆豆和我们住在一起的话，就要有这种心理准备……当豆豆得知他妈妈已经死了以后，有可能会凭本能做一些我们意想不到的事情出来……"

季宁和爸爸听完这番话，头皮发麻，汗毛直立。

"那么，我们有什么办法呢？总不能让豆豆离开我们家吧？"爸爸一脸不舒服地说。

“这当然是不可能的！这孩子太可怜了，这种念头我们连想都不能想。”

“我知道。”爸爸说，“但那个女人提醒你的话，真是够瘆人的，很容易给我们造成心理阴影。”

“希望熬过这几天……会好一些。”妈妈说。

“什么意思？”季宁问。

“那个女人说，死者死去的前七天里，是最容易和通灵者接触的……所以她提醒我，要特别注意这几天……”

爸爸听到这里有些忍不住了：“这个女人到底是何居心？她跟你说这么多可怕的事，是有意想让我们家变得人心惶惶吗？”

“她只是善意地提醒我罢了。她也是犹豫了很久才决定告诉我的。事实上，她提醒我的状况现在不是已经发生了吗？”

爸爸缄默不语了。过了一会儿，他缓缓说道：“这件事情，实在是太离奇诡异了，如果不是亲身经历，我无论如何也不会相信这个世界上真的有能和亡灵沟通的人。”

妈妈把脸扭到一旁：“我早就知道了。我只是没想到，这么多年过去了，我竟然还是没能摆脱这些事情。”

季宁和爸爸惊讶地望着她：“你以前就知道这些？”

妈妈望向他们：“你们忘了吗？我小时候，也是生活在老家那个村子里的。那个时候我就知道，村里有通灵这种习俗。我从小就很害怕这一类的东西，所以想方设法地要离开那里……

“当时家里穷，我们两姐妹中，只允许一个人到镇上去读书。我就哭着闹着非得要去，你外公和外婆只好依了我。自那以后，我在镇上读小学，又到县城去读中学，后来到外地读大学，很少回老家去。就是因为我一直都在躲着那个地方……”

季宁第一次听妈妈讲起这些往事：“那小姨呢？她没有读书吗？”

妈妈悲哀地点了下头：“她把读书的机会让给了我。但我知道，其实她也是非常想去上学的，因为我每次不用的旧课本，她都收集起来，一个人在家里自学。但是，你小姨却从来都没有埋怨过我半句……

“后来，我大学毕业，在城里找了工作。而你外公也去世了，外婆就到城里来和我们一起住，留下小姨一个人在老家的农村。我长大后，想起当初的执拗和自私，一直觉得这辈子亏欠了你小姨太多，本来想找个机会好好地补偿她一下，没想到……她居然就……”

说到这里，妈妈控制不住情绪，低声啜泣起来。

爸爸劝道：“别哭了。明天眼睛肿了的话，小心妈看出来。”

妈妈用季宁递过来的纸巾拭擦着眼泪：“我现在唯一能做的，就是把豆豆当成自己的儿子一样抚养大。但是，如果他真的有这种特殊体质，我又会非常害怕，不敢和他接触……”她焦虑起来，“我真的不知道该怎么办了。”

爸爸安慰道：“你不用太在乎这个了，也许发生在豆豆身上的怪事不会持续多久。我们不要过分担心或害怕，事情不会像我们想象的那样糟的。”

“但愿如此。”妈妈缓缓吐出一口气。她望向儿子：“季宁，我把一切都告诉你了。就像你说的，你已经是个大人了，该懂得怎么恰当地处理这些事。不管豆豆有多特殊，你都要记住，他是你最亲的弟弟。”

妈妈没有说“表弟”，而是说“弟弟”，季宁听出了其中的意味。他点头道：“妈妈，我明白。”

妈妈轻轻颔首。

爸爸看了一下时钟，对季宁说：“都快凌晨一点钟了，回去睡吧，别再想这些事了。”

季宁应了一声，离开父母的房间。

十二、第五天（凌晨）

沿着黑暗的室内楼梯下楼，季宁尽量不发出一点儿声音。

他悄悄推开卧室门，摸索着走到床边。眼睛在这时候已经适应了黑暗。上床前，季宁自然而然地朝豆豆睡的那边望了一眼，想确定他是不是睡熟了。

他侧身上床的动作停了下来。

床的另一头，豆豆盖的凉被瘪瘪的，没有人睡在那里。

季宁不知道自己是不是在黑暗中没看清楚，他俯身上前，轻轻地将手压到被子上。

触觉清楚地告诉他，豆豆的确没在床上！

季宁愣了两三秒，判断着这是怎么回事。

豆豆到哪儿去了？

上厕所？这是他最先想到的。

事实上，除了上厕所，他也想不到其他的可能性了。

季宁坐在床边短暂地犹豫了片刻，觉得应该去证实一下。

他轻手轻脚地朝卫生间走去。

来到卫生间门口，季宁看到门虚掩着，没有关拢，里面透出光线。

他松了口气，看来豆豆真的是在上厕所。

季宁朝里面喊了一声："豆豆，你在里面吗？"

没有回应。

他又问了一声："豆豆，你是不是在上厕所？"

等了几秒，还是没人答应。季宁觉得有些奇怪，他缓缓推开了卫生间的门。

里面最小的一盏灯开着，光线有些昏暗，但是一眼就能看到，卫生间里面没有人。

季宁的神经一下绷紧了——豆豆没在这里，那他会到哪儿去呢？现在可是大半夜啊。

就在季宁准备转身离开的时候，眼角的余光瞥到了左侧面的梳妆镜，他一下怔住了。

这是什么？

季宁不由自主地朝后退了一步，他所看到的东西令他的胃紧缩了起来。

一个圆形的、红色的——符号，或者说是一个符咒，就画在镜子上！

这是什么时候画上去的？季宁惊骇地想着。他能肯定，在他洗澡的时候还没有这鬼东西，因为那时他照了镜子。

突然，他想到，家里有这种绘画颜料的只有一个人。

豆豆要干什么？脑子里涌起的恐惧猜测令季宁脊背发冷。**这红色的符号代表什么意思？**

当季宁再次望过去的时候，感觉镜子上的红色符号似乎具有某种魔力。虽然他感到害怕，却还是被吸引了过去。他的双腿不由自主地拖着身体走动。意识到这一点的时候，他已经站在镜子面前了。

现在，他看清楚了。

这是一个由圆圈和看不懂的怪异字符所组成的复杂图案，仿佛具有某种摄人心魄的力量，季宁盯着这个红色符号看久了，竟觉得心志变得有些难以控制。而就在这时，他听到了一种诡异的声音，头皮猛然发紧。

一种连续而富有规律的声音，是谁在念着几句听不懂的话。季宁渐渐听出来了，这是豆豆的声音！

这是怎么回事——季宁感觉自己紧张得快要晕过去了——声音是从哪里发出来的？豆豆在哪儿？

季宁惊恐地转动着身子，在卫生间里左右四顾，却无法寻觅到声音的来源。身体转回来的时候，他想用一只手撑住洗手台，却无意间把水龙头的开关压了下来——“哗”的一声，一股冷水从水管里喷涌而出，凉水溅到他的脸上和手上。

被这凉水一击，他突然有些清醒了，猛地回过头去，盯着藏在帘子后的浴缸。

没错，声音是从这后面发出来的！

季宁快步走过去，一把掀开隔水的塑料帘子——赫然看到，豆豆蜷缩在浴缸里！

季宁正要开口喊他，忽然发现豆豆闭着眼睛，只有嘴唇一张一合，念出那种奇怪的咒语。他心中一惊——**难道，豆豆是在梦游？**

季宁踌躇了，一时不知道该怎么办。他想把豆豆叫醒，却又想到，曾经在一本书上看到过，如果把正在梦游的人叫醒，有可能会把那人吓出精神病；但是，如果不叫醒豆豆的话，他会持续这种骇人的状态多久呢？

对了，先把他抱到床上去。

季宁双手伸进浴缸，搂住豆豆的身体，把他抱了出来，转身朝回走。经过那面镜子的时候，他忍不住又望了一眼，没想到这一眼，把他吓得心胆俱裂、魂飞魄散。

在那个红色咒符的旁边，多出了一张人的脸——**是小姨那张苍白而恐怖的脸，就像出丧那天一样，正瞪视着自己！**

季宁全身的血液都凝固了，头发连根竖起。他想叫，却发现惊恐的尖叫被憋在了喉咙里，使他发不出一点儿声音，也动弹不得。几秒钟后，他才发了疯似的抱着豆豆，狂奔到自己的房间里。

把豆豆放到床上后，季宁赶紧打开房间里的灯。这时豆豆已经不再发出那种奇怪的声音了，又沉沉地睡去。季宁急促地呼吸着，将房门关拢、锁好，然后钻进被子里，牙齿上下打架。

这实在是太可怕了，他感觉自己快要被吓疯了！

房间里的灯所带来的光明令季宁惊悸的心在几分钟后稍微平复了一些。他想到卫生间里的灯没关，镜子上还留有那咒符——明天一早，妈妈就会发现，她会吓坏的。但是，他实在是没有勇气再回卫生间去处理这些了……一切，都等到明天早上再说吧。

这一晚，季宁一直开着房间的灯，在失眠和噩梦的交替下度过了惊心动魄的一夜。

十三、第五天（上午）

清晨7点，季宁就从床上起来了。他没有忘记昨晚的事，想趁大家还没发现的时候，把卫生间镜子上的鬼东西擦掉。

他不想吓着妈妈，不希望这个家里再增加更多恐惧的气氛。

走出房间，季宁看到妈妈已经在厨房里做早饭了。

还是晚了一点儿，他暗暗想道，同时心中一震——妈妈看到镜子上的符咒了吗？

季宁装作若无其事地走过去：“妈，你怎么这么早就起来了？”

妈妈一边搅拌着鸡蛋液，一边叹着气说：“心里想着那些事情，睡不着。”

季宁通过妈妈的态度判断出，她还没到卫生间去过——看来还不算迟。

“你怎么也这么早就起床了？”妈妈问。

“我是起来上厕所的。”季宁说，然后钻进了厨房旁边的卫生间。

关上门之后，他正打算找一块抹布擦掉镜子上的怪东西，抬眼望去，却愣住了。

镜子上干干净净的，根本没有昨晚看到的红色咒符！

季宁走过去瞪大眼睛仔细察看，发现镜子上真的一点儿痕迹都没有，一时之间，他觉得脑子有点发蒙。

这是怎么回事？季宁呆呆地站在那里——难道，妈妈已经进来过，把这鬼东西擦掉了？

他不自觉地回过头去望了一眼——不对，妈妈不可能处理得这么冷静，而且不动声色。这和她的性情不符。

或者，是豆豆把它擦掉的？可是豆豆现在还睡在床上——季宁又想，也许是昨晚睡着后，他悄悄地起来……

过了一会儿，他甚至开始怀疑昨晚那恐怖的经历会不会是一个噩梦，但又很快在心里否定了——那印象和触觉实在是太清晰了。

一分多钟后，季宁从里面出来，走到母亲的身边：“妈，你早上到这里边去过吗？”他指着卫生间。

妈妈回头望了一眼：“没有，怎么了？”

“唔……没什么，我觉得冲水的阀门有点松了。”

“是吗？一会儿叫你爸爸看看吧。”妈妈不在意地说。

季宁回到房间，望着还在熟睡中的豆豆，实在想不透这是怎么回事。

八点半左右，一家人都起床了。洗漱完毕后，大家坐在餐桌前吃早饭。

豆豆表现得很正常，仿佛对昨晚的事全然不知。季宁通过大家的态度判断出，这件事只有他一个人知道。

他打算把这件事压在心里，不说出来，尽管这样会让他觉得压抑和难受。但季宁知道，他别无选择——如果不想全家（尤其是妈妈）都卷进恐惧旋涡的话，他只能独自承受。

直到上午十点钟，一个短信提醒了他。

季宁，你在家吗？为什么这几天都没有上网？

是筱凡发来的！季宁的精神一下来了。这几天经历了这么多复杂、诡异的事情，他几乎都忘了和女友联系——关键是，他不知道为什么筱凡也不跟他联系——现在收到了她的短信，他几乎想立即飞出门去和她见面。

你现在能出来吗？我想见你。（季宁）

可以，在哪儿？（筱凡）

就在你家前面那家水吧，你知道的，我们常去的那家。（季宁）

好的，我现在就出来。（筱凡）

一会儿见。（季宁）

发完这个短信，季宁到客厅里对妈妈谎称要去书店买几本教辅资料。妈妈同意了。

临出门前，季宁跟房间里的豆豆打了个招呼，豆豆在电脑前玩着游戏，跟表哥挥了下手。

季宁急不可待地一路跑到和筱凡约定的地点，只用了不到十分钟。

筱凡显然也很想见男友，她已经等候在那家水吧靠窗的一个位置了。

季宁走到筱凡面前，气喘吁吁地坐下，一头的汗。筱凡淡淡一笑："你是跑过来的？"

季宁短促地点了下头。女服务员走过来，问他们要点些什么。

"一杯冰柠檬茶。你呢？"筱凡问。

"跟你一样。"

女服务员转身离开了，半分钟后端来了他们点的两杯饮料。

季宁用吸管搅动着喝了一半的柠檬茶，杯子里出现一个小小的旋涡，简直就跟季宁现在的状况一样。短短几天发生了这么多事，自己还坠入到层层谜团之中，难以自拔，季宁一时不知道该怎么开口。偏偏筱凡也不开腔，像是故意要等着男友先说话。

季宁终于问道："筱凡，怎么这几天你都没有跟我联系呀？"

筱凡立刻说："你也没有跟我联系啊。"

季宁短暂地沉默了几秒："我们家发生了一些事情。"

"什么事情？"

季宁盯着筱凡的脸看了半分钟，犹豫着要不要把这件诡异、恐怖的事讲给她听。他很想找个人倾诉，但又怕说出来吓着女友，心中十分矛盾。

筱凡感觉到这件事情可能有些不一般，她试探着问道："怎么了？是很严重的事吗？"

"嗯。"季宁沉闷地应了一声，"我不确定是不是该告诉你。"

"如果你信任我的话就告诉我。"

季宁摇头："不是信不信任的问题。而是……这件事情太怪异了，而且某些部分可能超出了你——或者说是一般人的认知范畴。我怕说出来之后会吓着你。"

筱凡在座椅上不安地扭动了一下："到底什么事啊？被你渲染得这么玄乎。"

"不是我要故意渲染。"季宁赶紧解释，"真的是这件事情太离奇了，我从没遇到过这么可怕的事……所以，我不知道你能不能承受。"

"说吧。"筱凡望着他，"你约我出来，肯定就是打算要告诉我的。而我现在也做好心理准备了。我想我还不至于被你说的事情吓破胆。"

季宁沉默很久，他终于说："好吧，我告诉你。"。

接下来的半个小时，季宁详细地把这几天发生的所有事情原原本本、详详细细地讲述出来。他注意到，筱凡的神态和表情随着他所叙述的怪事而不断发生着变化，她脸上的血色像落潮的海水那样渐渐退去，眼睛越瞪越大，几乎快要脱离眼眶的束缚。他能感受到她有多么害怕，但是很显然，他已经停不下来了，只有硬着头皮把迄今为止发生的所有事情讲完。

这时，筱凡的脸色已经惨白得如同一张白纸了。她捂着嘴，惊骇得说不出话来。

季宁带着歉意说："对不起，真的把你吓到了，但你要相信我，我绝对没有进行任何添油加醋，事实就是如此。"

筱凡张着嘴足有半分钟后，终于找到了自己的声带："这真是……太可怕了！我不敢相信现实中真的会有这种事，而且就发生在我身边！"

"准确地说，是发生在我身上。"季宁悲哀地说，"如果你光是听到这件事都感到害怕，那么我在经历这些事的时候，恐惧的程度就是你的数十倍。"

"我感到害怕的原因之一，就是想到这件事情竟然发生在你的身上。"筱凡不由自主地拉着男友的手，"我知道你肯定吓坏了。"

季宁感受到了温暖，他拍着女友的手，无法相信自己竟然还能安慰别人："现在好多了。"

"可你以后还得继续面对！"筱凡的声音颤抖着。

"我有什么办法呢？总不可能不回家住吧？"季宁沮丧地叹了口气。

"豆豆他……晚上真的会接到他妈妈打来的电话？"

"千真万确，我就睡在他的旁边。"

"他会不会只是在说梦话？"

"不会。"季宁无奈地说，"很遗憾。我听到了来电的铃声。"

筱凡害怕地抱着肩膀："豆豆……到底知不知道，他的妈妈已经死了？"

"关键就在这里！"季宁像是早就忍不住了似的，急促地说道，"我一直在想这个问题，觉得这里面有些逻辑无法说通。"

"什么意思？"筱凡困惑地问。

季宁用双手在她面前比画了一下："我们这样来想，这件事情，无非就是两种可能性——第一，豆豆不知道他的妈妈已经死了。他认为每天晚上给他打电话的母亲还活得好好的。但是你想想，如果是这样的话，他怎么会跟母亲'通灵'呢？"

筱凡张开嘴，有些明白了。

"通灵这种事情，是通灵者知道谁死了，才会想到和死者的亡灵沟通。如果豆豆根本就不知道妈妈已经死了，他怎么会在卫生间悄悄进行这种‘通灵仪式’？”季宁盯着女友。

筱凡思忖着：“你说，豆豆昨晚在卫生间做的事，像是在梦游一般。也许他做这些事的时候并没有意识，只是一种潜意识的行为。”

“这种可能性，我昨天就想过了——豆豆会不会是因为有通灵体质，所以做出了一些出于本能和下意识的事。但很快我就意识到这是不可能的。”

筱凡望着季宁，等待着他继续往下说。

“因为你没有看到他画在镜子上的那个图案——非常神秘，像某种图腾或宗教符号，上面还有一些繁杂的字符；另外，豆豆口中念的那种‘咒语’，也极富规律性。”季宁盯着筱凡，“你懂我的意思吗？他不是在乱说乱画，而是真的会某种通灵的方法！我不认为这种东西是与生俱来的，就算他有通灵的体质，也不可能天生就会这些。”

“你是说，有人教过他这些东西？”

“如果是这样的话，那就涉及第二种可能性——豆豆已经知道母亲死了，他是在有意识地帮母亲通灵！但是这样的话，有一点又说不过去了——一个七岁多的孩子，知道母亲自杀了，会装得像没事的人一样吗？他不可能这么沉得住气！况且也没有这种必要。”

“照你这么说，这两种可能性都不太可能，”筱凡不觉皱起了眉头，“那会是怎么回事呢？”

季宁托着下巴想了几秒钟：“我现在，有一种大胆的猜想。”

“是什么？”

“我认为，豆豆做这些事，确实是在无意识的情况下进行的，但这并不是出于他的本能，而是因为他受到了某种控制！”季宁盯着筱凡的眼睛说。

“什么？”筱凡大吃一惊，“你的意思是，豆豆被什么……附身了？”

“嘘——”季宁把食指伸到嘴边，朝左右望了望，“小声些，这些话让别人听到了，会觉得我们不正常。”

筱凡压低声音：“你是不是这个意思？你觉得他被什么上了身？”

“只是猜测而已。”季宁眉头紧蹙，“我不能确定。”

筱凡显得十分害怕，紧紧地抓住了胸前的衣襟。

季宁停顿片刻：“坦白地说，**我认为豆豆出现这种状况的时候，有可能就是被他自己的妈妈附了身！**”

筱凡惊骇万分：“你觉得是你的小姨想通过儿子把她的魂魄召唤回来？但是，这怎么可能呢？如果她对这个世界还有留恋的话，又怎么会自杀？”

“我小姨的死本身就是个谜。没有任何人知道她为什么要自杀，之前也没有任何征兆，她留下的遗书没人能看得懂——这里面充满了谜团。”

筱凡思索半晌：“可是，还是有个问题，就算真的是你小姨的灵魂附到豆豆身上，令他做出了这些可怕的事——有一点又怎么解释呢？你小姨怎么会这些通灵的方法？”

季宁双手交叉，竖起食指：“我认为，如果真是这样的话，那一切都可以解释得通了——**豆豆为什么会具有通灵的体质，你想过没有？**”

“啊……”筱凡突然感觉像被一股电流击中，“你是说，其实你小姨她……就有通灵的能力，所以豆豆才会被遗传到这种体质？”

“对！”季宁说，“而且我怀疑，**我小姨曾经是一个灵媒师！**”

筱凡震惊得说不出话来。旋即，她想到一个问题：“如果是这样的话，你妈妈和你家里的人，还有你小姨村里的人，他们怎么会不知道呢？”

“我妈妈和小姨虽然是亲姐妹，但她们在一起的时间并不是很多。因为我妈妈从小就到外面读书去了，再加上后来她就一直生活在城市里，所以对小姨的生活并不了解。”

“那村里的那些人呢？他们都不知道？”

“记得我刚才跟你说过的话吗？村里的那个女人说过，我小姨不希望别人知道豆豆有通灵的体质——也就是说，她同样不希望别人知道她有这种本事！想想看，如果她只进行过为数极少的几次通灵，而且都是在隐瞒身份的情况下进行的。再加上豆豆出生后，她不愿豆豆沾染上这些事，便彻底不做了。当然就不会有多少人知道。”

筱凡觉得自己完全听呆了，季宁的这番分析听起来就像是在讲一个离奇的故事。可她又不得不承认，这些猜想不但有一定的道理，而且极具可能性。

“天哪，如果一切真的是像你说的那样，简直就是一部电影的剧情。”筱凡感叹道。

“这部电影正在上演呢。”季宁凝神望着窗外，“不过，我想我快看到它的结局了。”

筱凡从季宁的语气中，听出他似乎要有某种举动，不禁问道：“你想干什么，季宁？”

“我有个计划，也许能揭开这所有的谜。”季宁说道，但显得不太肯定，“不过只是也许而已……”

“什么样的计划？”

季宁望着筱凡，有些局促：“我现在不太想说，之后再告诉你结果吧。”

筱凡焦躁地说：“这么多你都告诉我了，为什么偏偏最后一点不说呢？你是有意想让我睡不着觉吗？”

“不是，筱凡。”季宁为难地说，“我只是不确定能不能成功，而且……也不知道结果究竟怎样。”

“这些都不重要，我只要知道你到底想怎么做。”筱凡凝视着他。

无奈之下，季宁只好把自己的想法说了出来：“今天晚上，我打算跟豆豆睡在同一边，如果豆豆又接到他妈妈打来的电话，我就设法偷听他们谈话的内容。”

筱凡瞪大眼睛：“为什么？你这样做有什么意义吗？”

“当然有意义。我觉得，豆豆（或者是他妈妈）不愿意说出他们谈话的内容，这里面一定有什么隐情。如果我能探听到的话，也许就能知道他们的目的。更重要的是，说不定还能得知我小姨自杀的真相！”

筱凡显得有些着急了：“你为什么一定要探知你小姨自杀的真相呢？”

季宁用一种奇怪的眼神望着女友：“我当然想知道了，我们全家都想知道。不然的话，我们以后也不会安心的。”

“可是你想过没有，你小姨既然在遗书上都没有说明她自杀的缘由，也许是有某种苦衷的。既然她不愿意让你们知道，你们就不要去探求了！”

季宁望着筱凡焦急的面庞，突然冒出一个奇怪的念头——**为什么筱凡此刻的态度，就好像她知道什么一样？**

筱凡没察觉到季宁的心思，她拉着男友的手说：“季宁，你答应我一件事，好吗？别去追究你小姨自杀的事了——过去的事就让它过去吧。”

季宁按捺住心中的疑惑，试探性地问道：“你为什么要劝阻我做这件事？”

筱凡脱口而出：

“因为她不希望你们知道！”

说完这句话，她呆住了，好像意识到自己失言了。

季宁张口结舌地凝视着筱凡。

此刻，他真是觉得诧异到极点了。

本来，他只是想向女友倾诉一下压抑在心中的那些古怪的事情，没想到事情竟然朝更加古怪的方向发展了——本来跟这件事八竿子打不着的筱凡，现在看起来像是知道某些内情！

突然，季宁又想起几天前的下午，筱凡在问了豆豆一些问题之后，也出现了一些怪异的反应。他终于忍不住问道：

“筱凡，你是不是……有什么事情瞒着我？”

筱凡尴尬地望着季宁，然后缓缓埋下头，无言以对。

毫无疑问，我说准了——季宁暗暗吃惊。

这时，筱凡从座椅上站了起来：“季宁，也许我真的知道一些事，但是我希望你能理解我，我之所以不告诉你，是有某种重要理由的。我绝不是有意要瞒你什么。真的，相信我。”

说完这番话，她径自朝水吧的门口走去，头也不回。

她又逃了，就像那天下午一样——季宁望着筱凡的背影——真是见鬼了，身边的每一个人都好像隐藏着秘密，这到底是怎么回事？

他用牙齿狠狠地咬断了吸管。

十四、第五天（下午）

离开这家水吧，季宁发现已经是中午了，他打电话跟妈妈说不回家吃饭了，然后在一家西式快餐店随便点了些东西吃。

之后，季宁到书店去买了两本数学习题集，作为回家后的交代。

做完这些事情回到家，已经接近下午两点钟了。季宁知道，爸妈都有睡午觉的习惯。为了不扰醒他们，他用钥匙轻轻打开门，悄无声息地换上拖鞋，悄悄朝自己房间走去。

季宁一眼看见，豆豆正背对着他，趴在书桌前专注地画画。他还没有注意到表哥已经回来了。

季宁本想走过去叫他一声，却突然停住了脚步。

他想起了镜子上画的那个红色符咒。

他又想起那天吃饭的时候，豆豆拿了一沓画出来给大家看，但是下面背面朝上的几张画，他却躲躲藏藏地不拿出来。

难不成，他是在练习画那个符咒？季宁的脑中冒出这个念头。

他要去确认一下，于是蹑手蹑脚地走向书桌。

快靠近豆豆了，马上就能看到那张画纸上的内容了，季宁不自觉地伸长了脖子。

就在这时，豆豆像是突然感觉到了什么一样，猛地回过头来，望着表哥。

季宁吓了一跳。而豆豆一把将桌上的画扯下来，贴在胸前，问道："表哥，你什么时候回来的？"

"我刚回来。"

"你是在偷看我画画吗？"

季宁没想到豆豆竟然会问得这么直接，愣了一下，尴尬地说："没有啊。"

"那你怎么悄悄地站在我背后？"

“我……想吓唬你，跟你闹着玩儿呢。”季宁勉强挤出一丝笑容。

豆豆怀疑地望了表哥几秒钟，然后低头看了一眼盖在胸口的画：“你看到我画的画了吗，表哥？”

“没有。”季宁索性问道，“可是豆豆，你为什么不让我看你的画呢？”

“那天我给你们看了呀。”

“那只是一部分。后来我爸爸想看你手中的另一沓画，你就没让他看。”

豆豆低下头：“那些……是画得不好的。”

“是吗？画的是什么？”季宁盯着豆豆的眼睛。

“没什么，就是一般的画。”豆豆搪塞道，然后抓起桌子上几张背面朝上的画纸，把它们一起按在胸前，跑走了。

季宁真想从他手里硬抢过来，但是忍住了。

他盯着桌子上的调色盘，看着里面红色的颜料，心中一阵发紧。

十五、第六天（凌晨）

晚上睡觉前，季宁开始实施自己想好的计划。

“豆豆，你想不想听故事？”季宁一边脱衣服，一边装作若无其事地问。

“好啊！”豆豆兴奋地说，“什么故事？”

“你想听什么故事？”

“冒险类的！你会讲吗，表哥？”豆豆期待地问。

季宁假装想了想：“冒险类的故事我想不起来，但我会讲很有趣的童话故事。”——因为这类故事会让你睡得快些。

“好吧，只要有趣就行了。”豆豆挪着枕头睡到里面去，给表哥腾了个位子出来。

这正是我想要的——季宁很自然地躺到豆豆身边，开始讲：

“故事的名字叫作‘老鼠与公主’。从前有一个国王，他有一个漂亮的女儿，很多王公大臣向她求婚，但是国王就是不肯把女儿嫁出去……”

季宁故意把语速拖得很慢，再配合着平淡的语调和低沉的声音。豆豆一开始还听得饶有兴趣，但渐渐地，他的眼皮开始撑不住了。季宁看着豆豆的眼睛渐渐闭拢，直到听到他发出轻微的鼾声，才停止讲述故事。

季宁吐了口气，同时在自己的手臂上捏了两把——这故事几乎让他自己都要睡着了！他看了一眼桌子上的电子钟，现在是11点25分。

半小时后，豆豆的电话还会响起吗？季宁的心情忽然变得矛盾起来，这种既害怕又期待的心情让他浑身发颤。

季宁的计划是这样的：如果一会儿电话响了起来，他就假装睡着，同时竖起耳朵，偷听他们的谈话。他估算过，在这么近的距离，就算无法完全听清手机里在说些什么，但起码能听出那是谁的声音。

躺在床上紧张地等待着电话铃声的响起，季宁觉得时间过得格外漫长。他既要跟疲倦抗衡，又要跟恐惧作战，真是比预想的要辛苦得多。短短的十多分钟，对他而言仿佛已经过了好几个小时。

11点55分。季宁又看了一眼电子钟。快了，快了。

突然，他想到一件事。

该死！他在心中骂道，我为什么之前没想到呢！

豆豆已经睡着了，我为什么不找到他的手机，看看前面几晚上的来电号码？也许会有什么发现！

季宁猛地从床上坐起来，适应了黑暗的眼睛四处寻找着，心中怦怦直跳——还有5分钟，来得及吗？

没有。周围都没看到豆豆的手机，他甚至翻看了豆豆的裤兜，仍然没有找到。季宁焦急地想着，也许是太黑了，放在某个看不见的地方，但他又不敢把灯打开，怕惊醒豆豆。时间一秒一秒地过去，眼看就要到12点钟了，他的额头上沁出汗来。

等等，冷静下来，别慌——豆豆知道他妈妈会打电话来，所以不会把手机放在离自己很远的地方，应该就在他身边才对。

季宁慢慢将身子探到豆豆枕边，用手摸索着，希望能有所发现，但换来的还是失望，只好无可奈何地躺了下来。

怪了，豆豆难道没把手机放在身边？不可能啊。季宁疑惑地想道——这个手机被豆豆视为珍宝，平时一刻不离地揣在身上。那晚上睡觉的时候，他会把它放在哪儿呢？

就在这时，豆豆的手机铃声响起来，那首童谣又从某个地方钻了出来，声音有些小，像是被什么东西阻隔了一般。几秒钟后，季宁忽然明白了。

他缓缓把身体偏向豆豆那个方向，然后闭上眼睛，假装睡着。

童谣唱了两段之后，豆豆醒了过来，他把手伸到枕头下，拿出了手机："喂，妈妈。"

季宁敛声屏息，将全身的神经都集中到耳朵那里。

"豆豆……"

季宁全身的毛孔一下收紧了，听到手机里传出的这一声细细的呼喊声，他身体像是被瞬间冻僵了一般。

天哪，真的是一个女人的声音，而且……**就是小姨的声音！**

季宁的头皮一阵阵发麻，他强迫自己将恐惧压下，却发现这比想象中要困难得多。他现在才意识到，有些事情只有到真正面对的那一刻，才能知道自己之前的想法是多么简单和不切实际。就像此刻一样，他努力地想去倾听手机里的声音，却发现自己的注意力已经被吓得难以集中起来。再加上豆豆把手机紧紧贴在耳边，阻挡了声音的传播。结果季宁除了那句"豆豆"，后面的内容一句没听到。

但是，他注意到，豆豆接电话的形式和上次是一样的——中间的几分钟，他一句话没说，完全是在倾听。电话里到底说了些什么，显得更加诡秘了。

几分钟后，豆豆终于说了一句话："季宁表哥？他就睡在我身边啊。"

什么？怎么会问起我？季宁心中一惊。

豆豆回过头来望了一眼，看到表哥闭着眼睛，转过头对着电话轻声说道：

“嗯，他睡着了……”

接下来，豆豆又倾听了十几秒钟，然后说：“好的，妈妈，晚安。”挂了电话。

不一会儿，豆豆就又睡着了。

睡在豆豆身边的季宁却难以入眠了，他不知道电话里的“人”怎么会问起了自己，而且还关心他有没有睡着。他不认为这是无意义的对话，但又实在是想不通这意味着什么，脑子里混乱不堪。

过了几分钟，季宁感觉身边的豆豆从床上坐了起来。接着，他看到豆豆翻过自己的身体，穿上拖鞋，朝门口走去。整个过程缓慢而机械，就像是在梦游一般。

我的老天——季宁自脚底冒起一股寒意——他不会又要到厕所去做那件可怕的事吧？

他忍不住问了一句：“豆豆，你到哪儿去？”

豆豆没有理会，一言不发地出去了。这阴冷的态度让季宁感到不寒而栗。

毫无疑问，他知道豆豆要去干什么。季宁的心脏怦怦狂跳着——我该怎么办？去阻止他吗？可他害怕又发生那种恐怖的事情。但是如果放任不管的话……

几分钟后，季宁鼓起勇气，翻身下床，朝卫生间走去。

这次，他打开饭厅和走廊的灯为自己壮胆。正要走向卫生间，他却看到旁边书房的门虚掩着，从里面透出一丝微光。

豆豆在书房里？这次又在搞什么鬼？季宁不由自主地走了过去。

才刚刚走到书房门口，季宁就听到里面传出跟昨晚一样的声音，又是那种古怪的咒语！这声音是由不断重复的一句话组成，像是有某种魔力般，将季宁吸了进去。

书房的台灯开着，发出微弱的亮光。豆豆坐在书房正中间的地上，背对着季宁，面前似乎摆着什么东西。

季宁慢慢走了过去，靠近豆豆的时候，他看见了——在豆豆的面前，是一张由四张画拼成的大纸。拼出来的图案，赫然是昨晚镜子上的那个红色符号！

季宁看到这个符号的刹那，莫名地被一种神秘力量所震撼。他原本是来阻止豆豆的，此时却呆呆地站在那里，动弹不得。他想喊，却发不出任何声音。无助和震惊中，恐惧感在体内迅速增长。

然而，最恐怖的事情他并没有看到。

在他身后的门外，此刻正站着一个黑色的人影。

诡异莫名的氛围之中，忽然传来一个不协调的声音——书房的玻璃窗被外面的风吹得哗啦作响，起风了。

一阵凉风吹到季宁脸上，让他感觉清醒了许多。这股风从两扇窗户中间的空隙蹿进屋里来，恰好把地上那四张纸拼成的图案吹散了，仿佛也把一些原本不应该出现在这个世界上的东西吹走了。

豆豆这时停止了念那古怪的咒语，身体晃了两下，倒在了地上。季宁知道表弟此时已经摆脱了控制。他把地上那四张组成红色符号的纸捡起来，迅速揉成一团，丢进垃圾桶，然后抱起豆豆朝卧室走去。

又是一次这样的事件，季宁疲惫地想道——但不管怎么样，今天晚上的惊悚时刻结束了。

他这样想着，精神渐渐松弛下来。

但是，他错了。**他把所有的灯都关掉了。**这就是一个错误。

将豆豆抱回房间，季宁刚把豆豆放到床上，正准备把他朝里面挪一点儿，突然在黑暗中看到，原先豆豆睡着的位置，此时横卧了一个人在上面。

准确地说，是一个黑色的人影。那人影的脸面朝季宁这边。

季宁的脑子嗡的一下就炸了，头发连根竖起，整个世界在他眼前摇晃打转。他趺趺撞撞地后退到墙边，终于忍不住叫了出来，同时按开了电灯的开关。

“啪”的一声，顶灯亮了。

床上的黑影瞬间消失，就像是个幻觉。但季宁心中清楚，这不是幻觉那么简单。

豆豆在刺眼的亮光和表哥的惊叫声中醒了过来。他揉着惺忪的眼睛，看着惊恐万状的表哥站在墙边，好像什么都不知道：“表哥，你怎么了？”

季宁咽了口唾沫，深吸了几口气：“没什么，我做了个噩梦。”

“可是，你怎么站在墙边……”

“别说了，豆豆。”——你得让我缓口气——季宁想道。他走过去帮表弟把凉被盖好，“睡吧。”

豆豆不再说话，侧向另一边睡了。

十几分钟后，季宁抱着凉被从房间里出来。

这个晚上，他只有在客厅的沙发上过夜。卧室那张床，他恐怕是再也不敢睡上去了。

今天是小姨死后的第六天。

第七天的时候，会不会发生什么事呢?

我快撑不住了。季宁虚弱地想。

十六、第六天

早晨，妈妈从楼上下来，看到儿子睡在客厅的沙发上，不明白这是怎么回事。

过了一会儿，季宁醒了，从沙发上坐起来。妈妈从厨房走过来问道：“季宁，你怎么睡到客厅来了？”

季宁不想让妈妈知道那些可怕的事：“豆豆睡觉有点爱动，老是踢到我，我就到客厅来睡了。”

妈妈无奈地叹了口气：“委屈你了，儿子。这个问题我也想过，总不能让你和豆豆一直挤着睡。但是，如果这个时候我们去买一张新床的话，就暗示着豆豆将长期住在这里。你外婆一定会生疑的，所以……”

“我知道，妈妈。”季宁说，“没关系，我就暂时睡沙发吧，其实挺舒服的。”

妈妈往豆豆睡的房间望了一眼，压低声音：“这两天晚上豆豆有没有什么异常的表现？”

季宁心里咯噔一下。为了不让母亲生疑，他假装平静地说：“没什么。”

“豆豆晚上还会接到他妈妈打来的电话吗？”

这个季宁没法说谎，因为豆豆会说出来的：“嗯……是的。”他不情愿地说。

妈妈露出惶恐的神色：“天啊，这种怪事……到底要持续到什么时候？”

季宁的心脏仿佛被重重击打了一下。**是啊，我究竟还要度过多少个这种恐怖的夜晚？**再这样下去我会疯掉的。

妈妈看到儿子神思恍惚，担心地问道：“季宁，你没事吧？”

“唔……没事。”季宁讷讷道，嘴里不由自主地冒出一句话——

“明天就会结束了。”

“什么？”妈妈诧异地问，“你怎么知道？”

“我也不知道。”季宁惊愕地说——他真的不知道——这句话就像是从他的潜意识中冒出来的，“我只是……有这种感觉。”

妈妈望了季宁好一会儿：“希望如此吧。”又回到厨房去了。

季宁呆呆地坐在沙发上，试图理解刚才那一瞬间，自己为什么会说出这样一句话。真的是来源于潜意识的想法，还是一种难以言喻的预感？似乎从昨天晚上开始，他就一直有这种感觉——**第七天，也就是明天，会发生什么事。也许，是很不好的事**……但不管怎么样，对于每晚都饱受恐惧折磨的他来说，任何有关结束现状的微妙暗示都会给他带来一丝希望之光。

今天早上，外婆坐着轮椅和大家一起吃早饭。豆豆仍然是那么的……正常——仅仅是对于白天而言。他对于自己每天晚上都会被短暂附身这件事，显然一无所知。

“表哥，你为什么要到客厅里去睡啊？”豆豆剥着煮鸡蛋壳。

外婆和爸爸都望向季宁。季宁假装轻松地用手指在豆豆的额头上轻轻点了一下：“还不是因为你？”

“我怎么了？”豆豆纳闷地问。

“你的小脚丫子都蹬到我脸上来了。我只有躲开喽。”

豆豆的脸一下红了：“我的脚没有蹬到你的脸上！”

“是吗？你睡着了，怎么会知道？”

本来，季宁只是想逗逗他而已。没想到豆豆竟然停下剥鸡蛋，很认真地想了想，然后说：

“我好像……知道我睡着之后的事。”

季宁的心一下悬了起来。

外婆笑着说：“豆豆，睡着之后能做什么事啊？你说的是做梦吧？”

“唔……我记不清了，好像……我真的做了什么事，是有人叫我这么做的……”豆豆费力思索着，最后挠了挠头，“唉，想不起来了。”

“那就别想了。只是一个梦。”季宁对他说，然后迅速转换话题，“豆豆，我给你的那个PSP游戏机好玩吗？”

豆豆立刻兴奋地谈论起关于掌上游戏机的话题来。

季宁知道，**真的会有什么事发生**——这一点他确信无疑。随着时间向明天逐渐过渡，这种感觉越来越强烈了。事实上，整个一天，他都在焦躁不安和心神不宁中度过，几乎没法静下心来做任何事。这种状况持续到晚上的时候，更加明显。

季宁的眼睛盯着电视机，却没看进去任何内容。他像患上强迫症一样，不断猜测着今天晚上，或者说明天凌晨的时候，究竟会出什么事。特别是——当他想到，今天晚上他不会和豆豆睡在一起，无法得知豆豆会做些什么事，就更加觉得这种想法不是毫无来由。可是，季宁实在是没有勇气再去面对那些恐怖的事情了，他那已经脆弱的神经无法再一次经受摧残，只有选择逃避。

豆豆在房间里玩游戏机，外婆在厨房里清洗着她的假牙，季宁又几乎一言不发——客厅里除了电视剧人物的无聊对白之外没有别的声音。妈妈像是忍受不了这种沉闷的气氛，刻意要找些事来做。她从冰箱里取出半个西瓜，用榨汁机榨西瓜汁。

几分钟后，妈妈在厨房喊道：“豆豆、季宁，来端西瓜汁喝。”

季宁应了一声，并没有马上站起来。他现在没心情喝东西。豆豆倒是飞快地从房间里跑了出来——他最喜欢喝冰镇果汁。

过了一会儿，豆豆把自己那杯喝完了，端了一杯西瓜汁过来，递给季宁：“表哥，姨妈才榨的果汁，可好喝了。”

季宁勉强笑了一下，接过果汁：“谢谢。”

喝完这杯冰镇果汁，季宁觉得心情稍微放松了一些。他到卫生间去洗了个澡，回到客厅的时候，电视已经关了，家人也都各自回了房间，大概是考虑到季宁要在沙发上睡的缘故吧。

一天的紧张心情令季宁感到十分疲倦。他裹上凉被，不一会儿就进入了梦乡。

不管是不是真的要发生什么事，今天晚上，他不想管了。

大概过了一个小时。夜深人静的时候，“啪”的一声，客厅里的灯被关了。

一个人影站在墙边，注视着熟睡的季宁。

十七、第七天（凌晨）

迷迷瞪瞪、飘飘忽忽之中，季宁置身于一座黑暗森林。

一切都显得虚幻、缥缈。行走没有声音，触碰没有实感。

这是哪儿？季宁环顾着四周黑压压的树林——好熟悉的感觉。他分明感觉到，这是他所经历过的某个场景。

哦，对了，这是安葬小姨的那片山林。我怎么到这儿来了？真奇怪，他一点儿都不害怕。

这时，季宁看到影影绰绰的树林中，一个人正缓慢地朝自己走过来，越走越近。他渐渐看到她的脸了——咦，这不是小姨吗？她应该睡在这片土地里呀，怎么会出现在自己面前？

季宁想走过去问问小姨，这是怎么一回事，但觉得这真是太荒诞了——我居然看到一个死人，还想和她说话——几乎是在想到这一点的同时，他明白过来了，找到了解释这种荒诞场面的理由。

这是一个梦，一个不切实际的梦。他意识到这一点的时候，小姨离他越来越近了。

他看到了她的脸。苍白、无神，腮帮上有一块腐肉在慢慢往下掉。

季宁的呼吸紧促了。这不好玩，这不是那种带有幻想或浪漫色彩的美梦，而是一个噩梦。

我得赶快醒过来，在她完全靠过来之前。事实上，在他这么想的时候，小姨——或者说那具腐尸，已经快到眼前了。而这时，季宁才想到——我要用什么方法，才能让自己从一场噩梦中醒来呢？

他使劲睁眼睛，但似乎不能控制梦中的自己。他想大声呐喊，却发现尖叫被憋在了喉咙里，发不出任何声音。他还能想到的就是拼命向后跑，但双脚就像是被灌了铅一样，根本无法挪动。季宁开始慌了，他惊恐地发现，在这个噩梦里，他所做的一切都毫无意义。他无法控制和摆脱这个恐怖的梦境！

那双蜡白、腐烂的手慢慢抬起，像蔓藤一样缠绕过来，仿佛要将季宁紧紧箍住。随即，那张吊着腐肉的脸也贴了过来……季宁吓得紧闭双眼，全身僵硬。而这时，他的耳边传来一个熟悉的语音，是前两天晚上听过的、豆豆所念诵的那段咒文——季宁心中惊骇到了极点，他无论如何也想不到，在梦中也会听到这恐怖的声音！

此种惊吓令季宁变得清醒起来。他从没有在梦中如此清醒过——他清楚地知道自己在做梦，但就是没法醒来！他甚至能想到自己此刻的真实状况——躺在客厅的沙发上，紧闭双眼、满脸痛苦、瑟瑟发抖。他唯一不明白的就是，既然都已经如此清醒了，为什么还是无法睁开眼醒过来呢？

一只像蛇一样冰凉的手滑过季宁的脖子，他的后背产生被指甲所抠的痛楚，他甚至感觉到那双手渐渐地陷入自己的身体之中——在梦中，这具腐烂的尸体似乎要和他融为一体。他不知道这意味着什么，但他知道，这很不正常，**这不是普通的噩梦**。

无论如何，我都要拼一下。他惊惧地想着。

季宁回头望了一眼，自己身后是万丈深崖。他很怕，即使是在梦里，他也非常害怕坠落到这黑暗的深渊之中——这深渊看起来似乎直通地狱。但是——我不能就这样沉溺在这恐怖的梦境之中，我得……夺回自控力。

拼了！季宁咬紧牙关，向山崖下奋力一跳——

“咚”的一声，季宁被疼痛唤醒了，他睁开眼睛，发现自己从沙发上滚落下来——但随即，他怀疑自己是不是从一个噩梦跌落到了另一个噩梦之中。

在他的眼前，客厅的地板上，画着一个直径足有一米的巨大红色咒符，比他前两天晚上看到的要大出好几倍。咒符的上下左右四个方向分别点着四支蜡烛。跳跃的烛光中，豆豆坐在正前方，闭着眼睛，念诵咒语，脸上变换着的明暗色调显得诡异莫名。

季宁很想从地上爬起来，再次阻止这一切，却发现身体绵软无力，行动困难。渐渐地，他的意识模糊起来，某些东西似乎渐渐离他远去了……

在季宁失去意识的同时，豆豆停止念诵，身体晃了两下，朝一边倒去。

几秒钟后，季宁的父母“砰”地推开房门，快步走了出来——刚才季宁从沙发上摔下来的声音把他们惊醒了。

当他们走到楼梯，从上面看到了客厅里惊人的一幕——季宁和豆豆都倒在地上，不省人事，地上是偌大的红色咒符和燃烧着的蜡烛——季宁的父母震惊得呆若木鸡，完全不明白这是怎么回事。惊呼一声后，妈妈冲到儿子身边，摇晃着他的身体，大声喊道：“季宁，季宁！发生什么事了？”

剧烈摇晃中，季宁苏醒过来。他微微睁开眼睛，看到眼前的人，嘴唇颤动了几下，竟冒出一句：“姐……”

妈妈蓦然怔住了：“季宁，你叫我什么？”

“姐……”季宁的语调听起来和平常不一样，像是换了一个人，“姐，真的是你吗？”

妈妈回过头，和同样张大嘴巴发愣的爸爸对视了一眼，两人脸上的神情就像是生吞下了一只活老鼠。

就在这时，被妈妈扶着坐了起来的季宁忽然呜咽一声，对着斜前方凄厉地叫道：“妈，你……放过我吧！”

季宁的父母大吃一惊，顺着“儿子”的眼光望过去，顿时瞪大了眼睛。

不知什么时候，**外婆拄着拐杖站在了楼梯上。**

此刻，她嘴唇掀动，身体颤抖，神情凄然地望着“季宁”说道：

“慧云，你就……这么不想见我吗？”

季宁的妈妈望一眼儿子，又望一眼母亲，试图理解眼前的一切。但她麻木的大脑此时无法转动了，只能惊骇地瞪大眼睛望着他们。

外婆艰难地拄着拐杖，颤颤巍巍地走到“季宁”面前，对旁边的人视若无睹。而“季宁”深埋着头，根本不敢直视面前的人。直到外婆说道：“慧云，我把你召回来，就是想让你亲口告诉我，你……为什么要自杀？”

“妈……我有我的苦衷。我在留给姐的遗书上说了，我只想把这个秘密带到坟墓中去，我只希望不要受到打扰。妈，求你不要逼问我了，好吗？”“季宁”苦苦哀求。

“你有什么苦衷？为什么不能告诉我？你……把我当妈了吗？”外婆激动得声带发抖，“慧云，你是不是一直怪我，从小就偏袒你姐姐？我让她出去读书，然后又到城里来跟着她住，把你一个人留在农村，让你们孤儿寡母受苦。你一直都在恨我，对不对？”

“不……”“季宁”捂着脸哭了起来，“不是这样的。”

听到这里，季宁的妈妈浑身颤抖起来，她走过去望着外婆：“妈，这到底是……怎么回事！”

“慧晴，你还不明白吗？**现在，慧云的亡灵，就附在季宁身上。**”外婆沉声说道。

妈妈恐惧地捂住了嘴：“为什么……会这样？”

“这件事我瞒了你很多年。现在，该告诉你了。”外婆凝视着她的大女儿，**“我，是一个灵媒师。”**

妈妈瞪着眼睛，难以置信地望着外婆。季宁的爸爸也完全蒙了，张着嘴站在一旁，像石雕般一动不动。

“我知道，你从小就害怕这一类灵异的事。我同意你出去读书，就是想让你离这些事远一些。”外婆缓缓扭头望向“季宁”，“慧云在我身边，她是知道的。但我叫她不要告诉你，并吩咐身边的所有人都瞒着你。所以，你一直不知道。”

外婆深吸了一口气：“后来，你在城里工作、定居，我就过来跟着你们住。慧云一直不理解，认为我是想到城里来过好日子。但实际上，你们两姐妹谁都不知道真正的原因。这件事我没跟任何人说过。”

外婆把目光移向“季宁”：“慧云啊，现在当着你姐姐的面，我告诉你吧，我当初选择到城里来挨着你姐姐住的原因是——**我发现我有了一个继承通灵体质的外孙。**”

季宁的妈妈惊恐得语无伦次，她剧烈地摇晃着脑袋：“不，不会……你说的是……”

“**没错，就是季宁。**”外婆的语调听起来就像是某种宣判，“在他几岁的时候，我就发现这孩子有这种能力。我知道，**他是隔代遗传到了我的通灵体质。**

“当时那个年代，尤其是在老家那里。一个真正的灵媒师是受到所有人尊重和敬仰的职业。我当时想，如果我能将季宁培养成继承人，未必不是一件好事……”

外婆说到这里，埋下头去，神情无比悲哀：“但是后来，我发现我错了。时代在发展和进步，但也逐渐变得混乱、虚假。很多打着灵媒师幌子的骗子，玷污、亵渎着这个行当，致使许多人——尤其是城市里的人，已经不再相信通灵这样的事。往日受人景仰的灵媒师，如今已沦为江湖术士甚至江湖骗子的代名词。意识到这一点后，我当然不可能让自己的孙子再走这条路……”

外婆望着“季宁”说道：“慧云，你现在明白了吧，我当初并不是瞧不起你，不愿和你一起住，而是出于……这样的原因。”

“季宁”坐在地上抽噎着，擦着眼泪。

妈妈凝望着眼前的人——那是她的儿子，但动作、语调又像极了她那可怜的妹妹——她的头脑从没这么混乱过，觉得自己快要昏过去了。忽然，她想起了什么：“妈，你是怎么知道……慧云已经死了的呢？”

外婆发出一声干涩的苦笑：“慧晴啊，你想瞒着我，是为我好，这我知道。但是你怎么瞒得住呢？我是一个灵媒师啊！慧云死之前，我就感觉到了一些预兆。之后，我通过灵力感觉到，我的小女儿已经不在这个世界上了。再加上后来我略微试探——你们的态度把什么都暴露了。我强忍住悲伤，假装被你们蒙在鼓里。”

“为什么你要这样……”话说到一半，季宁的妈妈望着一边的豆豆，明白过来了。

“我和你们想的一样。”外婆的表情显得十分痛苦，“我不忍心让豆豆知道他妈妈自杀这样残酷的事，所以配合着你们，就是为了瞒住他。特别是，我那晚听到豆豆在电话里说，要他妈妈每晚都打电话给他。为了让豆豆安心，我在夜里用自己的手机打过去，假装成慧云的声音——你们不是一直都说，慧云的声音和我很像吗……”

季宁的爸爸此刻抱着豆豆，惊愕无比：“妈，那些电话，竟然是你打给豆豆的！”

“你们给我买的手机，我一直没用，没想到在这件事上派上了用场……我装作慧云跟豆豆打电话的时候，忽然想到——我老了，腿脚又不方便，**但我也许可以在电话里催眠豆豆，借助他来向季宁施展通灵术，我只需要在之前做些准备就行了**——我这样做，是因为我实在是想弄清楚慧云为什么会走上绝路……”

说这些话的时候，外婆的呼吸逐渐困难起来：“本来，我不打算惊醒你们，只想利用豆豆悄悄地把季宁引到某处，进行通灵……可惜前两次出于一些意外因素，都失败了——今天晚上，是最后的机会，我不能再错过了。豆豆端给季宁的那杯果汁里，我放了一颗安眠药进去……”

外婆说到这里，丢掉拐杖，扑到“季宁”身上，老泪纵横：“慧云啊，妈把你召回来了，你还是不愿告诉我吗？也罢，我们到那个世界去慢慢说吧……”

“季宁”惶惑地抱着外婆：“妈，你……为什么要这样说？”

“我老了，通灵这种事，要耗费大量的精力和体力……这是……我最后一次通灵了……但是没关系，慧云，妈对不起你，只能陪你上路，来弥补你了……”外婆的声音越来越虚弱，身体渐渐滑了下去。

“妈！”季宁的爸妈都跪下来，几只手一起扶住外婆。“季宁”更是哭得肝肠寸断。终于，“他”悲痛欲绝地说道：

“妈，不要……我不要你陪我！好吧……我告诉你。我之所以自杀，**是因为得了一种可怕的病！**豆豆的爸爸也是因为得了这种病，才会选择离开我们的。因为这种病是绝症，而且会传染！我不想连累豆豆，但我不知道他是不是已经被传染上了，我甚至……无法面对豆豆！所以，才会……”

“是吗？这么说，不是因为我……”外婆合上了眼睛，“幺女啊，我们……一起走吧……不管怎样，妈都陪着你……”

说完这句话，外婆的头彻底耷拉下去，倒在季宁怀中。与此同时，季宁的身体一阵抽搐，某些无形的东西从他体内抽离出去了，他抱着外婆一起倒在客厅的地板上。

十八、一个月后

（季宁日记）

……整件事情就是这样。之所以现在才记录下来，是因为直到今天，一些事情才终于得出了结果。这件事总算要画上一个句号了。

现在想起来，其实我从一开始就已经意识到不对劲了。只是，当时没有引起重视，也根本不可能想到，这小小的“不对劲”，竟然会是后面那一连串恐怖事件的开端。实际上，出乎我意料的事情实在是太多了——

我没有想到，自己的外婆竟然就是小登（村长的女儿）口中那个“早就离开了的、最厉害的灵媒师”；我也不可能想到，外婆竟然会偷偷利用豆豆的绘画颜料来画那些咒符、教豆豆咒语，并且用电话催眠豆豆，借他对我施法；而最令我感到意外的就是——**我，竟然才是那个被遗传到了通灵体质的人。**

这实在是十分的讽刺——我之前怀疑豆豆有通灵体质，甚至怀疑小姨本身，但我居然没想到，跟他们有着同样血脉的我，也有这种可能——不幸的是，事实恰好如此。

当然，现在我一切都明白了。为什么我能在镜子、床上或其他一些地方看见小姨的亡灵——我只是在想，当时我怎么就没意识到这一点呢？也许我真是被吓傻了吧。

小姨自杀的原因——我感到非常悲哀。在老家那个仍然愚昧落后的小乡村，如果有谁承认自己患上了AIDS（艾滋病），似乎就意味着向所有人宣布他（她）是一个不检点的人，会遭到所有人的唾弃和鄙视。殊不知，在艾滋病的传染途径中，共用注射器是很大的一类。

当年，豆豆的爸爸为了贴补家用，秘密地去卖过血。他就是这样感染上AIDS病毒的。当他意识到自己患上绝症的时候，选择的是默默离开，到某一个地方去迎接死亡。而几年后，小姨在得知自己也被感染上病毒之后，竟然和小姨夫选择了同一条路——好像这是唯一的解决途径。

这些事情，我是后来从筱凡那里听说的。世界上的事情就是这么巧，一些看似没有关系的人或事却有着千丝万缕的联系。其实我早就该通过她父亲的职业而联想到什么——筱凡的父亲是医院艾滋病专科医生，最近升为了主任。他从医院的病历档案中，发现几年前矿石村有一个男人被确诊患上了艾滋病，却没有进行任何治疗就走了。他由此想到，也许应该找到这男人的家人，检测一下他们是否被感染，从而预防艾滋病的传播和扩散。

毫无疑问，那个男人就是豆豆的爸爸。而筱凡的父亲到矿石村去找到了小姨，把这些事告诉了她，并要求小姨去医院进行免费检查。

为了豆豆，小姨瞒着所有人悄悄到医院做了检查，结果是悲哀而残酷的——她真的是艾滋病病毒携带者。只是现在暂时没有发病的症状（艾滋病的潜伏期有时长达数年）。小姨无法接受这个事实，她害怕自己会将病毒传染给朝夕相处的儿子，也害怕看到自己发病后的样子，更不知道村里的人知道这件事后，会怎样看待她。所以，她央求筱凡的父亲千万不要把这件事说出去。筱凡的父亲答应了她，但他没想到，几天之后，小姨却将这个秘密带进了坟墓。

筱凡告诉我，她爸爸在家里说起过这件事，并提到矿石村这个姓徐的悲惨家庭中还有一个7岁大的男孩，尽管他感染的可能性较低，但也必须接受艾滋病检测。那天下午，筱凡听到豆豆名字的时候，有些猜到了。回到家后，从她父亲那里得到了证实。但筱凡的父亲反复叮嘱，这件事不能告诉任何人，必须尊重病人的隐私。所以直到几天前，筱凡听到我在电话里说，我们已经知道小姨自杀是因为她得了某种绝症后，她才把这一切告诉了我。因为她意识到——当他父亲来找我们，提出要豆豆接受艾滋病检测的时候，我们还是会知道的。

关于豆豆，我不得不说，他比我们想象的要坚强得多。从他得知妈妈已经去世这个噩耗到现在，已经有二十天了。豆豆现在的情绪和饮食基本恢复了正常。只是，他现在没以前那么活泼了，变得沉默寡言。我们知道，他心中的伤痛，只能用时间和关爱来慢慢抚慰。

外婆的坟墓就在小姨旁边。我们全家都觉得，这可能是外婆的心愿——外婆活着的时候，始终想念着老家的那片山林，现在，她可以长住在那里了。还有她的小女儿和她做伴。

现在，回过头来想想我自己，有一件事我有些不明白——如果我具有通灵体质的话，为什么这么多年来我和家人一直都没发觉呢？而外婆是怎样看出来的，就更是一个谜了。也许——我猜想——我只能看到自己亲属的亡灵吧。算了，这种事情我不打算深究，也不会告诉任何人（包括筱凡）——我还是原来的那个我。

明天，我们会到外婆和小姨的坟上去，有一些消息要告诉长眠于地下的她们。现在是晚上11点30分，我得休息了。我想，这一定是我这辈子写得最长的一篇日记。

尾声

季宁全家，连同豆豆一起，站在外婆和小姨的坟头前。白菊花和马蹄莲分别摆在两个墓碑之上。

“说好了，今天谁都不许哭。”妈妈说。

季宁和豆豆一起点头。爸爸对妈妈说：“你来说吧。”

妈妈蹲下身去，轻声呼唤着：“妈、慧云，我们是来告诉你们一个好消息的——豆豆的最后一次检测结果出来了，他很健康，没有染上病毒。慧云，你可以安心了。我们会把豆豆当成自己的儿子一样抚养长大……”声音哽咽了。

“说好了的。”爸爸在一旁提醒道。

妈妈缓缓站了起来，捂着发红的鼻子。

“豆豆，该你了。”爸爸拍着豆豆的肩膀。

豆豆手里捧着两张画，是他之前不愿让人看到、失败多次之后，才终于成功完成的“全家福”。他把画分别平铺在两座坟前，用两块石头压住。

“妈妈、外婆，你看，我们大家都在这儿呢。你们不会孤独的……”他没有哭出声，脸上全是泪。

在山头上默默地站了好久，他们才沿着崎岖小路下山。

走到山脚下，一阵风从后面吹过，刮到季宁的后颈窝中，他不经意地回头望了一眼——

他的神情凝固了，脚步停了下来。

妈妈转身问道：“季宁，怎么了？”

“没什么。”季宁深深地凝望着那远方的山头，“只是掠过脸庞的风而已。”

（第四个故事完）

在莱克讲述故事的过程中，没有出现一丝停顿或错误，他有条不紊地将这个令人发怵的故事娓娓道来，最后的结局也出乎人意料，令人回味悠长。整个过程进展得太过顺利，反倒让人怀疑起他之前说过的话。

“这个叫作《灵媒》的故事，真的是你刚才即兴创作的？”北斗最先发问，显然有些不大相信。

“我说了，不完全是即兴创作。我想好了故事的大框架，只有中间的一些具体情节和最后的结尾是即兴创作的。”莱克答道。

“即便是这样，也很了不起了。”龙马说，“克里斯说得没错，你确实不是泛泛之辈。”

莱克皱了下眉，他不确定龙马说的这句话是在夸奖还是针对他。

龙马看出了莱克的困扰，连忙解释道：“别误会，我没别的意思，是真的觉得这个故事非常棒。”

“那么，我们开始打分吧。”荒木舟说。

一样的评分流程。最后莱克的故事得到了9.0分，成为目前最高的分数，但他并没有流露出欣喜之情。似乎只要能够在不犯规的情况下顺利进行游戏，就是他最大的愿望了。

南天将莱克的分数记录下来。

莱克讲故事的语速相对较慢，现在已经接近十一点了。暗火作为下一个讲故事的人，显得有些压力。他到柜子里拿了一些食物和水，说明天白天就不下来了，要在房间里专心准备他的故事。众人完成了今晚的“工作”，纷纷回到自己的房间休息。这个晚上看起来没有发生什么特别的事，就要这样平淡地度过了。

南天躺在床上，思索着一个问题——从目前的各种迹象来看，莱克讲的这个故事无论从哪个角度都没有犯规——它既没有和以前讲的那三个故事雷同，也没有和现在发生的任何事情撞车。

这样看来，莱克真的想出了**一个避免犯规的方法？**难道后面的人只有用这种方式才能躲过一劫？

当然，还有第二种可能性。

主办者显然是不会令自己犯规的。

这念头刚一产生，南天又轻轻摇着头将它否决了——莱克现在是第四个讲故事的人，如果唯独他没有犯规，而其他的人都犯规了的话，那未免显得太可疑了。这不符合那个狡猾主办者的风格。

不过——南天又想到——现在还不能判断后面讲故事的人是不是会犯规。也许这个游戏越进行到后面，大家就会越小心谨慎……事态的发展是无法预料的，只能走一步算一步。

想着想着，南天感到困倦了。他合上眼睛，不一会儿就睡着了。

这所改造后的废弃监狱显然修建在一个人迹罕至的地方。每到夜里，就是死一般的寂静。虽然每个房间都比较隔音，但这种超乎寻常的安静却仍然能将一些声音带进他们的耳朵。

南天一开始是没有听到这声音的，他睡得很熟。后来声音变大了，才将他从睡梦中拖曳出来。

有人在走动，或者是……跑步。南天仔细辨别着，听出这声音来自楼下大厅。

南天警觉地从床上坐了起来。他竖起耳朵又仔细倾听了一阵——没错，是人的脚步声，时快时慢。如果这声音出现在一家健身房里，那就是再正常不过的慢跑的声音；但在这种特殊的场合下，却显得十分诡异。

一连串的问题迅疾在南天的头脑里冒了出来——是谁？谁会半夜三更到楼下去走动或者跑动？发生了什么事？

南天小心谨慎地从床上下来，慢慢靠近屋门。他将耳朵紧贴在门上，声音越发清晰了——真的是有人在楼下绕着圈跑步，或者是原地跑步。

南天搞不清这是什么状况。他觉得有些可笑——当前这种情形下，谁还有雅兴锻炼身体？就算有，也不该深更半夜出来跑呀。这样一想，他觉得有些不寻常了，恐惧感油然而生。

南天很想立刻将门推开，看看究竟是怎么回事。但他害怕这是一个陷阱，害怕自己的冒失会带来意想不到的危险。

就在他犹豫不决的时候，跑步声戛然而止。南天心中一颤。

接下来的好几分钟里，他没有再听到任何声音。

南天回到床上，思索着这件不寻常的事。他心绪复杂——既为没有打开门看个究竟而感到懊恼，又安慰自己也许待在房间里是一个正确的选择。

最后，他认为谨慎一点儿总是没错的。毕竟这个地方还有12个人，听到这声音的显然不会只有他一个，等到明天早上去问问大家，也许就知道是怎么回事了。

第二天清晨，南天很早就起床了。想起昨晚的怪事，他睡意全无，看了一眼时间，现在才7点不到。但他已经按捺不住了，将房门打开，走了出去。

在二楼上，他看到楼下已有几个人在大厅里了——这些人起来得比他更早。这使南天立刻想到，他们早起的原因，也许正是在谈论昨晚的事。

果不其然，南天刚刚下楼，纱嘉就快步向他迎了过来，问道：“南天，你昨晚有没有听到那奇怪的脚步声？”

南天点点头，纱嘉低呼了一声，回过头去对其他几个人说：“南天也听到了！”

南天走过去问道：“你们都听到了？”

莱克最先点头："是的。"接着徐文、纱嘉和歌特也纷纷表示自己听到了夜里的脚步声。

南天注意到站在这里的还有夏侯申和荒木舟，他们两人没有表态，他问道："夏侯先生、荒木老师，你们听到了吗？"

夏侯申说："我没听到什么夜里的怪声，倒是听到了他们几个人清早的议论声，所以才从楼上下来的。"

南天望向荒木舟："您呢，荒木老师？"

荒木舟眼睛望着别处，傲慢地说："那么明显的声音，我当然是听到了。"他顿了一下，"不过我觉得没什么好大惊小怪的，也许只是有人夜里睡不着，出来走动而已。总之现在人还没到齐，等剩下的那些人起床后，自然就清楚了。"

"说实话，荒木舟老师，我可不这么认为。"歌特说，"昨晚那个声音怪就怪在——**本来是一阵时快时慢的脚步声，突然一下就什么声音都没有了，后来也没再发出声音**。假如是有人出来走动，那这个人走了一阵后，应该回房间去的，怎么会突然停下来呢？我当时的感觉是，那个人就像一下在原地站住，便没有再动一下——实在是诡异到了极点。"

"那有可能是错觉，或者是一种假象。"荒木舟说，"年轻人，别太相信自己的感觉。"

南天问道："你们都没有出门看看是怎么回事吗？"

纱嘉说："我有些害怕，不敢出门来看。"

歌特更是直言不讳地表示："不管有没有听到什么声响，我都绝不可能在夜里打开房门。住在这种鬼地方，遭遇了这样的诡异事件，假如还不学会自保，那就太不明智了。"

徐文和莱克低着头不说话，看得出来他们也是出于同样的原因。

这时，从楼上又走下来一个人——克里斯。很显然他也是听到了昨晚那脚步声的。他直接问道："你们认为那脚步声是怎么回事？"

南天摊了下手："不知道。你觉得呢？"

克里斯望着面前的几个人，用一种神秘的口吻说道："**我觉得这里发生的**

每一件事都是有理由的。不管昨晚是谁在下面走动，都肯定有着什么特别的原因——绝不会是无意义的行为。”

也许是觉得克里斯的看法和自己不同，荒木舟挖苦道：“听起来，你也不敢打开门来看，只能做些猜测而已。”

克里斯平静地说：“我不用打开门来看都能知道，**外面肯定没人。**”

克里斯语出惊人，几个人都瞪大眼睛望着他。南天问：“你这么说是什么意思？外面没人的话，那我们听到的脚步声是从哪儿来的？”

克里斯淡淡笑了一下，解释道：“我的意思是——假如我没猜错的话——**弄出这个声音的人，必定是出于某种原因而故意让我们听到的。**既然如此，他（她）当然不会轻易被我们发现，也不会承认昨晚出来走动的人就是他（她）——那不就等于是没人吗？”

“你认为，弄出这个声音的人，十有八九就是那个‘主办者’？”南天问。

克里斯笑而不答。

“总之，让我们拭目以待吧。”荒木舟冷冷地说，“很快就能验证你说得对不对了，小天才。”

现在，大厅里已经聚集了八个人——南天、荒木舟、夏侯申、莱克、歌特、纱嘉、徐文和克里斯。除了夏侯申一人没听到那声音，其他七个人都听到了。

八点过后，楼上陆续下来了几个人，分别是白鲸、千秋和龙马。一问他们，全都表示没听到那声音。

最后一个下来的是北斗，看来他睡得最沉。听到纱嘉问他，他不好意思地挠着头说：“我肯定是听不到的，只要我睡着了，别说是什么脚步声，炸雷都把我吵不醒。”

现在人基本上都聚集齐了，果然如克里斯猜测的那样，没有一个人承认昨晚出来走动过。

“怎么会有这种事情？”徐文费解地说，“如果每个人都没出来走动过，那昨晚的脚步声到底是谁发出来的？”

“我一开始就说了，这样问是没什么意义的。”克里斯说，“就像推理小说里，大侦探问‘是谁杀了公爵夫人’，难道会有人举手回答‘是我’吗？”

“你的意思是，我们当中有一个人在撒谎？”莱克说。

克里斯耸了下肩膀，表示这是显而易见的。

“你们别忘了，还差一个人呢。”荒木舟说，“暗火还在房间里没下来。”

“他昨天说要在房间里专心想故事，白天就不下来了。”千秋说。

“别去问他了，没意义的。”克里斯说，“再说了，就算是他，他也不会承认的。”

这样一说，大家都有些沮丧。徐文惶惑地说：“这个人为什么要这样做？到底有什么目的？”

大家面面相觑——确实，这个问题不搞清楚，始终让人不安。

“也许，我们很快就会知道了。”克里斯低沉地说，似乎有种期待。

到了晚上，众人按时集聚在大厅里，坐在了自己的位置上。等到六点五十，暗火还没从楼上下来。

白鲸说：“暗火是怎么回事？他有手表吗？我们要不要去叫他一声？”

“我去……”北斗刚一表态，突然像是想起了什么事情，迟疑了。

正在这时，夏侯申看到暗火房间的门打开了，说道：“不必了。”

暗火匆匆从楼上下来，坐到自己的位置上，看上去有些激动。他告诉众人：“一个绝妙的故事……拜这个特殊的环境所赐。我用今天一天的时间想出来一个迄今为止我自己最满意的故事！”

“那真是太好了。”千秋充满期待地望着暗火，显得很有兴趣。

暗火不再多说，直接进入正题：

“故事的名字叫作**‘新房客’**。”

第五天晚上的故事

新房客

楔子

清晨6点就接到下属打来的电话，霍文知道准没好事。

“出什么事了？”他用头和肩膀夹着手机，已经在穿裤子了。

“头儿，又有新的受害者了。你还是直接到现场来看吧。地址是枫树大道53号。提醒一句，最好别吃早饭。”

霍文心一沉，知道是什么案件了。他暗骂一声“该死”，挂了电话，迅速往身上套着上衣。

睡在床上的妻子翻过身来，轻声问道：“怎么了？”

“没什么。”霍文不希望妻子知道这些令人发指的案件。他穿好衣服，俯下身在妻子的额头上亲吻一下，“你睡吧。”

作为刑侦队长的妻子，她了解丈夫的工作，并不多问。

半小时后，霍文驾车赶到了案发现场。现在还是清晨，天蒙蒙亮。空气中笼罩着浓重的雾气，街道上没什么人。一辆警车停在街边，里面一个身着便服的年轻警察看到霍文的车开过来后，立刻从警车上下来，迎了过去。

“头儿，你终于来了。”年轻警察趴在霍文的车窗上，“现场我们已经维持了三十多分钟，引起了周围一些人的好奇，还好现在街上的人不多。”

“把无关的人全部疏散开。”霍文从车里钻出来，重重地关上车门，“别让周围的人知道发生了什么事。”

“已经这么做了。”年轻警察领着霍文朝前方走去。

“这回发现的哪一部分？”霍文疾步行走，面色阴沉。

“小腿……和一部分内脏。”年轻警察做出一个极不舒服的表情，“真是太恶心了。”

两人绕过停靠在路边的警车，从枫树大道拐进一条小街，前面十米远的地方，三个便服警察围守在一个长方形垃圾箱旁，看到霍文来了，一起叫道：“队长。”

霍文点了下头：“被肢解的尸体在哪儿？”

一个警察指了一下垃圾箱旁边的黑色塑料袋：“这里面。”

霍文正要用手撩开塑料袋，年轻警察快步上前：“头儿，你还是别用手碰的好。”他递给队长一根塑料小棍。

霍文接过来，用小棍挑开黑色垃圾袋，看到了里面的内容——那模糊的血肉令人作呕。他用小棍拨动着被砍成数截的残肢——没错，是人的小腿部分，从脚来看，极有可能又是个女人。两截小腿被分别砍成了四段，还有肝脏和一截小肠。

霍文的眉头拧成了一股麻绳，他直起身子，将塑料小棍丢进垃圾箱：“谁最先发现的？”

“负责清理垃圾的环卫工人。他在将垃圾装上垃圾车的时候，这包东西散开了。不用说，他吓得魂都飞了。”年轻警察说。

“那个环卫工人呢？”

“已经送到局里去录口供了。”

“你觉得他有没有什么问题？”

年轻警察耸了下肩膀：“看不出来有什么问题。”

霍文吐了口气，指着地上那包残肢对一个警察说：“把这些带回局里，交给检验科。”

戴着手套的警察将黑色垃圾袋拴紧，提起来：“霍队，还有什么要办的？”

霍文对那三个警察说：“你们先回去吧，我和叶磊谈谈。”

“是。”三个警察带着黑色垃圾袋朝警车走去。霍文对那个叫叶磊的年轻警察说：“你上我的车。”

坐在队长的车里，叶磊掏出一包烟来递给霍文，霍文望了他一眼，心领神会地接过一支来。叶磊用打火机帮队长点燃烟，自己却并不抽。这包烟他是专门为队长准备的。他知道队长的妻子在叫他戒烟，但他也知道，队长遇到头痛的重大案件时，是离不开那口烟的。

霍文深深地吸了一口，吐出青色的烟雾：“那个环卫工人录完口供后，你记得叮嘱他，这件事情不要讲出去。你就说这关乎他的安全问题。”

“会不会吓到他？”

“要的就是吓到他，不然的话，这些人不会引起重视的，还是会把消息传播出去。”

“你害怕像上次发现那个上身被肢解的晨练的老头一样，招来媒体关注？”叶磊望着队长。

霍文凝望着车窗外的马路，行人逐渐增多了：“这件事不能再扩大了——尤其是，那些接触过此事和看过报纸的人如果知道这起案件一直没结束的话，会引起极大的恐慌。”

“是啊，连续三个月了。被肢解的尸体陆续出现在城市的各个角落——还好每次我们的动作都很快，及时赶到处理了，否则造成的恶劣影响简直不堪设想。”

“目前是第几次？”霍文问。

叶磊从上衣口袋里掏出一个小笔记本，翻开查看：“第六次。我这上面记得很详细，头儿，你看看吧。”

霍文接过这个小本子，看到上面记载的六次抛尸记录，心中阵阵发紧。

3月2日，桐弯路垃圾箱，两只手臂及部分内脏。

3月16日，竹竿巷垃圾房，大腿部分。

3月28日，和平桥洞下，小腿及部分内脏。

4月9日，滨江路垃圾箱，胸腹部。

4月25日，聚香饭店后门垃圾堆放地，肩颈部及被硫酸腐蚀的头部。

（今天）5月29日，枫树大道侧面水牛街垃圾箱，小腿及部分内脏。

叶磊跟着队长一起看着这一连串的抛尸记录，不由得火从心起："这个该千刀万剐的疯子！像玩游戏一样把尸体切割成若干部分，再分批丢弃，分明是在戏弄我们警察！"

霍文望着年轻气盛的叶磊："你觉得他（她）是个疯子，是在戏弄我们？不，我可不这么认为。依我看，这个凶手恐怕是我从警二十年以来碰到的最狡猾和最危险的惯犯！"

他用手指敲打着叶磊的小笔记本："从你记录的这六次抛尸过程来看，我们起码可以发现这样几个问题。"

叶磊冷静下来，细听队长的分析：

"第一，凶手杀人后，抛完一具尸体的过程长达近两个月，而且尸体并未腐烂。可见，他（她）将尸体做了冷冻处理，再分批处理。

"第二，他（她）将尸体肢解后分五次丢弃在不同的地方，每次只需要一个垃圾袋就能装完。这正是其狡猾的地方——因为这样目标不大，可以掩人耳目，甚至令我们警察无从防范——我们总不可能监视全市每一个丢垃圾的人。

"第三，前面五次的残肢组合起来，刚好合成一个人——一个女人的尸体。这一点，检验科已经鉴定过了。而今天这起事件，意味着又有一个人被杀死，而且是这具尸体的第一部分……"

"也就是说，后面至少还有四次抛尸事件？"

霍文眉头紧蹙，微微颔首："听我说完。最重要的一点——第一具尸体的第一部分出现，是3月2日。而最后一部分出现，是4月25日，近两个月的时间。然后——5月29日，也就是今天——第二具尸体才出现，你觉得这意味着什么？"

叶磊转动着眼珠：**"第一具尸体抛完到今天，中间隔了一个多月——也就是说，在这期间，凶手可能正在和第二个被害者接触！"**

"对，从犯罪心理学上来说，如果这个凶手是个无目的杀人的单纯变态杀手，那么他（她）的对象就应该是随机的。而且这种类型的凶手犯案往往具有连续性。这样的话，第一个受害者和第二个受害者之间，不应该隔这么长的时间。而现在的情况表明，两个受害人遇害的间隔时间大约有三个月。这说明，在这三个月里，凶手可能和第二个被害者之间处于经常接触的状态，后来出于某种原因，才杀死了她！”

“对，一些凶手有预谋地和被害人接触，达到某种目的之后，再将其杀害……也许我们可以根据这个来框定一些嫌疑对象！”

“嗯。不过别忘了，这仅仅是一种可能性而已——只是这种可能性为我们破案提供了一定的方向。”

“头儿，你具体是怎么想的？”

霍文竖起一根指头：“我们这样来想，现在，凶手已经杀了第二个人，接下来只是分批抛尸而已。而现在，恐怕他（她）又在寻找下一个目标了。我们要在他（她）再次下手之前，将他（她）揪出来！”

叶磊皱起眉毛：“可是，尸体的脸部被毁容了，我们又没有接到相应的报案，连受害者的身份都无法确定。破案的切入点在什么地方呢？”

霍文老到地一笑：“你说的这番话，恰好就说出了破案的切入点。”

叶磊一怔。

“想想看，为什么有人被杀，我们却没有接到关于有人失踪的报案？这说明了什么？”

“啊！”叶磊恍然大悟，“被害者可能是外地人或流动人口！”

“没错。凶手多半是了解被害者的情况，知道就算这个人‘消失’，也不会引起人们的关注，才会选择对其下手——这从另一个角度说明，这个凶手的确是一个非常狡猾和有预谋的危险角色，绝不是那种头脑简单的莽夫，如果我们不及时阻止的话，惨案也许会一直发生下去！”

“那么接下来，我们就把注意力重点放在外来人口上面。”叶磊攥紧拳头。

“具体方案，回局里再定吧。”霍文发动汽车，缓缓开出枫树街。

街对面的一家早餐店，一个坐在窗边的人冷冷地看着警察的车远离自己的视线。

这个人浑身像触电般颤抖了一下。

真爽。

离得这么近，欣赏我导演的戏由警察来演出，真是种享受。

他们做梦都想不到，我就在他们身边——想到这里，那酥麻的快感又遍及全身。

一

余凯琳打开电脑，发现自己在网上发布的求租房信息有人回复了，并留下了联系方式和地址。

太好了。她一分钟都不想再等，立即拨通那个电话号码。

房东是个女人。余凯琳和她简短地说了几句，女房东不愿在电话里多说，表示具体情况可以见面后细谈。这也正是余凯琳希望的——她迫切地想看房子。

挂了电话后，余凯琳将房东的电话和地址抄在一张纸条上，然后关掉笔记本电脑，将它塞到装满衣物的皮箱里。

出门之前，余凯琳回头望了一眼这个曾经带给她温情，现在却只剩心伤的单身公寓。

拜拜了，黎昕。你没我了。

出租车在市区一条不太热闹的街道上停了下来，余凯琳看了一眼纸条上的地址，没错，就是这儿。

她从出租车的后备厢中取出皮箱，将箱子的轮子放下来，拖着它朝纸条上所写的巷子走去。

四棣巷11号，一栋二单元，二楼——余凯琳对照着地址——她现在已经站在楼下了。还好，皮箱里多数是一些衣物，不算太沉，她两只手一起拎着箱子上楼。

拐过楼梯口，快到二楼走廊的时候，余凯琳听到走廊上有人在大声说话，她探头朝斜前方望去，看到走廊上一对男女站在一间房屋的门口，正和屋内的女主人在争执什么。

“怎么可能这么贵？”打扮入时的年轻女人尖声道，“现在租房的行情我们都了解，就是市中心最好地段的房子也不可能租这个价！”

一个冷漠的声音：“我的房子，要租多少钱由我定，你们要是嫌贵的话，就请便吧。”余凯琳看不到这个说话的女人，她站在房间内。但余凯琳从声音听出，这好像就是之前跟自己通过电话的人。

难道在我之前，还有人约了来看房子？余凯琳心中暗忖——他们嫌贵，到底要多少钱一个月？

站在门口的高个子男人犹豫着：“少500元吧，我们最多接受这个价。4000元一个月实在是太贵了！”

什么！4000元一个月？一个一居室的单间！余凯琳大吃一惊——这个房东是不是疯了？她以为这是哪儿——西湖边，还是海景公寓，或者她把房子装修成了总统套房？

“不讲价。”那冰冷的声音说，“要不你们去问问别的出租房吧。”她好像想关门了。

“我们走吧。”年轻女人觉得没有谈下去的必要了。

这附近没有房源了，房子都租完了——余凯琳是在网上了解到的——而此刻，那男人似乎也在想同样的问题。他站在门口沉思着，然后咬咬牙：“好吧，我们先租一个月！”

女房东好几秒钟没有说话，似乎她也没想到这男人居然会答应下来。片刻后，她说道：“好吧，先预交半年的房租。”

“什么？半年？”高个子男人惊讶地叫嚷道，“这么高的租金……你要我们一次性付给你24000元？”

“就是这样。”

“我昨天给你打电话的时候，你说过，是以季度来交房租的！”年轻女人怒斥道，“你怎么能言而无信？”

沉寂片刻。余凯琳听到女房东说：“好了，我不想再说了，这房子我不租了。”

“我也看出来了，你根本就不想租给我们。”年轻女人尖酸地说，“你就等着哪个傻瓜来租你这套破房子吧！”

说着，她拉起男友的手，怒气冲冲地朝楼梯走来。经过余凯琳身边的时候，他们和她对视了一眼。

余凯琳望着这对气急败坏的男女，在心中说——没必要去碰壁了，趁早走吧。

她正要拎着皮箱转身下楼，女房东从房间里走了出来，看到余凯琳，问了一声：“你是来租房子的吗？”

余凯琳回过头，看到了刚才只闻其声的女房东——四十岁左右，小眼睛，塌鼻梁，脸颊上散布着雀斑，发型老气得像八十年代老电影里的人物。此刻，她穿着一身松垮肥大的深色套裙，耷拉着脸，以一种审视的目光盯着自己。

余凯琳看到这个女房东，心里多少有些明白刚才那对男女为何会有此遭遇——这种古板女人，一看就知道是那种不好打交道的人。“啊……我，不租了。”她回答。

“你刚才给我打了电话？”女房东听出了余凯琳的声音。

“嗯，对……”余凯琳有些尴尬，“但是，我付不起这房租。”

女房东没有理会余凯琳说的话，她走近前来，凝视着余凯琳：“你不是本地人，是吗？”

余凯琳被她看得有些不自在：“是的。”

“你养宠物吗？会很吵的那种。”她分明指的就是狗，却不明说出来。

“不，我从不养任何宠物。”我养我自己都困难，她想。

“你喜欢邀约人聚会吗？”

“不，我是外地人，没几个朋友。”

“你有没有什么特殊的生活习惯？”

余凯琳一愣：“你指什么？”

“比如说，晚上熬夜上网，白天睡觉什么的。”

余凯琳摇头：“我是那种典型的上班族，你说的这种生活方式不属于我。”

女房东微微点头，像是对余凯琳的回答很满意。最后问道：“你有男朋友吗？”

余凯琳张着嘴，难以置信地轻声一笑："对不起，这跟你有什么关系吗？或者说，这跟我租房子有关系吗？"这话她刚才就想说了。她只是租个房而已，不想接受像警察查案般的审问。

"没关系。"女房东说，"我只是觉得，像你这样的美人儿，身边肯定不乏追求者吧——随便问问而已。"

余凯琳发现她还凝视着自己，显然还没放弃这个问题的答案。"我没男朋友。"她有些不痛快地答道——事实上，我刚和男友分手——这句没有说出来。

女房东听到这回答，不知出于何种心态，脸上露出了笑容："好的，房子我租给你了。"

"真感谢你，可是，我刚才说了，我付不起这么贵的房租……"

"1500元一个月，你觉得怎么样？"

"什么？"余凯琳怀疑自己的耳朵，"多少钱？"

"我说，1500元一个月，把房子租给你。"女房东放慢语速，又说了一遍。

余凯琳惊讶地张大了嘴："可是，刚才那两个人……4000元一个月你都没有租给他们……"

女房东摆了下手："别提那两个人了。老实说吧，我不喜欢他们，所以故意抬高价格刁难他们的。"

她顿了一下："我觉得，租房子这种事情也是要随缘的。如果租给了不投机的人，以后相处起来一定会不愉快，还不如不租呢。"

"相处起来？"余凯琳没听懂，"我们会住在一起吗？"

女房东指着身后的两间房子："这一层的两套单间房都是我的。我自己住左边那间，右边那间就用于出租。所以说，房子租出去后，我们就等于成了邻居，见面和接触的时间会很多的。"

"是这样。"余凯琳点头表示明白了。

"那么，你要租吗？"

"当然。可是……我没法一次性付半年的房租。"

"没关系。按季度来就行了，再加一千元的保证金，怎么样？"

余凯琳在心中迅速地计算了一下——5500元。现在自己一共只有六千多元。不过还有半个多月就要发工资了……

“好的，我租了。”她说。

女房东展露出和蔼的笑容，和起初对待那对男女时判若两人：“你都不看看房子吗？”

余凯琳这才想起最重要的事，她刚才只顾着关心房租了：“哦，是的，我连这个都忘了。”她笑道。

“来吧，我想你不会失望的。”女房东微笑着帮她提起了皮箱。

二

这套一居室的房子有三十多平方米，是那种典型的出租屋样式——不分客厅和卧室，就一间整屋，加上卫生间、厨房。屋内合理地摆放着床、书桌、衣柜、沙发和茶几，还有电视机、壁挂空调和冰箱，整体感觉就像是一间宾馆里的套房。装修和家具虽不算华美，却显得实用、大方。屋子收拾得干净、清爽，显示女房东是一个爱整洁的人。能在接近市区中心——特别是离上班地点很近的位置租到这样一间房子，余凯琳觉得很满意。

“怎么样？可以吗？”女房东问道。

“嗯，不错。”余凯琳一边点着头，一边到卫生间去看了一眼。瓷砖和卫浴设备都擦得亮铮铮的，“很多地方就像新的一样。”

“每次租房的人走后，我都会彻底打扫一遍。尤其是床上用品，全都洗过并消毒，你可以放心。”女房东介绍道，“基本的生活用品都有，你只要带衣服过来就能住了。”

“真是太好了。”余凯琳满意地望着女房东，“正如你说的那样，我就是要找这种只带衣服就能住的房子。”她拍了拍自己的皮箱，“你瞧，这就是我的全部家当了。”

“这么说，你今天就要住进来？”

“可以吗？”

“当然可以了。”女房东高兴地说，“欢迎你成为这里的新房客。”

“那么，我现在就付租金吧。”余凯琳说，“哦，对了，我还不知道怎么称呼你呢。”

“我叫韦隽。你就叫我隽姐吧。你呢？”

“余凯琳。”她伸出手去，和女房东礼貌地握了一下，“隽姐，以后要请你多照顾了。”

“唔……好的，没问题。”韦隽流露出一种异乎寻常的兴奋和喜悦，她甚至涨红了脸。余凯琳仿佛从她的眼中看到了某种期待，她心中隐隐生奇，不知道这种期待意味着什么。

接下来，余凯琳付了5500元钱，和女房东签好租房合同。办妥租房手续，韦隽向余凯琳简单说明了一下热水器和燃气灶的使用方法，以及屋内电器的一些注意事项。把房子钥匙交给余凯琳后，她就到隔壁去了。

韦隽走后，余凯琳长长地吐了一口气，仰面躺到床上。刚洗过的床单摸起来干爽、舒服，还有一股洗涤过的清香；床垫也柔软、舒适——尽管如此，余凯琳却无法轻松。

她从来没一个人单独住过，之所以这样，是逼不得已的。

余凯琳在心中想，等黎昕回到公寓，发现自己不辞而别，他会怎样呢……对了，他肯定会给自己打电话。想到这里，她把手机摸出来，关机。

今晚，她不想被任何人打扰，特别是黎昕。

躺在床上小憩了半个多小时，余凯琳坐起来。她打开皮箱，把衣服拿出来，一件一件地挂在衣柜里；然后把笔记本电脑和一些随身用品摆放到相应的地方。

做完这些事，余凯琳看了下手表，已经是下午六点了。她考虑着是否应该出去吃晚饭，眼光却落在桌子的一盒方便面上——那是她几天前在超市买的。算了，今天身心俱疲，实在是不想出门，晚饭就将就着吃它吧。

余凯琳到厨房去，用水壶烧了半壶水，刚要揭开方便面的纸盖，外面传来敲门声。

她走到门口，将门打开，看到韦隽端着一盘香喷喷、热腾腾的肥肠土豆盖浇饭站在门口。

“还没吃饭吧？”女房东问道。

“嗯。”余凯琳说，“今天有点累，我懒得出去吃，正要泡方便面呢。”

韦隽摇着头说：“这可不行，方便面那种东西怎么能当晚饭呢？既没营养，又不管饱。”

她把肥肠土豆盖浇饭递到余凯琳面前：“尝尝我的手艺吧，不管怎么说，应该比方便面强。”

余凯琳有些惊讶地问道：“这个……是给我的？”

“是啊，要不我端过来干什么？”

“可是……这怎么好意思呢？”余凯琳不适应刚一住进来就接受人家的食物。

“有什么不好意思的？反正我一个人还不是要做来吃？多做一份只是顺便嘛。”韦隽亲切地说，“咱们以后就是邻居了，别客气。”

“那就谢谢了，隽姐。”余凯琳感激地接过盖浇饭，顺便说道，“进来坐会儿吧。”

韦隽很高兴地说：“好啊。”

余凯琳把盖浇饭端到茶几上，韦隽很期待地望着她：“尝一口，看看味道如何。”

“肯定很好吃。”余凯琳笑道，“光是看着都让我有食欲。”说着，她拿起盘子上的不锈钢小勺，舀了一勺，送进嘴里。

她咀嚼着，希望按预期那样做出很好吃的样子，却发现很难做到——这盖浇饭外表好看，闻着也香，但一吃到嘴里，才发现有股说不出的怪味——酱汁甜味过重，和肥肠一点儿都不搭调；米饭有些夹生，咬起来很不舒服；更重要的是，肥肠像是洗得不怎么彻底，有股隐隐的臭味，使她有些作呕。为了不至失礼，余凯琳竭力控制住自己的面部表情不露出很难吃的样子。

韦隽见余凯琳吃了一口后一言不发，问道：“怎么样？好吃吗？”

“嗯……”余凯琳尽了最大的努力来做出礼节性的回应，“……不错。”

“是吗？”韦隽欣喜地说，“这是我今天开创的新做法，在酱汁中加了蜂蜜和一点儿果汁——呵呵，我很喜欢吃甜的。我就知道，除了我，还会有人喜欢这口味的。”

余凯琳有些想吐——天啊，她的味觉怎么会这么奇怪？而且，难道她看不出我是在说客套话？

韦隽确实像是没察觉到余凯琳的心思，她催促道：“快吃吧，凉了的话就不好吃了。”

反正已经够不好吃了——余凯琳心里想，表面上还是舀了一块土豆到嘴里——还好，这土豆还勉强能吃。

韦隽一直盯着余凯琳吃饭，像是很享受自己的作品被人分享，但余凯琳实在是无法再继续吃下去了。她借聊天转移韦隽对这盘饭的注意力：“隽姐，你刚才说，你一个人住，你的家人呢？”

韦隽沉吟一下：“我没有家人。”

余凯琳一愣：“隽姐，你……没结婚？”她觉得奇怪——这个年龄的女人，按理说小孩都该读中学了。

“嗯。”韦隽的脸沉了下来，很明显不想谈这个话题。余凯琳知趣地收了口。

房间里的气氛僵了一阵。韦隽又转成一副笑脸：“其实吧，我喜欢一个人住，也适应了。不过，我还是希望身边能有个说说话、谈谈心的人——不一定非得是男人。说实话，我把这间房子租出来，除了有份收入，更重要的就是想……也许能和房客做个朋友。你知道，我没有工作，无法结识同事或更多的人——所以，这是我唯一的交朋友的途径……”

说到这里，韦隽的脸有些红了：“唔……当然，你和我不同，你有工作，有很多和人接触的机会，身边不会缺少朋友。我的这种愿望，对你来说也许很可笑……”

“不。”余凯琳真诚地望着韦隽，“我完全理解。你也知道，我是外地来的，在这座陌生的城市工作，时常感觉无法真正融入本地人之中。再加上公司里的同事之间，有时为了个人利益——钩心斗角、尔虞我诈，很难找到一个真心朋友。我虽然每天跟很多人接触，却经常感觉到一种莫名的孤独感……”

韦隽拉住余凯琳的手：“你说得太对了，在现在这个社会里，一份纯真的友谊比黄金还要珍贵。如果……我是说，假如你不讨厌我这个人的话，也许我们能成为好朋友。”

余凯琳立刻说：“隽姐，我当然愿意和你做朋友了。你租了房子给我，等于是帮了我，而且——”她看了一眼那盘盖浇饭，“你的……热情，让我感觉到，你真的是一个好人。”

韦隽显得备受感动：“是吗？那真是太好了！我果然没看错——你具备善解人意、真诚待人的好品质。”

余凯琳不好意思地一笑：“隽姐，你过奖了。”

韦隽似乎因交了新朋友而格外激动，脸都涨红了，态度更显热情：“你快吃吧，如果不够的话，我那边还有。”

余凯琳赶紧说：“够了，够了。隽姐，我吃得慢，一会儿吃完后我把盘子给你送过去吧。”

“好的。”韦隽从沙发上站起来，“那我过去了。”

走到门口，她又回过头来说了一句：“能和你交朋友，我真的很开心。”

“我也是。”余凯琳微笑道。韦隽点了下头，离开了。

余凯琳坐回到沙发上，出了会儿神，然后把剩下的盖浇饭全倒在了厕所的下水道里。

三

晚上，余凯琳打开笔记本电脑上网，QQ上面，黎昕的头像急促地闪动着，代表他焦急地想和女友取得联系，但余凯琳根本懒得点开来看。她能猜到，一定是一系列道歉的话。可惜的是，这些话语已经无法打动她了，她被伤得太深。

余凯琳狠下心，将黎昕丢进黑名单中，手机在之前也关机了——黎昕现在失去了和她的所有联系手段。余凯琳希望通过这种方式暗示黎昕，同时也是告知自己，她和他之间已经彻底决绝了。

QQ上的另一个头像闪动起来，是公司的同事孟晓雪——一个比余凯琳还要小两岁的湖北女孩。和余凯琳一样，她也是外地人。由于两人年龄相仿，加上孟晓雪这个人没什么心机，人又很仗义，余凯琳和她关系很好。她是余凯琳在公司里唯一的朋友。

此刻，孟晓雪在线上问道：凯琳姐，今天你电话怎么打不通？

余凯琳回复：我搬出来住了，手机暂时关机了。

孟晓雪：跟黎昕吵架了？

余凯琳：不是吵架这么简单，我和他彻底分手了。

孟晓雪发了一个表示惊讶的表情：出了什么事？

余凯琳：一言难尽。

孟晓雪：讲给我听听吧。

余凯琳：晓雪，我现在有些心烦，不大想说这件事，以后再告诉你吧。

孟晓雪：好吧——对了，你搬到哪儿了？

余凯琳：离公司很近，就在米市街的四棠巷，以后请你来玩。

孟晓雪：好啊。房子还不错吧？

余凯琳：嗯，很好。房东是个独身女人，挺热情的，而且她觉得和我挺投缘。

孟晓雪：那就好。凯琳姐，你一个人在外面可要留意啊，晚上睡觉的时候一定要把门窗锁好，注意安全。

余凯琳身体里淌过一阵暖流：知道了，谢谢你，晓雪。我今天有些累了，就先下了，明天公司见。

孟晓雪：好的，凯琳姐，再见。

余凯琳退出了QQ，关闭电脑。

她从书桌抽屉里拿出一本日记簿——这是余凯琳多年的习惯，她每天都会把生活的点滴和种种快乐悲伤记录下来，就像跟一个无所不谈的闺中密友倾诉衷肠。

今天，她记录下了租房的整个过程、由冷变热的女房东，还有她那糟糕的肥肠土豆盖浇饭。

写完之后，余凯琳将日记本放回抽屉里，从衣柜中拿出一套内衣，走进卫生间。

余凯琳站在热气汩汩翻腾的淋浴花洒下，闭着眼睛，任由那许多股细小的水柱冲刷着自己的身体。

真脏——她意识到，黎昕也许在东窗事发之前，就已经背着自己做过那种事了——这意味着，他把她也变脏了。

想到这里，余凯琳身体一阵抽搐。

她希望清水能把自己冲刷干净，也能把她记忆中关于黎昕的那一部分彻底清洗——该死的！我为什么还在想他？我不是已经下决心和他断绝了吗？就算不用努力，我也该忘掉那个肮脏的男人！

这时，她突然听到外面房间里传出一个声响，好像是某种碰撞的声音。

余凯琳的心一下收紧了，不由自主地抱住身体，恐惧地睁大眼睛。

什么声音？

外面不可能有人，我锁好了门的。

余凯琳关掉淋浴花洒，卫生间里骤然安静下来，她竖起耳朵仔细聆听，却没有再听到什么声响。

是我听错了，还是错觉？余凯琳思忖着——不管怎么样，我要出去确认一下。

她用一条大浴巾裹住身体，轻手轻脚地走出卫生间，警觉地扫视着房间内，并没有发现什么异常。

余凯琳忽然想到一种可能性，也许这房子里有老鼠。

为了确认，她在房间的各个角落里寻找起来。余凯琳从小胆子比一般的女生稍大一些，不害怕蛇虫鼠蚁这一类的东西。

整间屋都看了一遍，并没发现老鼠或老鼠洞，余凯琳猜想这鬼东西可能躲在某个暗处了，她首先想到的是床下。

余凯琳在床前跪下来，头试探着伸下去察看，但床底下太黑了，根本看不到任何东西。她直起身子，看到旁边的桌子上有一盏台灯，她将台灯打开，将它拿到床下照明。

这一回，床底下一览无遗了，几秒钟后，余凯琳确定老鼠没有藏在床下。就在她准备将台灯拿起来的时候，无意间在床脚下，发现了一个闪光的小东西。

她将那东西摸出来，惊愕地发现，居然是一只钻石耳坠！

余凯琳通过这耳坠精致的做工和镶在上面那颗钻石的质感和亮度判断，这是一只价值不菲的钻石耳坠。当然，它曾经是一对——其中的一只遗失在这床脚下了。

余凯琳立刻想到，这可能是上一个住在这里的房客——而且显然是个女人遗失在这里的，当然也有可能是女房东的东西——不管怎么样，她打算找女房东问问。

余凯琳穿好衣服，拿着这只钻石耳坠来到隔壁门前，敲门。

几秒钟后，韦隽打开门，问道："凯琳，有什么事吗？"

余凯琳将那闪闪发光的小东西放在掌心，摊开来给女房东看："隽姐，我在房间的床下找到了一只钻石耳坠，想问问这是不是你的东西。"

韦隽看到那钻石耳坠，脸色骤然发生了一些微妙的变化，好像感到非常意外。好一会儿后，她答道："唔……不是我的。"

"那么，肯定是住在这儿的上一个房客丢失的了。"余凯琳说，"隽姐，她没有回来找过吗？"

韦隽支吾着："没有……也许，她不知道自己丢了耳坠。"

余凯琳愣了一下："哦，隽姐，那我把它交给你吧。"

"嗯……好的。"韦隽收下耳坠，"如果她回来找的话，我就交还给她。"

"好的。"余凯琳说，"那我过去了。"

回到房间里，余凯琳将门锁好，然后坐在床上，眉头不禁皱了起来。

韦隽那一瞬间显现出来的不自然的表情，她注意到了。而且，她还发现了一些不合逻辑的小细节。

韦隽说那女房客不知道自己丢失了耳坠，这显然是不可能的——因为这种贴身的东西，弄丢以后很快就会发现，怎么会不知道呢？而且，**这么昂贵的东西，怎么会有人丢失后，竟然都不寻找就搬走了？**况且这耳坠掉落的地方并不是非常隐蔽，就在床脚边而已。

还有一点，心思缜密的余凯琳也发现了——韦隽说“如果她回来找的话，我就交还给她”，这话表面上看起来似乎合情合理，但仔细一想，就会觉得不对。

那女房客在这里租过房子，难道作为房东来说，会没有她的联系方式？如果韦隽想把这耳坠还给她的话，何须等女房客想起后来找？直接打电话叫她回来取不就行了吗？

余凯琳用手托着下巴，思索着——**种种迹象表明，韦隽显然在某些方面没有说实话。她对自己有所隐瞒。**但令她困惑的是，这件小事为什么会令韦隽显得紧张不安呢？这只耳坠对她来说究竟意味着什么？

突然，余凯琳头脑里冒出一个古怪的念头——难道，**那女房客是遇到了某种突发事件，或者是在某种特殊的情况下遗失这只耳坠的，而她本人没机会得知？**

这想法令余凯琳莫名地打了个寒噤，她晃了晃脑袋，想把这怪异的想法从头脑中甩出去。她对自己说——别胡思乱想了，这不是侦探小说中那些戏剧化的剧情。实际上最现实的可能性就是——这个房间里曾住过一个马大哈的女人，也许她真的没意识到自己的耳坠掉在了床下（可能她认为掉在大街上了）；或者是，她回来找过一次，但女房东告诉她房间已经打扫过了，没发现什么耳坠，所以当韦隽看到这耳坠出现在自己眼前的时候，才会感到非常意外——这样的话，就一切都能解释了。

余凯琳看了下时间，已经十点半了，明天一早要上班呢。她不想再纠缠这件事了，于是换上睡衣，上床睡觉。

其实，人在遇到某些事情后的第一直觉往往是很准的。

很多天之后，余凯琳才意识到这一点。

四

星期一，余凯琳到自己所在的室内设计公司上班，忙忙碌碌了整个半天。到了中午，她叫上孟晓雪一起到外面的餐馆吃饭。刚走到公司楼下，余凯琳就看到了等候在门口的男人，她为之一怔，挽着孟晓雪的胳膊就朝反方向走。

守候在门口的黎昕已经看到了女友，他快步走上前来，喊道："凯琳！"

余凯琳没有理他，挽着孟晓雪快步走向公司的另一个门。黎昕跑到她们跟前，截住去路，带着尴尬的神情说："凯琳，我想……跟你谈谈。"

"我们没什么好谈的了。"余凯琳冷冷地说，头扭到一边。

黎昕对孟晓雪说："晓雪，你让我和凯琳单独谈几分钟，好吗？"

孟晓雪还没来得及说话，余凯琳已经替她回答了："不行，我们现在要去吃饭，你让开。"

孟晓雪被夹在中间有些难堪，她说："凯琳姐，黎昕都到这儿来了，你还是跟他谈谈吧——我先去吃饭了。"说着一个人走了。

余凯琳觉得有些事情说透也好，免得黎昕一直纠缠。她双手交叉抱在胸前："你要说什么就快说吧，我没多少时间。"

黎昕望了一眼周围，来来往往的人从他们身边经过："这里不是说话的地方，凯琳，我们到一个安静的地方去说吧。"

余凯琳径自朝门口走去，黎昕紧跟其后。

走到公司楼下一处相对安静的角落，余凯琳转过身来："就在这里说吧。"

"凯琳，你昨天怎么能不辞而别呢？你知道吗？我给你打了无数个电话，甚至遍街找你。失去了你，我简直寝食难安……"

余凯琳赶紧做了一个叫他打住的手势："如果你来就是说这些的，那我没工夫听。"说着就要离开。

黎昕赶紧用身体挡住她："凯琳，别急着走。"他咬着嘴唇，眉头紧蹙，

“我知道，我做了对不起你的事，伤了你的心——你要和我分手，我无话可说。我来找你，并不是奢望你能原谅我，或者是要求你回心转意。我只是……担心你突然赌气离开，会忽略一些重要的问题。”

“听着，”余凯琳正色道，“第一，我不是在赌气。我不是十多岁的小姑娘，还要玩这些把戏。第二，既然你也知道我和你分手已成定局，那就应该和我保持距离——我的事情，你就不用操心了。”

“是……我明白。但我来找你，是为了提醒你一些事情。凯琳，你知道吗？我现在非常担心你的安全。”

余凯琳斜睨着他：“什么意思？”

黎昕面露忧色：“你没看前段时间的报纸吗？我们市最近发生了可怕的杀人碎尸案，警察在堆放垃圾的地方发现了部分被肢解的尸体。而且报纸上猜测说，遇害的可能是个单身的外地女人。凯琳，你知道我在担心什么了吧？你现在离开我，一个人到外面去住，实在太不是时候了！”

余凯琳眯起眼睛望着黎昕：“你跟我说这些，不会是叫我回去继续和你住在一起吧？”

黎昕局促地搓着手掌：“凯琳，我不是为了劝你回去，才跟你说这些的，更不是故意想吓你。只是，现在的情况特殊……我的意思是，你回来住，然后你睡床，我睡沙发，这样起码比你一个人在外面住安全些……”

“你是说，咱们虽然分手了，但还是可以住在一起，彼此之间互不干涉，井水不犯河水——是这个意思吗？”

“对，就是这个意思。凯琳，我真的没别的想法，只是不希望你因为和我分手而陷入……”

“够了，黎昕。”余凯琳冷笑道，“别说这些幼稚可笑的话了。你觉得你的提议现实吗？你觉得我会同意吗？”

黎昕瞪大了眼睛：“幼稚可笑？凯琳，你可以不接受我的提议，但我实在是看不出来这有什么好笑的。你认为我是在危言耸听吗？”

“哼，我只是在想，报纸上每天报道各种各样稀奇古怪的事情，难道我都该认为这些事会发生在自己身上？”

“当然，我也知道这种事情不是必然会发生的，可是不怕一万就怕万一啊。而且，你难道不觉得吗？你现在的状况跟那个受害者几乎一样——单身，外地女人——这就值得你引起重视了！”

余凯琳沉默了片刻：“好吧，我知道了，谢谢你的提醒，我会注意的。”

“你现在住在什么地方？”黎昕问。

“这你就不用管了。”余凯琳冷漠地说，“总之是一个安全的地方——我不是小孩，我知道怎样保护我自己。”

黎昕叹了口气：“好吧，希望你保重。”顿了顿，他抬起头来直视着余凯琳，“凯琳，虽然这番话我已经对你说过了，但我还是想再说一遍——你是我唯一爱的女人，至于我做的那件对不起你的事，只是一时犯糊涂而已。”看见余凯琳要张口说什么，他立刻抢在她前面说道，“我不是要你原谅我，只是希望你知道，虽然我们现在分手了，但我还是爱着你，而且不会放弃你的。你有拒绝我的权利，我也有再次追求你的权利——你可以说我脸皮厚，但我不会改变我的想法。”

说完这番话，他转身就走。留下余凯琳一人张口结舌地站在原地。

五

下午下班后，余凯琳在附近一家快餐店吃了晚饭，之后在周围的步行街散了半小时的步，再回到租房子的地点。

刚从楼梯走上二楼，余凯琳就发现韦隽守在门口，像是在等着她回来一样。而韦隽看到余凯琳后，立刻笑逐颜开：“凯琳，回来了。吃饭没有？”

“吃了，隽姐。”余凯琳微笑着回应，“你也吃了吧？”

“吃过了。”韦隽见余凯琳拿出钥匙准备开门，忙说道，“到我这边来坐会儿吧，喝杯茶。”

“啊，这……”

“来吧。”韦隽拉住余凯琳的手，“晚上一个人多无聊啊，过来聊会儿天吧。”

“……好吧。”余凯琳只有答应。

坐在碎花图案的布艺沙发上，余凯琳环视着这个房间的布局，整体来说跟她那边是差不多的，只有一些家具的摆放位置略有不同。

韦隽端着一个茶盘从厨房里出来了，托着的除了两杯茶，旁边还有两个盖着盖子的方形瓷杯。

“我这里只有清茶，你喝得惯吧？”韦隽坐下来，端了一杯茶给余凯琳。

“嗯，我喜欢清茶。”余凯琳看着玻璃杯中嫩绿色的茶叶，再闻了闻袅袅升起的茶香，赞叹道，“好茶。”

“不瞒你说，这茶确实是名贵的好茶叶泡出来的。不是用来招待客人，我自己还舍不得喝呢。”韦隽笑着说。

“那我可得好好品一品。”余凯琳俯下身子，轻轻吹拂着冒着热气的茶水，正想喝一口，韦隽在一旁问：“你是加红糖还是奶油？”

“什么？”余凯琳以为自己听错了，“清茶里加糖……和奶油？”

“是啊，没试过吧。我发明的新喝法。”韦隽挑了下眉毛。

余凯琳怀疑地望着她，判断她是不是在开玩笑。

韦隽笑着把两个方形瓷杯的盖子揭开，余凯琳看到里面分别装着深褐色的红糖和乳白色的奶油。韦隽拿起茶盘上的一个金属小勺，再次问道：“你加哪一个？”

“噢，谢谢，两样都不加。我就这样喝吧。”余凯琳摇着头说。

“试一下吧，我保证你会品尝到一种奇妙的美味。”

恐怕我昨天就已经领教过这种“奇妙的美味”了——余凯琳心中想道。这回，她实在是不敢恭维了。

“隽姐，我真的不认为清茶适合跟红糖、奶油配在一起。清茶本来讲究的就是清新淡雅，那种微微的甘苦味才是它的特点。加了糖和奶油之后，也许会变得不伦不类。”余凯琳只有说实话。

韦隽的脸色有些不好看了：“你又没试过，怎么知道不好喝？”

“我能想象得出来那个味道。”

韦隽摇着头说：“想象是不能代替真实感触的，你只有试了之后才能做出客观评价。想想看，咖啡里既然能加巧克力和奶油，为什么清茶就不行呢？”

“因为清茶是很东方化的东西，它跟那些东西不搭调。”余凯琳耸着肩膀，半开玩笑地说，“隽姐，你不能把一杯清茶变成摩卡咖啡。”

“我不这么认为，我觉得任何事情都要有创新精神，否则就不会有进步了。咱们试试看吧。”

余凯琳忽然觉得有些烦了——只是喝杯茶而已，自己居然要费尽唇舌解释这么一大通道理，而且自己再三表明了态度，她为什么还要这么执拗呢？想到这里，她的口气生硬起来：“隽姐，我就喝纯的清茶，什么都不加。”

“这样吧。我加红糖，你加奶油。”韦隽自作主张地用金属小勺舀了一大块奶油到余凯琳的茶杯中，又倒了些红糖在自己的茶里，“咱们看看谁那杯味道好一些。”

余凯琳惊讶地张大了嘴——天哪，她居然……如此强人所难，完全不尊重别人的意见！

韦隽喝了一口自己那杯茶，赞叹道：“嗯，我就知道口感一定很好！凯琳，你也喝喝看吧，真的不错。”

余凯琳觉得她简直是在强迫自己——她没法接受这样的事情，从沙发上站起来，走到门口：“隽姐，对不起，我有些累了，想回去了。”

韦隽盯着被余凯琳关拢的房门，面色阴冷。

余凯琳回到自己那边，将挎包往沙发上一甩，然后躺到床上，深吸一口气，再缓缓吐出来。

回想着刚才的事，余凯琳忽然觉得自己会不会做得太过分了。可是……她怎么能这样强迫别人呢？请人喝茶，还要逼迫别人照她的意愿去尝试那些怪异、甚至是恶心的口味，这算是怎么回事？

但转念一想，也许韦隽只是太热情过度了。生活中有一类人就是这样，他们会强行对你付出，或给予帮助，认为这是一番好意，却忽略了尊重别人同样重要，否则就会为别人带来困扰。也许，韦隽就是这样的人。

而且，余凯琳又想到，韦隽没有工作，又没有家人的陪伴，经常一个人待在家里——她太无聊了，才会想尝试各种古怪的口味，只为等着自己这个新朋友下班回来后，分享这些她自认为的“奇妙美味”。可能她的期待太大了，才会如此坚持吧。但自己却完全不给面子，一口都没喝就走了……实际上，那加了奶油的茶味道也许并没有想象中那么糟……

想到这里，余凯琳有些后悔了，她真的觉得自己刚才的态度太过失礼，甚至可能伤了韦隽的心。她决定明天见到韦隽的时候，要跟她好好道个歉。

余凯琳依照惯例写了篇日记。怀着愧疚的心情，她到卫生间去洗了个澡。之后上网看了部电影，渐渐困倦了，便关闭电脑睡觉。

躺在床上，余凯琳又想起了喝茶的事，心中的内疚不安困扰着她，令她难以入眠。

静谧的黑夜里，余凯琳渐渐听到隔壁传来一种低沉而持久的声音，听起来……**就像是有人在原地慢跑**。她仔细聆听——没错，是运动鞋踩踏木地板所发出的声音，时快时慢，不太规律，表示跑步的人在变换着跑步的节奏。隔壁的声音如此明显，显然意味着这房子的隔音效果很不好。

余凯琳看了一眼手机上的时间，现在已经十一点半了。她纳闷地想，韦隽怎么会这么晚在家中原地跑步呢？如果是锻炼身体的话，时间也太不恰当了吧。

虽然这声音并不大，不至于构成噪声，但在这寂静的夜里听来，总是让人心烦的。余凯琳期待着跑步声尽快结束，但她没想到的是，这声音居然一直持续了半个多小时。

睡觉之前跑步？余凯琳呼了口气——**这房东的怪癖真是太多了。**

六

早上，余凯琳出门的时候，判断韦隽应该起床了。她走过去，轻轻敲了敲隔壁的房门。

过了好一会儿，韦隽才打开房门，看见余凯琳后，她笑着说道："早晨好啊，凯琳。"

"早晨好，隽姐，我没打扰你睡觉吧？"

"没有，我一向都是早起的。有事吗？"

"唔……没什么，隽姐，我就是想跟你说一声……对不起。"余凯琳带着歉疚的表情说。

"什么事啊？"韦隽好像一点儿也不明白，"你为什么要道歉？"

"就是昨晚的事。我想了想，我真是太固执了……你一番好意请我喝茶，我却没有领情……"

韦隽望着余凯琳，好像过了许久才理解她的意思。她大笑起来："原来就为这个呀！我还以为什么事儿呢——嘿，别放在心上，有什么呀！"

余凯琳也笑了起来："隽姐，你没生我的气就好。"

韦隽嗔怪地轻轻打了余凯琳的肩膀一下："我哪有你想的这么小气啊！咱们是邻居，又是朋友，应该互相理解嘛。"

"是，你说得太对了。"余凯琳微笑着，"那……隽姐，我上班去了。"

"哎，好——对了，你吃早饭没有？我正在蒸包子，你拿两个去吃吧。"

"不用了隽姐，我买了面包和牛奶，刚才吃过了。"余凯琳冲韦隽挥了挥手，朝楼梯走去，"走了啊，拜拜！"

韦隽也冲余凯琳挥挥手，目送着她走下楼。然后，她转身回到屋里，将门关上。

她走进厨房，继续着刚才正在做的事——**用抹布将案板上剩下的血迹擦掉，**

接着又将菜刀上的血污冲洗干净。

案板旁边的一个大碗里，装着一碗肉丁，那是包子馅剩下的材料。

韦隽将冒着热气的蒸锅揭开，里面有六七个大包子，她用筷子把包子夹起来放在一个盘子里。

冷却一阵后，她用手拿起一个包子，送到嘴里咬了一口，细细品味。过了十几秒，她缓缓摇头，把包子丢进了垃圾桶。

随后，她端起灶台上那一大碗肉丁，走进卫生间，把这些肉丁全倒在了下水道里，放水冲了好几分钟。

她深深地叹了口气，显得很失望。

余凯琳来到公司，刚走到自己的工作位置，就愣住了。

在她的办公桌上，摆放着一大束包装精美、娇艳欲滴的黄玫瑰。旁边的女同事见她来了，羡慕地说："余凯琳，你男朋友真好，一大早就送花过来，多浪漫呀。"

余凯琳冲她淡淡笑了一下，然后将花拿起来，看了看挂在上面的卡片。只是轻轻一瞥，就将那卡片揉成了一团。

随即，这束玫瑰花被插在了公司楼道的垃圾箱里。

到了中午吃饭的时间，余凯琳害怕那烦人的家伙又会出现在大门口，她直接拉着孟晓雪走后门的通道。

坐在一家小餐馆里，余凯琳和孟晓雪点了一荤两素一汤，然后聊着天等待上菜。

"真是可惜了。"孟晓雪摇着头，不无遗憾地说。

"什么可惜了？"余凯琳问。

"那束黄玫瑰呀。这么美的花，就被你装饰垃圾箱了。"

余凯琳笑道："早知道你喜欢，就送给你带回家去了。"

"算了吧。那等于是我接受了黎昕送的花，这算是怎么回事儿？"

余凯琳脸上的笑容消失了："晓雪，你以后……别在我面前提黎昕了。"

孟晓雪望着她："凯琳姐，你和他到底怎么了？我就问这一次，以后我都不提他了。"

余凯琳沉默良久："他背着我，跟别的女人……"

"我一猜就是这么回事！"孟晓雪气呼呼地说，"男人都这个样，朝三暮四！东窗事发后，又想尽办法来弥补，以求挽回你的心——实际上谁知道是不是虚情假意！"

余凯琳缄默不语，似乎孟晓雪的话触碰到了她心中的痛处。

心直口快的孟晓雪似乎意识到了这一点，她赶紧话锋一转，安慰道："不过，男人嘛，总有犯糊涂的时候。如果他能知错就改，保证没有下回，原谅他一次也是可以考虑的。我从黎昕的行动来看，他可能真的是下定决心痛改前非了……"

余凯琳打断孟晓雪的话："别说了，晓雪。你不知道具体情况，**他不是跟一般的女人来往，而是**……"

说到这里，她无法继续说下去了，抬手捂住了嘴，脸上露出极度厌恶的表情。

孟晓雪感觉事有蹊跷，试探着问道："是什么？"

余凯琳把头扭到一边，深吸了口气："算了，我真的不想讲了。晓雪，你也别再问了。"语气很强硬，没有商量的余地。

孟晓雪虽然很想探知，但又不好勉强，只有作罢。

这时，她们点的菜上来了，在碗里添上饭后，两人开始进餐。

吃到一半的时候，余凯琳忽然想起了什么，问道："对了晓雪，你知不知道，我们市最近是不是发生了杀人碎尸案？"

孟晓雪差点被口中的那一块肉噎住："凯琳姐，你能不能别在吃饭的时候说这种事啊！"她皱起眉头。

"啊，对不起。本来我昨天就想问你的，结果后来忙起来，就忘了。"

孟晓雪放下筷子，用纸巾擦了下嘴："你是从哪儿知道的？报纸上？"

余凯琳摇头："不，是昨天黎昕告诉我的。他想以此为由叫我回去继续跟他住在一起，但我不怎么相信，觉得他可能是唬我的——怎么，真有这样的事？"

孟晓雪目光低垂，片刻后，抬起头来凝视着余凯琳："凯琳姐，其实，你租房子那天，我就想告诉你这件事了……但是，我又害怕吓着你，所以就没有明说，只是提醒你注意安全。"

“你早就知道了？”余凯琳诧异地问，“这事我之前怎么完全没听说？”

“我也是听租房子那儿一个朋友说的。她是在另一个朋友家的报纸上看到的。但这件事情也许是受到了政府或警方的控制，据说报道这起事件的那一期报纸在当天就被全部回收了，然后网上与此相关的消息和帖子也被全部删除——也许是害怕引起市民恐慌，或者是对我们市的形象造成不良影响。”

余凯琳呆滞地说：“难怪我完全不知道呢……”突然又急切地问道，“听说被杀的是一个外地的单身女人，这是真的吗？”

孟晓雪想了想：“这我倒没听说，不过确实有可能。”

余凯琳捂住嘴，露出恐惧的神情。

孟晓雪说：“凯琳姐，我听说警察现在还没能抓到凶手，而且报纸上说这个凶手有继续作案的可能，提醒大家注意安全。我觉得……你现在一个人在外面住，真是挺让人不放心的。要不，你忍一口气，听黎昕的，回他那儿去住吧。”

余凯琳断然摇头：“那不可能——这样的话不是正中他下怀了？他告诉我这件事就是这个目的，我才不会让他这么轻易得逞。”

孟晓雪凝视着余凯琳，轻轻一笑：“其实，我看得出来，你还是爱着他的。”

余凯琳的心好像被针刺了一下，隐隐抽痛。但她立刻矢口否认：“别胡说！我是下定了决心和他分手的，绝不是闹着玩！”

“但人的心态是会随着时间慢慢改变的，况且有些人虽然可恶，但你真正地失去了他，又会觉得……”

“好了，晓雪，别说这些了。”余凯琳截断话头，用手势示意孟晓雪别再说下去。

孟晓雪耸了下肩膀，转移话题：“你现在住的那个地方怎么样？”

“房子还是挺好的，房租也合理。”

“可你毕竟是一个人呀。不像我，和朋友之间彼此还能有个照应。”孟晓雪现在是和几个认识的朋友一起合租的房子，相对余凯琳来说，境况要稍好一些。

“我有什么办法呢？”余凯琳叹了口气，沉吟一下，“不过，我也不能完全算是一个人……起码还有房东住在旁边当邻居，必要时也能互相照应一下吧。”

“就是你说的那个四十多岁还没结婚的老姑娘？”孟晓雪忍不住有些想笑，“她这个人怎么样？”

“还好吧，挺热情的。就是吃东西的口味有些古怪，而且……有些时候，有点儿热情过度了。”

余凯琳把昨晚在韦隽家喝茶的经过讲给孟晓雪听。

“啊？她也太强人所难了吧！”孟晓雪皱起眉，“她怎么能逼着别人尝试那些奇怪的口味？”

“算了，后来我想了下，她也没恶意的。她是把我当成朋友，才会这样吧。”

“和这种人当朋友，我可受不了。”孟晓雪吐着舌头说。

沉默片刻，余凯琳说：“对了，我发现，她好像还有一些怪癖。”

“什么怪癖？”

“昨天晚上十一点半的时候，我听到隔壁传来跑步的声音，一直跑了半个多小时呢。”

“睡觉之前跑步？”孟晓雪诧异地张大了嘴，“那样会令神经兴奋啊，还睡得着吗？”

“可不是吗？我也是这样想啊，谁会在这么晚的时候跑步呀！”

“你没问问她这是怎么回事？”

“没问。我觉得这是人家的事儿，我管不着。”

“我又没叫你去干涉她。你不是说她很想跟你做朋友吗？你就以朋友的身份去跟她说，睡前运动对健康非但无益，反而有害——这样就可以很自然地跟她聊这件事了。”

“还是你会出主意。”余凯琳说，“下次我就这样跟她说。”

孟晓雪望着没吃完的饭菜：“你看，好好的一顿午饭，我们却在说这些话题，现在还吃得下吗？”

“怪我。”余凯琳笑道，“下次我请你吃顿好的。”说着，她招呼服务员：“埋单吧。”

两人离开小餐馆，在路上默默地走了好几分钟，彼此都没有说话，似乎都在想着什么心事。

忽然，孟晓雪突兀地说道："凯琳姐，我觉得……你隔壁的那个女房东，也许不是个普通人。"

余凯琳停下脚步："什么意思？她不是普通人，是什么人？"

孟晓雪迟疑着说："我的意思是，她可能是那种……有些不太正常的人。"

"你为什么会这么觉得？"

"你想啊，她四十多岁还不结婚；喜欢那些怪异的口味，还逼着别人尝试；大晚上的跑步——这些事情，都显得她有些不正常啊。"

余凯琳思索着说："我觉得……没你说的这么严重吧。我还没有觉得她怪到不正常这种地步。"

"反正我提醒你一点——这种有着古怪嗜好的独身老姑娘，往往都有些偏执倾向，容易出现极端行为。如果你没惹到她，可能还好；但如果有一天，你冒犯了她，说不定她就会做出一些让你意想不到的事情出来。"

余凯琳这时想起了刚去租房子的时候，韦隽对那对男女冷若冰霜，但面对自己时，很快又变得热情无比，前后态度的转变真的很大。她忽然有些不安起来："晓雪，你可别说这些话来吓我呀。"

孟晓雪显得有些为难："凯琳姐，其实我也知道，你现在一个人在外面住，又是跟这个房东当邻居，本来是不该说这些话让你觉得不舒服的。可是……我真的有这样的感觉啊。而且你不知道——我的直觉比一般人要准得多。"

"好了，别再说这些了。"余凯琳不想继续谈论这个话题，"总之我会注意的。"

七

在余凯琳看来，韦隽每天的生活相当枯燥乏味，但事实并非如此，她有着属于自己的"乐趣"。

现在，她就开始寻找这种乐趣了。

韦隽哼着自编的小曲，悠闲地从抽屉里拿出一串钥匙，套在手指上甩动着，然后走出家门。

来到过道上，她安静下来，左右四顾，确认没人之后，她走到余凯琳现在住的那间房子面前，用钥匙打开了门。

进入屋内，她轻轻将门关拢。

每天最快乐的时候到了——她可以尽情窥探房客的隐私。

首先，她走到衣柜面前，将柜门拉开，欣赏着里面的各种衣物。

唔，这些衣服太普通了，没有什么出彩之处——她微微摇着头，显得有些失望。但很快，一些内衣引起了她的注意，令她精神为之一振。

这女人在内衣方面的品位还是挺不错的——她想道——嗯，这套淡紫色蕾丝边的内衣就蛮适合我，我干吗不试试？

她将身上的衣服全都脱了下来，任由它们散落在地上，自己一丝不挂。她丝毫不觉得羞耻，将另一个女人贴身的内衣、内裤套到自己身体上，然后低着头满意地欣赏着，甚至在屋里转起圈来。

十多分钟后，她才不舍地将这套内衣脱了下来，把它们小心地放回原位。然后，尝试另一套丝质睡衣……

半个多小时后，衣柜门关上了——她深信，经自己小心谨慎的还原后，福尔摩斯都很难发现这些衣物被人动过。

接下来，第二个项目。

韦隽走到书桌前，将没有上锁的抽屉打开。本来，她只想寻找一些与房主私生活息息相关的小物件，以此推断房主的一些生活细节，并产生出与此相关的富有戏剧性的联想。但她惊喜地发现，这抽屉里居然躺着一个日记本！这简直是太好了——对于偷窥者来说，日记本无异于最好的礼物。

韦隽几乎是急不可待地将日记本翻开，像吸毒者找到了上等冰毒一样兴奋。

翻了几页，她露出失望的神色。原本，她打算像阅读一本厚厚的书籍那样慢慢品味。没想到的是，这是个新日记本，上面居然只写了两篇日记，就是从租房子那天才开始写的。

韦隽并不知道，余凯琳为了能彻底忘记黎昕，将以前的那个记载着往日情的日记本烧掉了。

虽然与期待不符，但仅有的这两篇日记的内容却引起了她极大的兴趣——

（5月28日的日记）

“……今天真是不可思议，我居然只花1500元（每月）就租到了市中心的房子。我根本没想到会这么顺利，本来还以为要先在旅馆里将就着呢……房子很不错，干净、卫生，到了晚上也很安静。女房东人很好，非常热情。她招待我吃她自己做的肥肠土豆盖浇饭，虽然味道有些怪怪的，但我还是很感激她。她说，希望能跟我做朋友，我又何尝不是呢？对于我这样一个独居在外的单身女人来说，能有一个邻居作为好朋友，是再好不过的事了……”

看到这里，韦隽脸上展露出无比舒畅的表情，显得极为满足。她翻了一页，继续品读。

（5月29日的日记）

“……今天他来找了我，以一个荒谬绝伦的理由，竟厚颜无耻地要求我回去和他继续住在一起。我现在光是看到他都觉得恶心，他居然还能提出这样的要求，简直太可笑了……”

这一段，韦隽看不懂是什么意思，只是猜测这是一对男女的情感纠葛，她接着往下看。

“……虽然我感到很惊讶，隽姐怎么能逼着我去喝那些奇怪口味的茶呢？但是，我想她只是太热情了而已。而我，竟然因为一时难以接受，就毫不领情地离开了。现在想起来，我觉得自己做得有些过分。我不知道有没有伤了隽姐的心。我决定明天跟她好好道个歉，真希望隽姐没有太生我的气……”

“噢，小可怜。”韦隽喃喃道，露出怜惜的表情，将日记本合拢，把它谨慎地放回原位。

她舒了口气，感到非常满意和充实。如果不是害怕碰倒了这里的一些东西，她简直想翩翩起舞。

哦，对了，还有最重要的事呢，我得检查一下那个。

韦隽走进卫生间，将灯打开。她靠近淋浴器侧面的那面大镜子，几乎把鼻子贴在上面仔细观察，然后心满意足地点了下头——

非常好，不会有人看出一丝破绽的。

八

余凯琳以前都是盼着早些下班，但今天，她第一次希望在单位待的时间久一点儿。

今天中午和孟晓雪谈论的那些话题，真的有点吓到她了——她甚至有些后悔自己一个人出来租房子住。也因此，她更恨黎昕了——如果不是他做了那种肮脏的事，她又怎么会处于如此境况呢?

下班的时候，余凯琳终于忍不住了，她拉住了正准备离开的孟晓雪。

“晓雪，今天……你能不能到我那里去陪我住一晚上？”她有些不好意思地说。

孟晓雪一愣，但立即明白了：“凯琳姐，是不是我们今天中午说的那些吓到你了？”

余凯琳无法逞强，只有点头。

孟晓雪想了想：“我去陪你住一晚上倒是可以，但这也不是长久之计啊，我总不能每天都去陪你睡吧？”

“我不会叫你每天都陪我的。主要是今天刚说了这些事，我特别害怕，过几天就会好些了。”

孟晓雪叹了口气：“唉，你这是何苦呀？人家黎昕要保护你，你又不肯。却找我陪你一起住……”

“好了好了，我说过别提他的。”余凯琳烦躁地说，“你就说陪不陪吧。”

“陪，陪，今天我就当一回‘三陪’吧！”孟晓雪做了个鬼脸，“但条件是你得请我吃牛排！”

“鬼丫头，撑死你！”余凯琳嗔怪道，旋即露出笑颜。

两个女人到西餐厅去吃了顿丰盛的晚餐，然后又去逛附近才开张的大商场。两人各收获了一件衣服，孟晓雪还买了一顶漂亮的帽子。两个人的心情都很好，余凯琳心中的恐惧感被渐渐驱散了。

回到租的房子那里，已经是九点过了。

孟晓雪进屋之后，在整间屋子里转了一圈：“这房子是挺不错的，干净，也比较清静，一千五百元确实划算。”

“可惜就是只有一间屋。要是像你租的房子那样，是一套大房子的话，就可以和别人合租了。”

“合租也有很多弊端的。”孟晓雪坐到沙发上，跷起二郎腿，“比如说共用卫生间。有时你想上厕所，偏偏又有人占着，急死人。”

余凯琳倒了杯水端过来，递给孟晓雪：“我现在觉得这些都不要紧。最重要的是安全问题。”

“这倒是，一个人单独住，到了夜里挺让人发怵的。”孟晓雪喝了口水，把杯子放到茶几上。

两人坐在沙发上闲聊了一会儿，门外传来敲门的声音。

“这么晚了，谁会来找你？”孟晓雪问。

“还会是谁？就是那个女房东呗。”余凯琳压低声音，“这下你可以看看她了。”她站起来，走到门口把门打开。

果不其然，韦隽站在门口，手里又端着一盘黄灿灿的油炸食物，笑容满面地对余凯琳说：“凯琳，今天这么晚才回来呀。你看，我又做了些油炸饼，带几个来你尝尝。”

“哎呀，隽姐，这怎么好意思呢？经常吃你的东西。”

“客气什么？咱们是邻居，又是朋友嘛！”韦隽把盘子递给余凯琳，“还不知道你吃不吃得惯呢。”

余凯琳简单地客套一句后，便不推却了，把盘子接过来："那真是谢谢了。隽姐，进来坐会儿吧。"

"好啊。我一天待在家里闷死了，也想跟你聊会儿天……"说着话走进屋来，韦隽一下看到了坐在沙发上的孟晓雪，脸上的笑容骤然消失了，表情变得僵硬起来。

"原来，你这里还有客人啊。"她望着孟晓雪，冷冷地说了一句。

余凯琳赶紧介绍道："是啊，她是我公司的同事，叫孟晓雪。"

孟晓雪从沙发上站起来，走过来主动伸出手来："你是隽姐吧，你好。"

韦隽打量了她几眼，又望着她伸出来的手，好半天才伸出手来，几乎是轻轻地跟她碰了一下，就缩了回来。

余凯琳招呼道："隽姐，坐吧，我给你倒杯水。"

"不必了。"韦隽面无表情地说，"既然你有朋友在这儿，那我就不打扰了吧。"

"没关系啊，隽姐，我们又没什么事儿，可以一起聊会儿天嘛。"

"改天吧。"韦隽摆了下手，转身拉开房门，出去了。

余凯琳端着一盘油炸饼，呆呆地站在原地，然后茫然地望向孟晓雪。

孟晓雪重新坐到沙发上，用手指轻轻按着嘴，然后摇着头，发出一声难以置信的嗤笑。

余凯琳坐到她身边，将装着油炸饼的盘子放到茶几上，尴尬地说："我真没想到，她竟然会这样。"

"她这算是什么意思？"

"我也不懂。"

"她本来笑嘻嘻地要进来和你聊天，看到我后，态度大变……"孟晓雪思忖着，"她显然是冲我来的。"

"可是，这怎么可能呢？"余凯琳感到难以理解，"她又不认识你，没理由讨厌或排斥你啊。"

孟晓雪凝视着余凯琳："我中午就跟你分析了，她可能有些不正常，现在看来果然如此。这种人的心态和想法跟一般人不同，不能用正常人的思维去判断她的举动。”

“那你觉得她这是怎么回事？”

孟晓雪低头思索，半晌后抬起头来：“我看她刚才的表现，就像是在吃醋一样。”

“什么？”余凯琳感到啼笑皆非，“吃醋？我们都是女人，她吃什么醋？”

孟晓雪摆了下手：“不是那种意义的吃醋。我的意思是，像她这种深居简出、性格孤僻的单身老姑娘，在看待某些事情的时候，可能会非常偏执。比如说，她希望她是你唯一的朋友，而不愿你再结交别的朋友——如果你没有如她所愿的话，她就会很生气。”

余凯琳听孟晓雪这样一说，想了起来——租房子的第一天，韦隽说，她没有多少和别人接触的机会，希望能和自己成为好朋友；而当时自己顺着她的意思说有种孤独感，身边也没什么朋友……难道，她现在看到自己和孟晓雪在一起，竟会把这当成一种背叛？

呆了半晌，余凯琳讷讷道：“确实……有你说的这种可能。”

“如果真是这样的话，那你最好和她保持距离。”孟晓雪严峻地说，“对这种性情乖僻、喜怒无常的人只能敬而远之。”

余凯琳望着那一盘油炸饼，为难地说：“可是，并不是我要主动和她接触呀。你瞧，她不时地就会送上一些小点心之类来让我品尝。我如果不接受，她就会觉得我不领情；但接受的话，那不就意味着和她的关系近了？”

孟晓雪也望向那黄灿灿的油饼，不禁扑哧一笑：“不知道这回的油炸饼又会是什么怪口味。”

余凯琳说：“要不咱们一人尝一个？”

孟晓雪和她对视几秒，憋着笑说：“好吧，我还真有点好奇。”

余凯琳从盘子里拿起两个饼子，递了一个给孟晓雪。两人盯着那油饼看了几秒，同时咬了一口。

孟晓雪细细咀嚼着：“我觉得……这味道还好吧，没有太难吃呀。”

“确实。”余凯琳说，“比起那天的肥肠盖浇饭和加了奶油的清茶来说，这个味道还算是正常的。”

“就是油太多了点，吃起来有点闷。”孟晓雪又咬了一口，看到了油饼里包的肉馅，“还有……这个肉的味道怪怪的，我怎么吃不出来是什么肉啊？”

“嗯……肉微微有点腥味。”余凯琳说，“可能是羊肉吧。”

“不像。”孟晓雪摇着头说，“羊肉的颜色没这么红。可要说是牛肉的话，口感又不对。”

这时，余凯琳已经停止吃油炸饼了。

孟晓雪说：“这肉……不会是不新鲜吧。”

“我也不知道。”

“算了，咱们别吃了。”孟晓雪把剩下的油饼放回盘子里，“不管肉是不是真有问题，反正心里已经不舒服了。”

余凯琳望着那满满一盘油饼，犯了难：“还有这么多，怎么办啊？”

孟晓雪说：“倒掉呗，这种来历不明的肉做成的油饼，吃了之后不定会出什么问题呢。”她端起盘子，走到垃圾桶旁，踩住开关，将整盘油炸饼全都倒了进去。

“哎……”余凯琳觉得毕竟是人家的一番心意，有些不忍，但还没来得及阻止，就已经被倒掉了，只好作罢。

孟晓雪的一只手上沾满了油，对余凯琳说：“我先洗澡了。”

“好。”余凯琳站起来，“我给你找条睡裙吧。”

孟晓雪接过余凯琳递给她的一条粉色睡裙，走进卫生间。

九

韦隽回到自己那边，带着满脸愠色重重地坐到沙发上，双手交叉。

几分钟后，她拿起遥控器，将电视机打开——一个形象猥琐的老男人在主持一档娱乐节目——看得她恶心。其实也不怪这电视节目，现在所有的东西都令她心生厌恶。她用力地摁了一下遥控器的电源键，将电视关闭，把遥控器狠狠地丢到一旁。

她讨厌自己的安排被人破坏，却又无处发泄，这种有气无处撒的滋味令她无比烦躁。

突然，韦隽想到一个问题——那女人只是来玩一会儿的吗？她今晚不会是要住在这里吧？她们的关系有这么亲密吗？她（余凯琳）不是说她没什么朋友吗？要我？

她越想越生气，两排牙齿咯咯地咬磨起来，胸中一团无名火在熊熊燃烧。

我得确定一下——她想道，朝卫生间走去。

韦隽这边的卫生间和余凯琳那边的卫生间只有一墙之隔——这种结构本来修房子的时候不是这样的，后来经过了韦隽的亲手改造。

这是她的一个重大秘密——曾经住在这里的房客无一人知晓。

韦隽走到卫生间的墙边，拉开面前的壁柜，将用作掩饰和遮挡的各种沐浴露、洗发液拿开，露出一块被横板隔断的透明玻璃。

从这块玻璃看过去，余凯琳那边的卫生间一览无遗——而从那边看的话，是一块大镜子。

这块特殊的单面透光玻璃，像一张宽幅大纸，书写并记录着韦隽无数次卑劣的偷窥经历。

几乎每一晚，韦隽都会定时守在这里，像欣赏电影一样将对面卫生间里的人的一举一动尽收眼底，获得莫名的满足和变态的快感。

前面几晚上，余凯琳一成不变的洗澡动作她有些看够了，今晚正好换个新鲜的。

她开始期待孟晓雪今晚能留下来。

她没有失望。

十多分钟后，孟晓雪拿着一条粉色睡裙走进了卫生间。

韦隽的情绪变得亢奋起来，呼吸也开始急促了。

我要看看这婊子有没有什么特殊的癖好——全都展现出来吧，最好一丝也不要保留。

在韦隽的注视下，孟晓雪脱光了身上的所有衣服，露出年轻而性感的胴体。她走到淋浴器下，旋开开关，花洒里喷出数股细小水流。

待水温调节合适后，孟晓雪闭上眼睛站在花洒下，温暖的水流从她的头顶倾泻而下，从上而下地冲洗着她。孟晓雪用手指梳理着披肩的长发，然后用手抹掉眼前的水，拿起旁边一个玻璃小台子上的洗发乳，挤了一些在手心，抹在头发上，开始洗头。

韦隽看了几分钟，有些失望——孟晓雪洗澡的过程平淡乏味，没有她期盼的某些精彩看点。渐渐地，那边浴室的雾气使镜面模糊起来，令她不怎么看得清了。但她并不打算放弃，把脸凑近了些，睁大眼睛，像是非要看出个名堂不可。

突然，那一边的孟晓雪像是猛地感觉到了什么，她显得一惊，然后双手护住上身，惶恐地左右张望。

韦隽也感到惊愕无比——这种偷窥，她进行过无数次了，从来没有人发现过任何破绽。但孟晓雪此刻的表情，好像她察觉到了什么！

难道，这女人……发现了这个秘密？韦隽往后退了一步。不可能啊……她怎么发现得了？

韦隽的心脏怦怦狂跳着，她继续注视着特殊玻璃的另一边，紧张的心情渐渐平复下来——孟晓雪左右四顾，却没把目光锁定在镜子上，可见她并不知道蹊跷所在，但她确实感觉到了异样，关掉了淋浴，匆忙地套上睡裙奔逃出去。

韦隽迅速地将沐浴露、洗发液装回原处，挡住玻璃，然后将壁柜关拢。

余凯琳正在沙发上翻着一本杂志，看见孟晓雪神色惊惶地从卫生间冲了出来，诧异地问道："你怎么了？"

孟晓雪坐到余凯琳身边，脸色苍白、呼吸短促，好一阵后，才从喉咙里挤出一句话："我刚才感觉……**卫生间里好像有人！**"

这句话把余凯琳吓得浑身一抖，后背倏地蹿起一股凉气："什么！"她把杂志一丢，惊骇地捂住了嘴。

“我正洗着澡，忽然感觉到一股视线，好像……有人在偷看！”

余凯琳恐惧地缩紧身体：“你看到人了？他在哪里偷窥？”

“没有……但是，我能感觉得到！”

余凯琳有些怀疑地望着孟晓雪：“感觉？这种东西可信吗？”

孟晓雪焦急地说：“当然可信！我告诉过你的，我的直觉比一般人要强得多！我很早以前就知道了！”

余凯琳迟疑片刻：“那……我们一起去卫生间看看吧。”

孟晓雪咽了口唾沫，壮着胆子点了点头。

两个人互相挽着手臂，战栗地慢慢靠近卫生间。推开门，这狭小的空间一览无余，余凯琳看了下上方通风的小窗子，此刻外面只有一片漆黑。她说：“如果有人要偷窥的话，只能是从这个小窗户里——可这里是二楼啊，怎么可能有人爬这么高？”

孟晓雪答不出话来，死死地咬着下嘴唇。

“晓雪，你是不是产生错觉了？”余凯琳问。

孟晓雪警觉地站在卫生间里，刚才那异样的感觉已经消失了。她吐了口气，扯了余凯琳一下：“咱们回客厅去吧。”

重新坐下来，孟晓雪凝视着余凯琳的眼睛：“凯琳姐，你听我说，在我八岁那一年，一天傍晚，我在院子里跟几个小伙伴一起玩耍。本来玩得很开心，忽然感觉心里烦躁不安，异常难受，竟不由自主地大哭起来。我妈妈以为我受了欺负，出来质问那些和我一起玩的小伙伴。当时他们都蒙了——包括我自己在内，谁也不知道这是怎么回事。而且无论大家怎么劝，我都哭个不停……结果半个小时后，妈妈接到交警打来的电话，他们说，我爸爸开的出租车在半个小时前和一辆公交车相撞，他……当场就死亡了……”

说到这里，孟晓雪淌下了眼泪。余凯琳既惊讶又难过，一时不知该说什么好，只好挽住了晓雪的肩膀。

孟晓雪深呼吸一口，将眼泪拭干：“这是十多年前的事了。凯琳姐，我说出来，不是想让你跟着我一起伤心，而是想告诉你，我说自己的直觉比一般人强，是有根据的！”

余凯琳感慨道：“我以前只在书上或电影里看过这样的事，没想到这种事现实中真的存在。”

“而且在我身上，还发生过不止一次。”孟晓雪说，“当然，不一定都是有人死这样的事。有时只是一些小事，比如迷路后选择哪条路才是正确的之类——但是，这些事都应验了我的第六感确实比普通人要强一些。”

“第六感？”

“没错。你不知道吗？第六感其实就是我们潜意识的能力，是我们每个人都与生俱来的，只是大多数的人第六感都比较弱，所以感觉不到而已。但我，恰好就是那种第六感较强的人，所以能凭直觉感知到一些别人无法洞察到的事情。”

“比如说，你刚才感觉到有视线在注视你，就是第六感的表现？”余凯琳问。

孟晓雪默默地点了下头。

“晓雪，你告诉我这些，到底是想说明什么？”余凯琳忧心忡忡地问。

孟晓雪望着好友，缄默了好一阵，才开口说道：“凯琳姐，我觉得……**你现在住的这套房子有问题。**”

余凯琳心中骇然，惶惶地问道：“有什么问题？”

“具体我不知道，但总有种让人很不安心的感觉。”

“你什么时候感觉到的？一进门就有这种感觉了？”

“不……”孟晓雪埋头沉思着，“刚进门的时候，感觉并不明显，就是从那个隽姐来过之后……再加上后来在卫生间里……”

说到这里，孟晓雪猛然抬头：“对了，我这种异样的感觉，就是从那女房东来拜访过后才出现的。也许……**并不是房子有问题，而是这个女房东有问题！**”

余凯琳想起孟晓雪白天跟自己说过的话：“你好像一直都怀疑她有问题。”

孟晓雪睁大眼睛说：“不，我中午跟你说的那些话，只是不确定的推测而已，但今晚见过她的面，并在这里设身处地地待了这么久之后，我这种感觉异常强烈了！”

余凯琳问："你到底觉得她有什么问题？"

孟晓雪眉头紧蹙："这个……我不好妄加判断，但我敢肯定在她身上隐藏着什么秘密！"

余凯琳抬头仰望天花板，神情惘然："也许，我们每个人身上都隐藏着秘密……"

"你想说的是'隐私'吧？"孟晓雪说，"况且，就算我们藏着秘密，但不会对他人造成任何威胁——但这个女房东，就很难说了。"

"你认为她会是危险人物？"余凯琳望着孟晓雪，"这样说也太夸张了吧。就算她性格孤僻、脾气古怪，但我觉得还不至于到这一步。"

孟晓雪表示无可奉告地耸了下肩膀，显然她也不敢肯定。

沉默的空气持续了一阵，孟晓雪说："凯琳姐，为了保险起见，你别住这儿了，换个地方租房子吧！"

余凯琳叹息道："哪有那么容易重新租房子呀？这附近的房子俏着呢，早就租完了。再说了，我已经交了三个月的房租，没钱再租别的房子了。"

"要不……你想个理由，叫她把房租退给你？"

"我能想出什么理由啊？"余凯琳十分为难，"这房子又没什么实质性的问题……你叫我怎么开得了口？"

孟晓雪思索了好一阵，也没想出什么合适的理由来，觉得这事确实不好办。

余凯琳说："算了，晓雪，别费这心思了。总之你跟我说的这些，我会引起重视的，大不了我处处小心谨慎，不招惹她就行了。"

孟晓雪犹豫着说："凯琳姐，你别怪我又提起黎昕。以现在的情况来看，如果他肯真心跟你道歉，你不妨就依了他，回他那里去住吧。"

这一次，余凯琳没有坚决反对。她咬着嘴唇思量了好久，没有说话。

接着，两人聊了一会儿别的话题，渐渐从惶恐不安的情绪中走了出来。接近十一点的时候，两个人挤在一张床上睡了。

睡觉之前，余凯琳将今天发生的所有事情详细记录在日记中。

十

公司楼道的垃圾箱里，又插上了一束娇媚动人的鲜花，这次是淡紫色的洋桔梗。

余凯琳真希望黎昕别再做这些无用功了——他做过的那些事，怎么可能是几束鲜花就能挽回的?

实在是浪费时间、白费心思——也让这本该盛开在美丽花圃中的鲜花摆错了地方，就像他此刻表错了情的爱慕一样，没有丝毫意义——她不无遗憾地想道。

上午十点过的时候，余凯琳的手机响了，她一看号码，是家里打来的。

她一边接听电话，一边走到楼道里。

“喂，妈，有什么事吗？”

电话里传出母亲焦虑的声音：“凯琳，你爸病了。”

余凯琳心头一紧：“什么病？”

“最近他老是头晕、胸闷、全身无力，我昨天陪他到医院去检查，医生说他的心脏出了问题，好像是得了一种叫……‘充血性心力衰竭’的病。”

“这病严重吗？”余凯琳问。她没听说过这病的名字。

“医生说这是比较严重的病，必须马上安装心脏起搏器，否则的话可能会有生命危险。”母亲的声音有些哽咽起来。

“那就听医生的，赶紧做手术安装心脏起搏器呀！”余凯琳焦急地说。

“凯琳，你知道，我们去年买了房子，家里的钱全花光了，还欠了亲戚十万元钱。现在我们手头只凑得出一万多块钱，做手术不够啊。”

“医生说这手术需要多少钱？”

“光是心脏起搏器就要两万多，再加上手术费、医药费什么的，要好几万呢！我们现在哪有这么多钱啊……”母亲呜咽起来。

余凯琳握着手机发怔，心中阵阵抽搐。

“凯琳，你那儿现在有钱吗？”母亲问。

“我……”余凯琳说不出话来。她恨自己怎么如此没用，在父母最需要帮助的时候，竟然一点儿钱都拿不出来。

母亲见女儿沉默不语，明白了，立刻安慰道：“没关系，凯琳，我知道你一个人在外面也不容易。这事你就别操心了，妈会想办法的。”

“妈，你能想什么办法呀？”

一阵缄默后，母亲低沉地说：“实在不行，只有把房子卖了呗……”

余凯琳着急了：“这不行！房子卖了你们住哪儿呀？”

“可你爸的病也不能不医呀。”

余凯琳焦躁地思忖着，对母亲说：“妈，这样，你们手头不是有一万多吗？我再给你们寄一万元过去，剩下的钱你们找亲戚朋友先借着，把这个难关挨过——千万别卖房子！知道吗？”

“你有一万元吗？”母亲了解女儿，如果有钱的话，刚才她就已经这样说了。

“这你就别管了，我会想办法的。总之，就按我说的这样办吧。”

母亲犹豫片刻：“……好吧。”

“这两天我就把钱汇过去，妈，你别着急……”余凯琳又说了一些安慰母亲的话。

挂断电话后，她心急如焚。

话说出来倒是容易，可到哪儿去凑这一万元呢？

她能想到的，只有借助于自己唯一的朋友孟晓雪。

中午吃饭的时候，余凯琳把父亲得病的事告诉了孟晓雪，还没等她把借钱的话说出口，聪明的孟晓雪就已经猜到她的意思了。

“凯琳姐，你说吧，需要多少钱？”孟晓雪直爽地问道。

“晓雪……你现在有钱吗？”

“看你借多少。”

“……一万。”

孟晓雪想了想："凯琳姐，你知道，咱们工资都差不多，你没法存得起钱来，我也一样。我之所以手里还有些余钱，是因为我妈妈给我寄了些用于应急的钱——现在，这钱就先借给你应急咯……"

余凯琳感激地紧紧抓住了孟晓雪的手："晓雪，真是太感谢你了！后面几个月，我一定省吃俭用，尽快把钱还给你！"

"那倒不必，你迟些还给我也没关系。"孟晓雪说，"可是，我刚才还没说完呢，我手里没有一万元呀，只能借给你五千。"

"啊……"余凯琳心情又低落了，"那还有五千怎么办？"

孟晓雪说："黎昕呢？"

余凯琳咬着嘴唇不说话，眉头紧蹙。

"凯琳姐，我觉得这种非常时候，你就别再顾及面子了。既然黎昕肯低头认错，你就给他个台阶下吧——这个时候要他帮你的话，他会万死不辞的。"

余凯琳叹了口气："不瞒你说，我也想过他……但是，我跟他住在一起这么久，太了解他这个人了——他是典型的'月光族'，每个月的工资能用到月底就已经很不错了……这件事情，就算他想帮我，只怕也是心有余而力不足。"

孟晓雪沉默了。好一会儿后，她望着余凯琳说："我倒是想到个主意。"

"什么主意？"

"昨晚我们不是还在说，如果要叫你那个房东退余下的房租的话，没有合适的理由吗？现在这种状况，不就是最名正言顺的理由？"

余凯琳眼睛一亮："对啊，我就说父亲生了重病，一方面要用钱，另一方面我也要回老家照顾他，这样就可以要求她退房租——剩下的五千元就有了！"但随即，她的眼神又黯淡下来，"可这样的话，我住哪儿呢？我没钱再租房子了呀。"

"你可以住到黎昕那里去啊——如果实在不愿意的话，也可以暂时到我那里去挤一下。"

"嗯，就这么办——晓雪，你真是太好了。"主意拿定，余凯琳感觉心中如释重负，顿时轻松了许多。

晚上，余凯琳敲开了韦隽的门。

"凯琳，有事吗？"韦隽站在门口问。

"嗯……"余凯琳露出有难处的样子。

韦隽打量了她几秒："进来坐吧。"

余凯琳坐下来后，将事先准备好的话讲了出来："隽姐，今天上午我接到我妈打来的电话，说我爸……"她详细地把父亲生病的情况叙述了出来，并特别强调了自己和家中都没钱的事实。

"哦，这样啊，那你打算怎么办呢？"韦隽问，其实她心中有些猜到了。

"隽姐，现在我想不出别的办法了，只有暂时不租房子，把钱寄给家里，多少有点帮助。"

"你是想让我把房租退给你吗？"

余凯琳窘迫地点着头，又赶紧补充道："啊……隽姐，不用全部退给我，只要……五千就行了。"

韦隽盯着她的脸，许久没说话，房间里出现一种尴尬的沉默。过了一会儿，她问道："你把租房子的钱寄回家去，那住宿的问题怎么解决呢？"

余凯琳说："我只有到同事租的房子那儿去挤着住一阵子了。"

"就是昨晚那个叫孟晓雪的吗？"

余凯琳轻轻点头，她隐隐感觉到韦隽有些不快，不知道她接下来会是何种反应，会不会答应自己的要求——心中忐忑不安。

韦隽从沙发上站起来，在房间里来回踱了几步，然后走到柜子前，打开柜门，当着余凯琳的面拉开柜子中间的一层抽屉，拿了5000元现金出来。

"喏，拿着吧。"韦隽将钱递给余凯琳，"数一下。"

"不用了隽姐。"余凯琳感激地接过钱，"感谢你能答应我这不情之请。这几天真是给你添麻烦了……我明天早上就搬走，到时候再来跟你道别。"

看到余凯琳准备站起来，韦隽坐到她的旁边："等一下，我可没说这钱是退给你的房租啊。"

余凯琳一愣，不知道她这么说是什么意思。

韦隽望着她："我说过了，我把你当作朋友。现在你有困难，我怎么能眼看着你陷入困境呢？你去和你朋友挤着住，这可不是长久之计啊——这钱，就算是我借给你的。你还是继续住在这里吧。"

余凯琳完全没想到韦隽竟然会这样，一时因愕然而合不拢嘴。良久之后，她才说道："隽姐，这样怎么好意思呢……"

韦隽用手势打断她的话："如果你也把我当朋友的话，就别推辞了。"

余凯琳心中暖烘烘的，感动不已。她点了点头，将钱放到皮包里，随即说："隽姐，我一定会尽快还给你的——哦，对了，我打张欠条给你吧。"说着就要从包里摸出纸笔。

韦隽按住她的手："别写了，又不是多大笔数目。我相信你。"

余凯琳的身心都快被洋溢出来的暖意所融化了。她满脸通红地说："隽姐，我真不知道该怎么感谢你……能遇到你这样的好人，我真是太幸运了。"

韦隽笑着说："别说这些了。朋友嘛，有困难的时候就该互相帮助。"

余凯琳站起来："隽姐，那我就过去了。"她最后说道，"真的很感谢你。"

韦隽微笑着，送她到门口。

房门关拢后，屋内的女人嘴角浮起一丝捉摸不透的浅笑。

余凯琳回到自己那边，打开皮包把钱数了一遍——没错，五千元整。

太好了，事情竟然比想象的要顺利得多，不但在一天之内凑到了一万元，还避免了被迫向黎昕屈服的难堪局面。

余凯琳躺在床上长长地舒了口气。这时，她想起之前对韦隽的种种猜忌和误解，简直觉得脸红心臊、羞愧难当。

为了平衡自己的心理，同时也是出于对韦隽的感激，她决定这个周末请韦隽吃一顿饭，好好回报一下女房东——不，是新朋友。

十一

6月4日，星期六。

市公安局。

叶磊刚办完一个案子从外面回来，大汗淋漓。还没来得及坐下喝口水，队长霍文就迎面向他走来，招了下手："你到我办公室来一趟。"

"唉，要命。"叶磊擦了擦额头上的汗水，"不会马上就又有新任务了吧。"

走进队长的办公室，叶磊坐到霍文对面的一把皮椅上，问道："队长，有什么吩咐？"

"这几天，你那里还是没接到失踪人口的报案？"霍文问。

"没有。"叶磊摇头。

"看来我们的判断是对的——杀人碎尸案的被害人确实是外地人或流动人口。"

叶磊想了想，说："可是，就算是外地来的人，也不可能和周遭的人完全没联系啊。一个大活人凭空消失了的话，难道和她有过接触的人就不觉得奇怪？"

霍文双手交叉，手肘撑在桌面上，目光如炬："我分析，有两种情况。第一种情况，被害者是没有工作或居无定所的流动人口。由于她没有固定接触的对象，所以在失踪（被害）后，无法引起任何人的关注。"

叶磊点点头，继续听着队长的分析：

"第二种情况，被害者是有工作和固定居所的，但凶手在将其杀害前，使用了某种方法，使得周遭的人认为被害者只是'暂时离去'，而不是'永远消失'——所以，直到现在也没人来报案。"

叶磊用手捏着下巴："队长，你的意思是，凶手可能制造出了一种被害人是离开本地或变换居住地点的假象来迷惑众人？"

"这种可能性很大。"霍文停顿一下，"第二个受害者的第一部分（残肢）出现的日子是5月29日，现在已经过去七天了，第二部分残肢还没被抛出来。"

“队长，你想说什么？”叶磊问。

霍文沉默良久：“我在想，这个凶手到底是根据什么来决定抛尸日期的呢？仅仅是随机的吗？”

“总不会抛尸还要看心情吧？”叶磊半开玩笑地说。

霍文严峻地注视着他：“说不定，真的是你说的这样呢。”

叶磊撤掉了脸上的笑意，换成严肃的表情。

“我上次就分析了，这种变态杀手的心理和正常人不同。杀人碎尸对他（她）来说，不一定意味着毁尸灭迹，而可能只是一种娱乐，或者是发泄——这当然和凶手的情绪相关。当他（她）情绪稳定的时候，也许做这种事情的欲望就会低一些；而当他（她）心情不畅，或心理不平衡的时候，就会想做这些事情来发泄或是寻求刺激了。”

叶磊说：“队长，你的意思是，凶手之所以过了七天都没有把（第二具）尸体的另外一部分丢弃出来，是因为他（她）这几天的心情还不错？”

“只是有这种可能。总之，这段时间，仍然要加强夜晚——尤其是对小街小巷的巡逻。还有，密切关注与外来人口接触频繁的人，不能掉以轻心。绝对不能再出现第三个受害者！”

“是！”叶磊站起来，行了一个警礼。

今天下午，余凯琳到超市去买了一堆食材和水果，还有餐具——她上午跟韦隽说了，晚上要请她吃饭——韦隽显得很高兴。

新鲜的牛外脊肉、鸡、胡萝卜、洋葱和紫甘蓝，还有红酒和各种调味品，以及餐后的水果——西瓜。余凯琳清点着自己所买的东西——嗯，都齐了。

她拎着这一大包食材回到租房子的地点，看了下时间，已经4点钟了，可以开始准备了。

六点钟，韦隽从隔壁过来了，她一进门，就赞叹道：“嗯，好香！”

余凯琳笑着说：“我正在做……”

“等一下，让我猜猜看。”韦隽用手势截断余凯琳的话，用嗅觉刺探着房屋里飘溢的香味，“是烤鸡，对吗？”

“啊——”余凯琳惊讶地说，“是的！隽姐，你的鼻子真厉害！”

“这不算什么。经常做饭的人，对各种香味都很熟悉了。”

“马上就好了。隽姐，你先坐会儿，看会儿电视吧。”余凯琳招呼道。

“有什么需要我帮忙的吗？”

“没有，我都准备好了。只等你一过来，就可以煎牛排了。”

韦隽笑道：“看起来你是准备请我吃西餐了。”

余凯琳不好意思地说：“中国菜太复杂了，我不怎么会做，西餐相对要简单些。”

“西餐很好。那我就等着品尝你的手艺了——哦，顺便说一下，我的牛排要六成熟。”

“好的，二十分钟后就可以用餐了。”

余凯琳转身到厨房去忙碌了。韦隽在屋子里转了一圈，然后坐在沙发上，随手翻着一本时装杂志。

六点半，余凯琳把做好的蔬菜沙拉、黑胡椒牛排和蜜汁烤鸡端上餐桌，再摆上两个高脚玻璃酒杯，倒上红酒。餐桌是一张铺上了桌布的折叠小方桌，这样一来东西就把桌子整个占满了。

韦隽走过来，看着一桌像模像样的西餐，赞赏道：“真没想到你这么会做菜，看起来就跟西餐厅里的一样呢。”

“见笑了，隽姐。实际上，我就只会做这几个菜而已。”余凯琳招呼道，“请坐吧。”

两人相对而坐。余凯琳端起酒杯：“隽姐，我敬你一杯，感谢你……”

“感谢的话就别再说了。”韦隽端起酒杯，“你这么客气，咱们都会很拘束的。像朋友一样轻松地吃饭、聊天，好吗？”

余凯琳一笑：“好的。”两人一起呷了一口杯中的红酒。

“先尝尝牛排吧，这个要趁热吃。”余凯琳对韦隽说。

“好的，我尝尝。”韦隽用餐刀切下一小块牛肉，用叉子送进嘴里，“嗯，很好吃！嫩，而且肉汁丰富。”

“合你口味就好。”余凯琳又用餐刀从整只烤鸡上割下一只鸡腿来，放到韦隽面前的一个空盘子里，“再尝尝这个吧，隽姐。”

韦隽用两根手指轻轻捻起鸡腿来咬了一口，连连点头：“这个更好吃，是我最喜欢的口味！”

事实上，余凯琳确实是投其所好做的这道蜜汁烤鸡，她知道韦隽喜欢吃带甜味的东西。此刻，她见客人吃得很满意，自己也觉得很有成就感，高兴地说：“你喜欢吃真是太好了，我之前还担心手艺不到家呢。”

“唔……”韦隽很享受地闭上眼睛细细品味着，“不只是好吃，我简直迷上这味道了——你能教我怎么做这种烤鸡吗？”

“很简单，用微波炉就能做了。”

“你买了微波炉？”

“嗯，我一个人吃饭，用微波炉方便些。”

“你教我吧，是怎么做出来的？”韦隽一边切着牛排，一边兴致盎然地问。

“首先将鸡腹掏空，用牙签将鸡肉表面扎上很多个小孔。再把盐、胡椒粉、辣椒粉和麦芽糖浆均匀地涂抹在鸡的内外……”

余凯琳细致地讲述着烤鸡的制作过程。韦隽眼睛一眨不眨，显得很有兴趣。讲完后，韦隽点着头，表示懂了。

“你是怎么学会做这道烤鸡的呢？”韦隽好奇地问。

“我以前买了一本食谱，自己在家里试着做出来的。”

“太好了！”韦隽欣喜地说，“你知道，我很喜欢研究做各种美食，没想到你也喜欢——以后咱们可以多交流！”

“嗯，是啊……”余凯琳礼貌地答应着。

接着，两人又随意地聊着一些女人间的话题。不论谈论什么，余凯琳都尽量顺着韦隽的意思说——她看得出来，她这次请客是相当成功的。韦隽满面红光，显得情绪极佳。

进餐到一半的时候，韦隽把杯中的红酒喝完了。余凯琳要给她倒酒，但她摆了摆手，说："我今天很开心，想尽兴一些，喝这个酒有点不带劲。"

余凯琳显出抱歉的样子："对不起，隽姐，我只买了这一瓶酒。"

韦隽竖起食指摆了两下："你等着。"起身走出了房门。一分钟后，她拿着一瓶白酒回来了。

"怎么样？换成喝这个吧。"韦隽重新落座，晃了晃那瓶酒。

"啊……吃西餐喝白酒，不大合适吧？"

"没什么不合适的，相信我，烈酒适合于任何场合。"韦隽将瓶盖打开，给自己倒了大半杯白酒，问余凯琳，"你也来点儿？"

"我就喝红酒好了。"余凯琳握住酒杯，杯底还剩了浅浅的一层酒。

韦隽扬了扬眉毛："我这可是瓶好酒哦，你真的不品一口？"

"我不怎么会喝白酒。"

"就当是陪我喝一点儿吧。"韦隽用恳切的眼神望着余凯琳，"少喝点儿。"

余凯琳不好再推辞了，只有答应："好吧。"将杯中剩下的那一点儿红酒喝完，将杯子递了过去。

韦隽很高兴地在余凯琳的杯中倒了半杯白酒。她将杯子递给余凯琳，然后端起自己的酒杯："这次换我敬你一杯了。"

余凯琳双手托住杯子，惭愧地说："隽姐，都是我在承蒙你的照顾，还是应该我敬你才对。"

韦隽摇着头说："不，我也要感谢你。你让我真的有种交了个好朋友的感觉。不像以前住在这里的那个女人……"

说到这里，她话音戛然而止，怔了怔，张开的嘴唇颤动了一下，像是意识到失言了。

余凯琳不由得好奇地问道："以前住在这里的那个女人……怎么了？"

"没什么。"韦隽恢复了正常神情，"她只是……有些表里不一、虚伪不实而已……算了，不说她了。"她举起酒杯，"为我们的友谊，干杯。"

余凯琳将杯子迎过去碰撞了一下："干杯。"

虽然说的是"干杯"，但余凯琳只是淡淡抿了一口，她不适应白酒那浓烈刺激的烧灼感。但反观韦隽，竟真的把大半杯白酒一饮而尽了。

韦隽喝完后，望着余凯琳的杯子："你怎么没喝呀？"

"我……真的不怎么喝得惯白酒。"

"你看，我这么大一杯都干了，你总要喝一半吧，要不然可是看不起我哦。"韦隽半开玩笑地说。

余凯琳无奈，只有硬着头皮把杯中的酒喝了一半，结果被火辣的酒劲呛得直皱眉头。

"哎，这就对了。"韦隽满意地说，"好了，剩下的我也不劝你了，慢慢喝吧，今晚你就把杯子里那一点儿喝完就行了。"说完往自己的杯中又倒了大半杯。

余凯琳很少喝酒，尤其是度数这么高的白酒。她本来就没什么酒量，再加上喝杂了，之前又没吃什么东西——渐渐地，她觉得头晕目眩起来，胃也有些难受。本来还能勉强跟韦隽说着话，后来就什么都听不清了，晕乎乎地用手掌撑着头，昏昏欲睡。忽然，她一阵反胃，之前吃进去的酒菜猛地涌到了喉咙，呼之欲出，赶紧用手捂住嘴，踉跄着冲向卫生间。

"哟，不好。"韦隽知道余凯琳要吐，赶紧放下酒杯，快步走过去扶住她。到了卫生间的洗手池，余凯琳"哇"的一声吐了出来，韦隽在旁边帮她轻轻拍着背。

吐了一阵过后，肚子里空了，人也清醒了许多。余凯琳捧了几把凉水漱口，又将毛巾浸湿洗了把冷水脸，终于感觉好多了。韦隽扶着她坐到外面的沙发上。

余凯琳头仰靠在沙发靠背上，韦隽倒了杯温水过来，余凯琳接过来喝了。韦隽问道："怎么样？现在舒服些了吧？"

"嗯。"余凯琳脸颊绯红，"隽姐，真不好意思……让你也没胃口了吧。"

"哪儿呀？还不是怪我？硬要你喝白酒。唉，早知道你这么不能喝的话，我就不劝你喝了。"

"我很少喝白酒。"

"看得出来，才这点儿酒就把你撂趴下了。"韦隽笑着说。

余凯琳勉强支撑着想要站起来："冰箱里有西瓜，我去切一下。"

"你坐着，我来吧。"韦隽按着余凯琳的肩膀，站起来朝冰箱走去。

一会儿，韦隽端着切好的西瓜从厨房里出来了。余凯琳胃里火烧火燎，正好想吃些冰凉爽口的来镇一下，于是接连吃了好几块西瓜。

现在，余凯琳的胃里舒服多了，只是头还有些晕。她说："还好明天是星期天，要不然的话，我这状况怕是起不来上班了。"

"没这么夸张。你从来没醉过吧？睡一晚上就好了。"韦隽说，"对了，这么久了，我还不知道你在哪家公司上班呢。"

"一家室内装潢设计公司，就在这附近。"余凯琳从旁边的皮包里摸出一张名片，双手递给韦隽。

"哟，原来你是个高级设计师呀，真不简单！"韦隽看着名片上的介绍，睁大眼睛。

"什么呀？还不就是给老板打工的？"余凯琳自嘲地笑了一下。

韦隽望着名片，又望了望余凯琳那张俊俏的脸蛋，露出难以理解的神情："有件事我真是想不通，像你这样的美人儿，又是高级白领，怎么会没有男朋友呢？"

余凯琳嘴唇微微颤动了一下，亮汪汪的眼睛里掠过一丝黯淡的光。

韦隽捕捉到了这一微妙的表情，心里立刻清楚了七八分，对别人隐私的探知欲像手指甲在她的心尖轻轻挠动，令她心痒难耐。她试探着问道："你不是没有男朋友，而是和他闹矛盾了吧？"

余凯琳本来是不想说起这些事情的，但也许是喝了酒的缘故，她忽然产生出一种强烈的想向人倾诉的欲望。压抑许久的惆怅、心酸和愤懑一齐涌上心头，话已经到了嘴边，不吐不快了。

"是的，我之前交了一个男朋友。但我们之所以分手……不是普通恋人闹矛盾这么简单的……"

韦隽听到她开始说，便完全放心了。她知道，所有想要倾吐心事的人，只要开了头，就不可能停得下来了。

"那是怎么回事呢？"她以关切的口吻问道。

余凯琳背靠着沙发靠垫，眼睛望着对面的墙壁出神，显然陷入了回忆："本来，我们的感情很好。虽然我们从认识到相处的时间只有短短的一个多月，但我却认为这就是我生命中的男人，是值得我托付一生的人，所以义无反顾地把身体交给了他，并住到他那里去，和他同居。我很爱他，理所当然地以为我在他心中也是唯一……直到一个多星期前，我才发现我是多么天真……”

“出什么事了？”

“那天就跟今天一样，也是周末。我本该休息的，但公司有个紧急任务，要求我们几个设计师加班。我便在公司一直加班到晚上……

“其间，我给他打了好几个电话，叫他晚饭不要等我，并说我可能回去得有点晚。他说本来是想和我一起去看电影的，现在只好一个人去了。我当时还觉得有些愧疚，一心想着早点儿回去陪他。

“接近晚上十点钟的时候，我和同事终于完成了任务。我本打算立即回家，但同事提议去吃消夜，我也确实饿了，就跟着他们一起去了。在路过一条街的时候，我无意间朝旁边一条黑暗、狭窄的小巷望了一眼，竟发现一个熟悉的身影。”

“是你男朋友？”韦隽神情专注地问，“他在那里做什么？”

余凯琳紧紧咬住下嘴唇，接下来的回忆令她痛苦不堪。

“他……和一个染着一头金发的浓妆艳抹的女人抱在一起，不顾周围的环境多么糟糕，只因那里有一个垃圾桶可以作为遮挡，便和那女人不知廉耻地互相抚摸、拥吻。那女人穿着一身艳俗的衣服，腿上套着网状的黑色连裤袜，脚下是品位低下的厚底高跟鞋……我一看就知道她是什么角色。”

“你觉得她是妓女？”韦隽盯着她，“你认为你男朋友在跟妓女乱搞？”

余凯琳苦笑一声：“这还有什么疑问吗？事实摆在眼前，再明显不过。”

“你当时有没有走过去当场质问他？”

“没有。他们靠在墙边，他背对着我，我并没有看到他的脸，只是认出了他穿的衣服。我当时心中还残留了一丝侥幸，希望这只是一个和他有着相似背影的男人——我仍然幻想着这不是他。”

“那你是怎么确定的呢？”

“我躲到一侧，摸出手机，打他的电话。当听到他的手机铃声从那阴暗的小巷传出来时，我整个人如同掉进了冰窖，所有的精气神也在刹那间灰飞烟灭了。

我一句话都说不出来，立刻挂断了手机，带着屈辱和愤怒一路哭着跑回了家。”

“后来呢？他回来后，是怎么跟你解释的？”

“他还有解释的余地吗？他明白我看到了一切，撒谎和辩解已经失去了意义。他只有跪在我面前，说他只是一时孤独寂寞，才忍不住去沾染那种女人。他乞求我能原谅他的一时糊涂。”

“这么说，他承认他找的是妓女？”

“是的。他说，正因为那是妓女，所以他对她们不会有丝毫的感情。他只是肉身有些出轨，但内心却是忠于我一个人的……”

“别相信他的鬼话！”韦隽突然咆哮起来，怒不可遏，“这些挨千刀的、卑鄙下流的臭男人！比阴沟里的老鼠还要肮脏、下贱！他们不配得到任何同情，应该去死！下到地狱十八层去被恶鬼碎尸万段！”

余凯琳怔怔地望着突然暴怒的韦隽，不明白她为什么反应竟会如此强烈。余凯琳被她青筋暴露、面目狰狞的模样吓得瞠目结舌，最后几分酒劲全被吓醒了。

“隽姐，你……怎么了？”她小心地问道。

韦隽望着余凯琳，仿佛意识到自己失态了，她调整着情绪，竭力使自己冷静下来：“哦，没什么，只是……你讲的这些事，令我想起了一些往事。”她说，仍喘着粗气。

“难道，你也有过类似的经历？”

“嗯……但我不想回忆了，也不想讲出来。”她盯着地板说。

余凯琳赶紧说：“没关系，隽姐，我知道这些事情是非常令人心伤的。你不愿讲的话，就别去回想了，最好是忘了这些事。起码……我就是这样做的。”

韦隽扭头望着她：“你就是出于这个原因，才离开他，搬到这里来住的？”

“是的。”

“那他后来有没有来找过你？”

“……来过，他厚颜无耻地说，不会放弃追求我，还希望我能回去继续和他住在一起。但我告诉他，这不可能了。我对他已经死心了。”

“你真的对他死心了？”

余凯琳短暂地迟疑了一两秒："是的。我觉得他既然会做出这种行为，有第一次就会有第二次的，就像好了伤疤忘了痛一样。而且这件事真的彻底改变了我对他的看法，我觉得他不论是身体还是内心都变得肮脏了。"

韦隽盯着余凯琳，微微点头道："你说得对，就该这样。"

房间里静默了一阵，两个女人都找不到说话的内容了。

为了化解沉闷气氛，余凯琳招呼韦隽："隽姐，吃西瓜呀。"

"不吃了，我回去了。"韦隽站起来，望着杯盘狼藉的餐桌，"要不要我帮你收拾一下？"

"不用，不用。"余凯琳摆着手说，"我自己来就好。"

"那好吧。"韦隽端起茶几上装西瓜皮的塑料盘，"垃圾我帮你带出去丢一下，西瓜皮留在垃圾桶里会招苍蝇的。"

"那谢谢了，隽姐。"余凯琳说。

韦隽端着塑料盘走到垃圾桶旁，用脚踩开桶盖，正要把西瓜皮倒进去，忽然看到了垃圾桶里的一样东西，本来已经平和的脸色一下又沉了下来。

余凯琳看到韦隽脸色骤变，一脸不悦，觉得有些奇怪，走过来问道："怎么了，隽姐？"同时朝垃圾桶里望去。

啊——她心里大呼一声——天哪，垃圾桶里留着韦隽送来的几个油炸饼！那天孟晓雪倒掉后，自己竟彻底忘记这件事了！

余凯琳尴尬极了，局促地解释道："隽姐……真不好意思，油炸饼我本来觉得挺好吃的，但是有些太油腻了，我就……"

"没什么。"韦隽冷冷地说，"算我自作多情吧。"

余凯琳面红耳赤："不，隽姐，不是这样的……"

韦隽把装着西瓜皮的塑料盘递给余凯琳，然后蹲了下来，双手竟伸进垃圾桶里，把那几个油炸饼捡了起来。

余凯琳目瞪口呆地望着她，错愕不已："隽姐……你这是干什么？"

韦隽瞥了她一眼，阴沉地说："没什么呀，你不吃，我就拿去喂狗。浪费了多可惜。"

这句冷冰冰的风凉话就像一根冰锥狠狠地扎进了余凯琳的心。

韦隽招呼也不打一个，拿着那几个油炸饼，拉开门出去了。

余凯琳全身像瘫软了一样，缓缓地顺着墙边滑了下去，神情呆滞地坐在地板上，一动不动。许久后，她用手捂住脸，呜咽起来。

顺着脸颊默默流淌下来的泪水里，包含着她的寒心、后悔、歉疚和委屈。她怎么也没想到——本来一切都处理得还算好——自己小心谨慎才苦苦营造出来的和谐气氛，却在最后一刻烟消云散了。她从没体验过如此强烈的挫败感。

此刻，只有日记本才是她最忠实可靠的朋友，它能包容和理解自己的所有苦衷。余凯琳含着泪水，将自己心中的委屈和心酸记录下来。

收拾完餐具杯盘，她身心俱疲，只想好好洗个热水澡，然后上床休息。

余凯琳站在热气腾腾的淋浴花洒下，无论如何也想不到，隔着一块玻璃，一双怨毒的眼睛正注视着自己。

这晚睡着后，她又听到隔壁传来了跑步声。时间还是十一点半。

声音比上次更大一些，表明她跑得很重。

余凯琳骤然想起，上一次听到跑步声的那一天晚上，她拒绝了喝韦隽的茶；而这次，又发生了这样的事……

难道，在屋内跑步意味着她在生气？而这是否代表着什么不好的事情？

余凯琳忽然感到全身发冷。

十二

对于流浪汉来说，想要吃一顿真正意义的“早”饭是很困难的。早晨，人们疾步穿梭于各条大街小巷，目的是上班或上学，根本没有闲暇去关注街边的一个老乞丐，当然就更谈不上施舍了。要想从垃圾箱中捡到他们吃剩的早餐，一般得九点半过后才行。

本来，老流浪汉清楚他的早饭时间。但问题是，他昨天一整天都没能吃到什么东西，所以尽管现在才清晨五点钟，他已经饿得两眼发花了。

他必须碰碰运气，即使希望渺茫，但他还是期待着能在某一个垃圾箱里翻出些昨天残留的食物。

老流浪汉沿着大街接连翻找了两个垃圾箱，结果是一无所获——垃圾箱显然已经被昨夜的某个拾荒者提前光顾过了——不但没有能吃的东西，就连能卖点儿钱的塑料瓶、包装袋都没有。他沮丧极了，可是内心的失落却像催化剂一样令饥饿感急剧膨胀。他必须继续下去。

走过两条街后，老流浪汉来到一个小型菜市场，再过一个多小时，这里就会热闹起来。他认为，这种地方总是会残留下一些食物的——但是，该死的，市场管理员雇用的清洁工居然把这里打扫得像滑冰场一样干净。简直不给我们这种人留点活路，他想。

还好，那边有一个小垃圾库。希望没有被同行洗劫干净，哪怕有点变质的豆制品或过期的零食也好——他祈祷着，走过去在一大堆垃圾中翻找起来。

他看到一个蓝色的小塑料袋，扎好的，里面装着一些椭圆状的东西，不知道是什么。他抓过来，将口袋打开。

什么？他的眼睛都瞪大了。

油炸饼！而且看起来……还很新鲜！（对于他来说，新鲜就是没有发霉或发臭。）这意外的收获令老流浪汉兴奋不已，在快要饿昏的时候找到这种东西简直就像是快要溺水的人突然发现一块浮木一样。他抓起一个，咬了一大口。真香，满嘴是油。

狼吞虎咽地把第一个油炸饼吞下肚，他感觉好多了。第二个，他才开始细细品尝起味道来。唔……仔细一吃，**这肉的味道有些怪怪的，**吃不出来是什么肉做的，也许是有些变质的缘故吧，不过仍然很香，而且管饱——这就够了。他才不在乎呢，肠胃早就练得铜墙铁壁、百毒不侵了。

一连吃了三个油炸饼，老流浪汉的肚子填饱了——看了一下，塑料袋里还剩四个——太好了，午饭甚至下午茶都有着落了。他心满意足地将口袋系好，准备打包带走。这时，他注意到在这个小垃圾库的里端，还有另一个黑色的大塑料袋，鼓鼓囊囊的。

我今天的运气真好——他想着——看看这一包又是什么，也许又是一个惊喜。

他钻进垃圾库，把那袋东西提了出来，将口袋打开的时候，有种刮奖券般的快乐。

但这种快乐在口袋敞开后便立刻消失了，换成了疑虑和困惑——这些血红色的是什么？看起来像是一些内脏……是猪下水吗？他正猜测着，眼睛忽然接触到口袋里的一样东西，身体立刻像遭到电击一样剧烈颤动起来。

老天啊，这是……人的手！他看清楚了，吓得怪叫一声，猛地将那袋东西甩开，部分内脏和一只手从里面散落出来。

老流浪汉惊恐不已，骇得双腿发软，一屁股坐到地上，连滚带爬地向后挪动身体，刚好撞到了路过这里的菜市场管理员。那管理员正要到市场里去，被老乞丐撞了一下，刚想开口骂人，顺着老乞丐的目光望过去，看到了地上的那只人手和散落出来的内脏，他“啊！”地惊叫一声，吓得目瞪口呆。愣了几秒后，他迅速掏出手机，拨通了报警电话。

叶磊蹲在地上，戴着手套的手将黑色塑料袋撩开，仔细观察了一阵，站起来对霍文说：“头儿，初步判断，是第二个受害者的两只手和手臂，以及脾脏、肾脏。”

霍文面色冷峻，神色凝重。他微微点了下头：“把证物交给检验科吧。”

叶磊将黑色塑料袋扎紧后交给旁边的一个警察。那警察将这袋残肢带走了。

霍文转身望着报案的菜市场管理员：“是你最先发现的吗？”

“不是我。”那中年男人连连摆手，指着蜷缩在一旁的老流浪汉，“是他。”

霍文鹰隼般的目光射向蹲在地上的老乞丐。老流浪汉抬起头来，目光恰好和刑警队长相遇，被那摄人的气魄震骇得打了个冷战。他赶忙慌乱地辩解道：“警官，不关我的事啊！我只是在这个垃圾库里找东西吃。没想到……竟然翻到这样一包东西出来！”

霍文望着手足无措、惶恐不安的老乞丐，心中十分清楚，这可怜的人不可能与杀人碎尸案有关系，只是一个“发现者”而已。他调整着自己的面部表情，将审视的目光收敛起来，说道：“你不用紧张，只要如实回答我的问题就行了，我不会为难你。”

老流浪汉不住地点着头。

“这包东西是放在垃圾库里面，还是外面？”

“是在里面，很里面。我是钻进去才拿出来的。”

霍文点了下头：“你是一个人发现这包东西的？当时这垃圾库附近还有没有别的人？”

老流浪汉想了想，苦着张脸说：“好像没别的人了。当时太早了，街上都还没几个人呢。”

“就是说，你来到这里的时候，没看到有人丢垃圾？”

“是的。”

看来，这袋残肢应该是凶手昨天晚上丢弃在这里的，霍文思忖着。他又问：“你为什么会来翻这儿的垃圾？”

“我肚子饿了，想在垃圾堆里找点能吃的东西。先给我找到了一袋油炸饼，我吃了几个，想看看还有没有什么别的，结果就看到了这个鼓鼓囊囊的大袋子。没想到一打开，居然是……”老流浪汉又露出惊恐的神色。

霍文扫视周围的地上：“哪儿有什么油炸饼？”

老流浪汉赶紧把刚才吓得丢在一边的那半袋油炸饼捡起来，双手捧给面前的刑警队长看：“就是这个。”

霍文晃了一眼，对那脏乎乎的油炸饼并没细看。他只是想知道老乞丐有没有说实话而已。现在，他觉得没什么好问的了，转身对一个年轻警察说：“你把这个老乞丐带回局里做个笔录，然后把他送到就近的收容所去。”

老流浪汉有些紧张地问道：“警官，你们不会是要把我关起来吧？”

“不是要关你。收容所里有吃有住，比你在街上讨饭强多了。”年轻警察对老流浪汉说，“跟我走吧。”

老流浪汉欢天喜地地跟着年轻警察上了警车。

霍文和叶磊坐到警车里，叶磊掏出小本子，一边记录一边念道："6月5日，星期日，第二个受害者的第二部分被丢弃在梨溪菜市场旁边的垃圾库——两只手和手臂，及部分内脏。"

霍文双手搭在方向盘上，眉头紧蹙："昨天我们还在思索凶手下一次抛尸的时间，今天就出现了。哼——"他自嘲地嗤笑了一声，"就像他（她）听到了我们的谈话，不想让我们失望一样。"

叶磊看着手中的小本子："距离上一次抛尸间隔了八天。"他望向队长，"头儿，按你的分析，昨天这个凶手大概遇到了什么不顺心的事。"

霍文目光低垂，没有说话。好一阵过后，他问道："调查有进展吗？有没有发现什么可疑的对象？"

"情报科提供了一些单身居住、曾经或现在与外地单身女人有来往的人的资料。"叶磊从一个黑色皮包内拿出一沓纸，递给霍文，"但这只是一部分，无法将所有这种类型的人都统计出来，数目太庞大了。"

霍文一张一张翻看着，这些纸上印着情报科列出的具有犯罪可能性的人的照片、名字、年龄、职业等基本资料。霍文挨着把这几十页纸全部看完，问道："怎么，全是男的？"

叶磊说："也许情报科认为，会做杀人抛尸这种事的，男人的可能性要大些。"

霍文不满地晃着脑袋："这可不一定。他们太主观臆断了，而且缺乏经验。1987年美国俄亥俄州著名的连环杀人分尸案，就是一个妇女所为。"

叶磊点头道："我一会儿去叫他们把符合这种条件的女人也列出来。"

霍文问："这一堆人里面，有没有重点排查对象？"

"有。"叶磊把身子倾过来，翻找着，从一堆纸里选出大约十张出来，"这几个人曾经多次和外地单身女人交往，其中一些还与外地单身女人同居过。"

"好，重点关注这几个人。同时叫情报科继续统计可疑对象。"

"是！"

霍文狠狠地咬着牙说：“我还不相信，这只残忍的狐狸会一直不露尾巴出来！”

十三

6月6日，星期一的上午，瞅准余凯琳上班后，韦隽迫不及待地用钥匙打开隔壁房门，来到余凯琳这边。

她早就按捺不住了。自从上次偷看余凯琳的日记后，她就一直没再次光顾过。经过这么几天，日记的内容应该添加了不少吧——这回，她可以在这边度过一个“充实”的上午了。

她直接来到书桌旁，将抽屉打开，拿出了余凯琳的日记本。正要翻开来看，她觑见了桌上放着的红酒——就是前天晚上余凯琳请她吃饭时喝剩下的那瓶红酒。韦隽注意到，酒还剩了大半瓶。她想——一边喝着红酒，一边欣赏隐私，是不是更有情趣呢？可是，酒少了的话，余凯琳会不会发现？

斟酌了好几秒，她判断出，如果只倒一小杯的话，是不会有人觉察到的——除非之前用刻度尺量过——但谁又会这样做呢？

韦隽悠然地从厨房里拿出一个玻璃酒杯，倒了半杯红酒，然后在桌前的椅子上坐了下来——快乐之旅启程了。

她翻开日记本，接着上次的开始看。

（5月30日的日记）

“今天中午，我问起晓雪最近发生的杀人碎尸案的事，没想到她居然知道。看来，黎昕并没有骗我……”

韦隽的眼睛一下睁大了，神情变得紧张起来。

“晓雪告诉我，警察现在还没有抓到凶手，而且报纸上说这个凶手有继续作案的可能。她觉得我一个人住在外面不安全，劝我忍一口气，回黎昕那里去住。

可是，我心中还是无法释怀……”

韦隽眯起眼睛，凝神屏气。

“……后来，我们谈起了我昨晚听到隔壁传来跑步声的事，晓雪认为韦隽可能有些不正常，她说这种有古怪嗜好的独身老姑娘，往往都有些偏执倾向，容易出现极端行为。虽然我觉得，她有些言过其实，但这些话确实令我感到不安……”

看到这些内容，韦隽的下颚咬紧了，竭力压下自己的愤怒，继续往下看。

“……晚上，晓雪到租房子的地方来陪我住，她在卫生间洗澡的时候，竟然怀疑里面有人偷窥，但我们走进去，却没发现有人。晓雪坚持说她的直觉比一般人要强，还说这套房子和房东有问题。她再次劝我别住在这里了，回到黎昕身边去。我的心里很乱，不知道该怎么办……”

这个叫孟晓雪的……婊子！韦隽又惊又怒，她涨红了脸，牙齿磨得咯咯作响，气得浑身都颤抖起来，忘记了自己手中正端着一杯酒，结果杯子一倾斜，洒了一点儿红酒在日记本上。

韦隽大惊失色，心中暗叫不妙。她赶紧走到茶几旁边，扯了几张抽纸，将日记本上的红酒吸掉、擦干——但是，红酒的颜色浸进了日记本里，并且将纸张变皱了。韦隽呆呆地站在原地，不知该如何是好。

糟了，她想道，余凯琳可能会发现的，而且只需稍加联想，就能猜到是怎么回事。

怎么办呢？她焦急起来——我总不能把这个日记本丢掉吧，这样不是更加明显？现在，只能期望酒的颜色变淡后，她不会注意到，或者是她直接翻过这一页……

韦隽惴惴不安地暗忖着，脸色渐渐沉静下来，不再焦躁了。

实在不行，就……

余凯琳今天在公司加了晚班，回到住所后，已经接近十点钟了。她精疲力竭，只想快些洗澡睡觉，但多年的老习惯又迫使她拿出了日记本。

韦隽所担心的事情发生了——余凯琳翻到某一页的时候，忽然看到左下角的纸发皱了，而且还染了些淡淡的红色，她疑惑地将那页纸靠近鼻子，闻到了红酒的气味。她呆住了。

这是怎么回事？日记本上怎么会有红酒的痕迹呢？她清楚地记得，星期六那天晚上喝过红酒后，她就再没有碰过那瓶酒，而昨天晚上写日记的时候，这一页还是好好的！

想着想着，余凯琳的身体颤抖起来，她意识到，有人进了自己的房间，偷看了她的日记！而能做到这件事的人，只可能是……

天哪，余凯琳捂住了嘴——她这样做有多久了？难道，她把我日记上的内容全都看过了？

余凯琳赶紧把写过的日记快速浏览了一遍，想到这些内容可能已经被韦隽所知晓，她感到不寒而栗。而让她更加恐惧的是，她不知道韦隽还在她的房间里干了些什么。

现在，余凯琳唯一能确定的一件事就是，孟晓雪是对的——这个女房东确实不正常。这个地方，恐怕是不能再住下去了。

十四

第二天中午吃过饭后，余凯琳和孟晓雪漫步到一个广场。在一张休闲木椅上坐了下来，余凯琳把日记的事告诉了孟晓雪。孟晓雪十分震惊，同时显得有些激动。

“怎么样？现在证实我说的话了吧？我告诉过你，那个女房东有问题！”孟晓雪说，“你检查没有？没丢什么东西吧？”

余凯琳摇头：“没有。我现在又没什么钱，那屋里的家具本来就是她的，能丢什么呀？”

孟晓雪思索了一阵，说：“那她就是那种有偷窥癖的人，以窥探别人的隐私来获得某种快感——这种人的心理严重不正常！”

“我现在怎么办？”余凯琳忧虑地问。

“别在那里住了呗！她有这种怪癖，你还敢挨着她住呀？”

“我也不想再住在那里了，可是怎么叫她退房租呢？”

“你就拿着日记本去找她当面对质，她肯定没话说。”

“可我有什么证据证明日记本上的酒迹就是她造成的呢？她完全可以不承认，说是我自己弄的。”

孟晓雪想了想：“确实，你要真跟她闹翻的话，对你不利。”

“可不是吗？我现在还欠着她五千块钱呢。她要是一怒之下叫我还钱，我哪儿有钱给她？”

“要不……你把房门换把锁。这样她就进不去了。”

“这个我也想过，但这样一来，不就摆明了是怎么回事吗？这和跟她明说有什么区别？”

孟晓雪叹了口气：“照你这么说，就不好办了。”

“要不怎么找你商量呢？就是因为我没主意呀。”余凯琳为难地说，“主要是我借了她的钱，就受到牵制了。”

孟晓雪缄默了一阵，喃喃道：“这个女房东奇怪的地方太多了——四十多岁了不结婚、喜欢怪异的口味、夜晚在家里跑步，还有偷窥别人隐私的特殊喜好……看来，我担心的事并不是没可能……”

余凯琳纳闷地问道：“晓雪，你担心什么事？”

孟晓雪望着余凯琳，犹豫半晌，咽了口唾沫：“凯琳姐，我说出来，你可能会害怕……”

余凯琳不安地望着她：“你说吧。”

“我觉得，这个女房东……也许跟报纸上报道的那起杀人碎尸案有关系。”

余凯琳“啊”地低呼一声，霎时骇得脸都白了。她惊恐地捂住了嘴：“晓雪，你可别吓我呀！”

“我当然不是故意想吓你。”孟晓雪说，“其实，那天在你那里住了一晚上后，我就产生这个想法了。但因为害怕吓着你，所以才一直没跟你说。今天听到你说那房东趁你不在的时候到你屋里去偷看日记，再加上我那天晚上一些设身处地的感受——我觉得她越来越可疑了，也许，她真的……”

“别说了，晓雪……”余凯琳害怕得双手交叉抱住手臂。

孟晓雪见余凯琳怕得厉害，安慰道：“我也是猜测的而已，可能没这么严重吧。”

“可如果是真的呢？”余凯琳颤抖着说，“那我……岂不是危险极了！”

孟晓雪说：“凯琳姐，你住到黎昕那里去吧。”

余凯琳郁闷地说：“这几天，他都没来找过我。也许，是我那天对他说的话太决绝了吧……他大概觉得和我已经没希望了。如果他不来找我的话，要我主动联系他，我做不到。”

孟晓雪叹了口气：“这都什么时候了，你还这么死要面子。”

“不是面子的问题，我有我的原则。”余凯琳不想继续说关于黎昕的话题，“晓雪，你帮我想想，还有没有别的什么办法？”

孟晓雪沉思了许久，说：“有了，我给你想了个既可以摆脱她，又能要回房租的办法。”

“说来听听。”余凯琳急切地说。

孟晓雪凝视着她：“首先你不露声色，假装没有发现日记的事。然后你去买一个**微型针孔摄像头**，安装在你房间的某个角落。如果那个房东再偷偷到你的房间里来，那么针孔摄像头就会把她的行为摄录下来。你把这个资料交给警方，就能控告她**侵犯隐私**。这样的话，不就可以名正言顺地要求她退还你的房租了？说不定还能获得一笔赔偿金。”

“赔偿金我就不要了，只要能拿回房租，离开那里，我就心满意足了。”余凯琳顿了一下，迟疑地说，“你说的这个办法真的有用吗？”

“相信我，这种有偷窥癖的人，绝不会只犯偶尔一次，她一定会再次到你的屋里去的。说不定，她已经去过很多次，只是这次才让你发现而已。”孟晓雪略微停顿，补充道，“我可不是胡乱猜测的。想想看，她竟然在你的房间里边偷看日记边喝红酒，可见多么胆大妄为、肆无忌惮！就凭这一点，就能判断出她是个老手。以前住在那里的房客恐怕都曾是她的觑视对象。”

余凯琳打了个冷噤，起了一身的鸡皮疙瘩。她承认孟晓雪分析得很有道理。

“怎么样？你要用我这个办法试试吗？”孟晓雪问。

余凯琳略微考虑，点了下头：“哪里有卖微型针孔摄像头的？”

“电脑城里都有卖。”孟晓雪朝街道一侧望去，“这附近不就有一家挺大的电脑城吗？”

余凯琳从长椅上站起来：“我们现在就去买吧。”

两人来到电脑城，找到一家专卖电脑配件和摄录器材的店铺。孟晓雪帮余凯琳问道：“老板，你们这里有微型的针孔摄像头吗？”

四十多岁的男老板望了她们一眼，问：“你们买来做什么？”

“我们开了家服装店，想买来当监控。”孟晓雪瞎编了个理由。

“嗯，那行。”男老板点了下头，“主要是公安局打了招呼，要我们卖这些特殊商品的时候，问清楚买主的用途，不能用来做不合法的事情。”

余凯琳和孟晓雪迅速地彼此看了一眼。

男老板问：“你们要高级点儿的，还是普通点儿的？”

“要便宜的。”余凯琳说。

男老板应了一声，从身后的货柜里拿出一个机身只有火柴盒的一半那么大的微型摄像头出来。余凯琳和孟晓雪凑近仔细观看——这小玩意儿的镜头只有圆珠笔芯那么细，整体是黑色的，如果安在某个角落的话，极难被发现。

“这个多少钱？”余凯琳问。

店主又拿出一堆小东西出来：“加上无线接收器、装在电脑上的采集卡和接收机专用电源适配器，一共560元。”

“啊，这么贵呀……”余凯琳咋舌。

“这还贵啊？”男老板笑道，“我给你拿的都是最便宜的了。”

“可不可以再便宜点儿？”孟晓雪说，“我们以后还会来照顾你的……”

经过一番讨价还价，最后以520元成交。男老板教了她们使用方法，包括怎么安装针孔摄像头、接收器怎样连接电脑、如何将视频信号转存在电脑中，等等。

两个人走出电脑城，余凯琳叹息道："唉，看着都没钱了，还要花500多买这个玩意儿——希望真的能派上用场。"

"等着瞧吧，会有用的。"孟晓雪自信地说。

余凯琳看了下手表，现在是下午一点多，离上班还有一个多小时。她说："我们回公司去休息会儿吧。"

孟晓雪点了下头，两人刚走了几步，余凯琳皮包里的手机就响了起来。她拿出来看了一眼，是一个陌生的号码。

"喂，你好。"余凯琳接电话。

"请问是余凯琳女士吗？"一个男人的声音。

"对，你是？"

电话里的人跟余凯琳说了将近一分钟。孟晓雪在一旁观察到，余凯琳渐渐张开了嘴，露出意外而惊愕的表情。好一阵后，她讷讷道："哦，好的……我知道了。"

挂了电话，孟晓雪问："怎么了？谁打来的？"

余凯琳神情有些恍惚，她张着嘴愣了好一阵，说："发生了意想不到的事。"

"什么事？"

余凯琳望着孟晓雪："刚才的电话是医院打来的，说韦隽刚才出车祸了！"

"啊？"孟晓雪叫了一声，"怎么回事？"

"具体的我也不清楚，那医生只说她头部受伤了，现在处于轻度昏迷中，需要做个小手术，还要进行全身检查——估计不是很严重。"

"他怎么会打电话给你呢？"

"他说韦隽身上没带什么钱，却在她的上衣口袋里发现了一张我的名片，问我是不是她的朋友，叫我送点钱过去。"余凯琳茫然地问，"你说我现在去吗？"

孟晓雪想了想："去，当然得去。这样的话表明你没有产生怀疑，还把她当作朋友，会使韦隽放松对你的警惕，我们的计划才容易成功。"

余凯琳沉吟片刻，点头道："你说得对。"但立刻又犯了难，"可我哪有钱带过去啊？"

“到了那里再说吧。总之要表示你对她的关心。”孟晓雪问，“哪家医院？”

“四医院。”

“离这儿不远。我们打车过去吧。”孟晓雪抬手招了一辆的士，两人一起钻了进去。车子疾速朝医院驶去。

十五

赶到四医院，余凯琳和孟晓雪通过询问来到了急救室门口。孟晓雪停下脚步：“我就不进去了吧，在这儿等你。”

余凯琳想了想，点头道：“好。”

走进急救室，余凯琳在第二张病床上看到了躺在床上的韦隽。她闭着眼睛，额头上经过了简单的止血处理，脸上有一些风干了的血迹。余凯琳走上前去，对俯在病床前检查韦隽手臂的男医生说：“医生，你好，我是韦隽的朋友余凯琳。”

“哦，你来了。”戴眼镜的男医生直起身子，冲她点了下头。

“她怎么出的车祸？”余凯琳问，“伤得严重吗？”

“也不知道她有什么急事，在车辆行驶的时候横穿马路。”男医生带着责备的口吻说，“还好那辆面包车的司机及时踩了刹车，撞得才没那么厉害。我初步检查了一下，头部有4厘米的创口，需要缝针；另外胳膊擦伤了——算是幸运的了，伤得不重。”

“唔，那就好。”

“你是她的朋友吧，伤者现在还没交医药费呢，你去帮她交一下吧。我马上安排手术。”

“嗯……要交多少钱？”

“先交3000块吧。”

“啊……”余凯琳怔住了，“要这么多呀……”

男医生望着她："这还算多吗？手术费和医药费，以及做CT全身检查的费用，还有后期观察和治疗的费用——3000块只是预付的而已。"

余凯琳尴尬地说："嗯，我知道……我不是嫌贵，只是……现在我拿不出这么多钱来呀。"

"那你去银行取吧。"

"我不是身上没有……而是，根本就没这么多钱。"余凯琳更加窘迫了。

男医生摊了下手："那你说怎么办吧。我们医院有规定，要交费之后才能手术呀。"

这时，躺在病床上的韦隽哼了一声，她刚才就已经从昏迷状态中清醒过来了，听到了医生和余凯琳的对话。她抬了下手，虚弱地喊了一声："凯琳……"

余凯琳靠近她，俯下身子，面露关切地说："隽姐，你醒了！没事吧？"

"嗯，还好。"韦隽有气无力地说，"我听到你们说的了，我知道你没钱……这样吧，你到我家里去，帮我拿5000块钱过来，好吗？"

余凯琳愣了一下："这……合适吗？"

"有什么不合适的？你这是在帮我的忙呀。"韦隽从皮带扣上取下钥匙，递给余凯琳，"钱就放在衣柜中间的那个小抽屉里。你知道的，我上次借钱给你的时候就是从那里拿的。"

余凯琳只有接过钥匙："好的，那我马上去拿。"

正要离开，韦隽抓住余凯琳的手说："凯琳，你是我的朋友，我信任你。你快去快回，别耽搁时间哦。"

等候在门口的孟晓雪一直在聆听她们的对话，听到韦隽说了这样一句话，她心头震动了一下。

余凯琳望着韦隽，点头道："我知道，隽姐。"然后快步走出了急救室。

在门口跟孟晓雪会合，两人沿走廊步出医院。余凯琳说："韦隽叫我帮她回去……"

"不用说了，我在门口都听到了。"孟晓雪说，然后直视着余凯琳，"她最后跟你说了一句话，你有没有听出什么来？"

余凯琳神情惘然："她说，叫我快去快回，别耽搁时间——这有什么问题吗？"

"当然了。"孟晓雪说，"你没听出来？**这句话是带有某种暗示性的。**"

余凯琳望着她。

"你想想看，韦隽的情况已经稳定下来了，并不是十分紧急，她为什么还要特别叮嘱你'别耽搁时间'？显然，你不太可能故意在路上耽搁什么时间，而唯一有可能耽搁时间的地方，就是在她的家中！"

"啊……你是说，韦隽说这句话的意思，是暗示我不要在她的家中待太久？"

"依我看，是暗示你不要碰她家里的其他东西。"孟晓雪眯起眼睛，**"这说明，在她家里肯定隐藏着什么秘密！"**

"我本来就不会碰她家里的其他东西。"余凯琳说，脸有些发烫。

"如果是在正常情况下，那当然。但是，你忘了我们对她的怀疑吗？现在可是千载难逢的好机会！"

"难道你要我搜查她的家？"余凯琳摇头，"我可做不出来这种事。"

孟晓雪把头偏向一边，叹道："唉，你呀，叫我说你什么好。"

余凯琳说："我们别站在这儿说话了。我既然答应了她，就得快些帮她把钱拿过来——不然的话上班要迟到了。"

一句话提醒了孟晓雪，她说："对，是得抓紧时间，我陪你打个车去吧。"

两人赶紧招了一辆停在医院门口的出租车，赶往韦隽的住所。

余凯琳用韦隽的钥匙打开房门，径直走到衣柜前，将柜门打开，拉开中间的小抽屉，发现里面有一沓现金。她数了5000元，将钱放进自己皮包的内层，将衣柜关好后，对孟晓雪说："我们走吧。"

孟晓雪看着韦隽的房间，无比遗憾地说："我们真的要放弃这么好的机会吗？这种机会可能只有一次，等她出了医院，就不可能搜查到她的房间了。"

余凯琳说："晓雪，我们不是警察，没有权利搜查别人的房间。再说了，韦隽是个心思很缜密的人，如果我们翻动了她的东西，改变了一些东西摆放的位置，或者是留下一些痕迹的话，她肯定会发现的。所以还是别打这种主意的好。"

孟晓雪无可奈何地叹了口气："好吧，那算了。"

两人正要离开，孟晓雪忽然叫了一声："啊！我们怎么把那个东西给忘了！"

余凯琳莫名其妙地望着她："什么东西？"

"你刚才买的微型针孔摄像头啊！"

余凯琳一愣，随即一惊："你想做什么？"

"听我说，如果你想知道韦隽到底和杀人碎尸案有没有关系，这真的是绝无仅有的天赐良机！**你与其把微型摄像头安在你自己的房间里，还不如安在她的家中！**这样的话，你只要连接电脑，就能看到她这边的情况，等于洞悉了她的所有秘密！"

"不，不行。"余凯琳接连摇着头，"本来我还怪她侵犯了我的隐私，如果我这样做，那岂不是更变本加厉地侵犯了她的隐私？这是违法的！"

"我知道！但你要自保，这是迫不得已！"孟晓雪抓住余凯琳的手臂，"你想过没有？她既然能趁你不在的时候到你那边去，就能在你熟睡后，或者是毫无防备的时候过来！如果她当真包藏祸心的话，你就死定了！所以你明白了吗？现在不是当正人君子的时候，为了保命，你必须确定她到底是不是我们怀疑的'那种人'！"

孟晓雪的一番话将余凯琳吓得脸色苍白、后背发冷。她恐惧地睁大眼睛，不知该如果是好。

孟晓雪看了一下手机上显示的时间："没时间犹豫了，快到上班时间了。你把针孔摄像头拿出来，我帮你安在一个隐蔽的地方。我们得快，在这里待久了，韦隽会起疑的！"

余凯琳还在犹豫不决。孟晓雪急了，索性将她的皮包抓过来，拿出里面的针孔摄像头，说道："这件事我来做，责任我来承担！"

她抬起头来环顾周围，发现窗框的颜色和针孔摄像头的颜色极为接近，而且还有深色的窗帘当掩饰，如果安在那里的话，韦隽根本不可能注意得到。选定地方，孟晓雪赶紧拿了一张椅子到窗边，踩在上面，按照卖摄像头的老板教的方法，把这小东西安在了一个隐蔽的角落里。

孟晓雪用纸巾将椅子擦干净，对发呆的余凯琳说："行了，我们走吧。"

余凯琳一脸的不安："晓雪，我真的觉得，这样有点……"

"好了，别再说了，快走吧！"孟晓雪催促道，"等韦隽从医院回来后，所有的一切就真相大白了！"

十六

这几天在公司，余凯琳一直有些心神不宁。她后悔了，一想到安装在韦隽房间里的针孔摄像头，她就浑身不自在，感觉自己好像扮演了一个可耻的偷窥者的角色。那黑色的微型摄像头不像是能帮到自己的工具，反倒像是埋藏在她心头的一颗定时炸弹，随时都会因为韦隽的返回而爆发。尽管余凯琳在心中反复劝慰自己，韦隽回来后也不会轻易发现，但她就是忍不住担心和惧怕——做贼心虚的心理始终困扰着她。可惜的是，她已经无法把那颗定时炸弹取回来了，正如孟晓雪所说，那是唯一一次单独进入韦隽房里的机会。

星期五的中午，余凯琳走出公司大门的时候，再次看到了等候在门口的黎昕。

这几天黎昕没有再送花来了，好像他隐约猜到了那些美丽鲜花的可悲归宿。这次他选择亲自前来。令他欣喜的是，他发现余凯琳看到自己后，并没有像上几次那样掉头就走，这让他看见了事情的转机。

黎昕快步迎了上去，笑容满面地说："凯琳，下班了？"

面对这样一句废话，余凯琳淡淡地"嗯"了一声，表情没有以前那么拒人于千里之外。

"我们一起去吃顿饭吧？"黎昕恳切地邀请道。

其实余凯琳几乎想答应了，但下意识中的矜持和积蓄多日的排斥感却比她想象中更加顽固，令她不由自主地说道："不用了。你有什么事吗？"

黎昕顿了顿，并不坚持，他说："还是我上次提过的那件事，我真心希望你能不计前嫌，到我那里去住。凯琳，你要相信我，我真的是为了你的安全着想——你知道吗？前几天警方又在某处发现了被肢解的尸体，听我朋友说，好像是在一个菜市场的垃圾库里。凯琳，你没有意识到你自己的处境多么令人担心！”

余凯琳咬着嘴唇不说话，其实她在心里思量过，如果黎昕再次找到她提出这个要求的话，她会认真考虑这个问题。

黎昕看到她这次没有断然拒绝，知道余凯琳已经有了回心转意的念头，赶紧不失时机地说：“凯琳，我知道你还在怪我。但我向你保证，我再也不会做任何对不起你的事了。如果我没有做到的话，就让我天打五雷轰……”

余凯琳打断黎昕的毒誓，这不是她想要的：“别说这些。你的提议……让我仔细考虑一下吧。但我要先说清楚，就算我答应搬到你那里去住，也只是以一个房客的身份而已，并不意味着我们又恢复成了男女朋友的关系。我和你各住一个房间，互不干涉。我每个月会付房租给你的。”

黎昕心中狂喜——余凯琳的这种妥协，对他来说已经是一个很大的进步了。他立刻答应下来：“好的，好的。只要你肯过来，什么都依你的意思——只是，你要尽快考虑。你知道，你多在外面待一天，都让我牵肠挂肚、彻夜难眠……”

余凯琳翻了下眼睛，懒得听这些肉麻的话，她径直朝前面走去，头也不回地抛下一句话：“下个星期之前我会答复你的。”

黎昕心中一默，今天是星期五了。下周之前，不就意味着两天之内吗？他兴奋得脸颊发红，几乎要跳起来。

余凯琳下午下班后回到住所，发现隔壁的房门打开着。她心中咯噔一声，知道韦隽回来了。她立刻想到了那个微型针孔摄像头，骤然紧张起来。

韦隽大概听到了余凯琳的脚步声，她从屋内走出来，冲余凯琳笑道：“回来了，凯琳。”

“啊……隽姐，你出院了？”余凯琳尽量压制住紧张的心情。她看到韦隽的额头上有缝针的疤痕，被耷下来的头发遮挡了一些，并不是很明显。

“是啊，已经没什么大碍了。”韦隽说，“那天真是谢谢你了。”

“别客气，隽姐。你做过全身检查了吧？”余凯琳说着客套话。

“嗯，医生说没什么问题了。”她指了下额头上的伤，“现在就等着两个星期后去拆线了。”

“没事就好。”余凯琳说，“那我过去了。”

“嗯……凯琳……”韦隽叫住正要用钥匙开门的余凯琳，“你看我这个人——你帮我拿钱那天，我都忘了告诉你，我的冰箱里有饮料，你当时一定渴了吧，可以拿出来喝呀。”

余凯琳愣了一下，随即说：“哦，没关系的，隽姐，我当时也没那么渴。”

“哎呀，你跟我客气什么。那天……你没打开冰箱来看看里面有没有什么喝的吗？”

余凯琳本来有些诧异，不知道韦隽为什么老是纠缠冰箱里的饮料什么的，这时忽然明白了。她望着韦隽说：“隽姐，我没有打开过你的冰箱，或者是碰别的任何东西。我在衣柜的抽屉里拿了钱之后，就直接赶到医院去了。”

韦隽显得尴尬起来：“你瞧……我不是那个意思。我只是……想叫你别客气而已。”

余凯琳不想再说下去了，她淡然道：“没什么事了吧？隽姐，我进屋了。”

“哎……好的。”

余凯琳进屋后，将房门锁好，然后坐到沙发上，重重地吐了一口气。

本来，她感到有些愤懑，认为韦隽居然怀疑自己动过她的东西。但很快就冷静下来，意识到韦隽旁敲侧击询问的问题，必定有含义。

冰箱。

余凯琳心中一抖——**她为什么特别在乎冰箱有没有被人打开来看过？难道冰箱里藏着什么隐秘？**这个念头引起了她的某种恐怖联想。她猛然想起，韦隽的冰箱很大，这显然有些不合情理——她一个人生活，用得着这么大的冰箱吗？

余凯琳惴惴不安地猜测、思忖着。忽然想起，自己根本没必要在这里瞎猜疑，**她明明就有途径接触真相。**

余凯琳的目光移到了桌子上的笔记本电脑上——早在前两天，她就尝试着接收到了针孔摄像头传来的视频图像。现在只要打开电脑，就能看到韦隽那边的状况。

余凯琳踌躇了几分钟后，走到书桌前，按开了笔记本电脑的开关。

经过简单的操作，她的电脑屏幕上出现了隔壁的俯视场景，以及韦隽的身影。

余凯琳观察到，韦隽正在收拾餐桌上的碗盘，显然她才吃过晚饭。

第一次窥视别人，余凯琳感到脸红心跳，紧张不已。虽然她知道韦隽不可能发现，却还是有种提心吊胆的感觉，而且还有种负罪感。

大概看了10分钟，余凯琳将监视视频关闭了——韦隽吃过饭后就坐在沙发上看书，根本没做什么特别的事。

余凯琳忽然觉得自己有些无聊和卑鄙，她在心中暗中责怪自己，然后上网浏览新闻，没有再打开监视视频。

十一点，余凯琳到卫生间洗了个澡，准备睡觉了。本来按惯例，睡前要写日记的，但想到韦隽可能会偷看自己的日记，她没有将日记本拿出来。

睡了之后没多久，余凯琳听到隔壁传来跑步的声音。

她感到奇怪——韦隽才出了车祸，按道理应该休息一段时间才对，居然刚一出院就进行剧烈活动，这样合适吗？

余凯琳慢慢从床上坐了起来，她太想知道这是怎么回事了。韦隽夜里跑步之谜一直困扰着她，现在，**答案该揭晓了。**

余凯琳下床，打开电脑，屏幕上出现了隔壁的情景。

什么？

她凑近电脑屏幕，揉了揉眼睛，怀疑自己的眼睛是不是出了问题。

韦隽的房间里亮着灯，跑步的声音一直持续着，**但房子里却根本没有人！**

余凯琳惊愕得几乎暂停了呼吸，头脑里一时反应不过来这是怎么回事——韦隽并没有在房间里跑步，那么这跑步声是从哪儿来的呢？

余凯琳愣了好一阵后，眼睛在韦隽的房间里搜索着。突然，她看到放在桌上的一样东西，霎时间什么都明白了。

桌子上放着一个录音机。

余凯琳深吸一口气——原来，韦隽每次“夜晚跑步”都是一个假象！她用录音机播放早就录好的跑步声——这很明显地衍生出一个问题——**她到哪里去了**

呢？为什么要做这种掩饰？

直觉告诉余凯琳，这里面一定大有问题。

不能再犹豫了——余凯琳的心脏怦怦乱跳——必须离开这里，搬到黎昕那里去。就是明天。

十七

第二天一大早，余凯琳就起床了。她昨天晚上根本没睡好，恐惧和担忧令她无法安稳，一些事情也在困扰着她。

现在摆在她面前的问题有两个：第一，韦隽很显然是在做着一些不可告人的事情，可是到底跟杀人碎尸案有没有关系？仅仅通过现在了解的情况，似乎无法做出判断；第二，自己要搬到黎昕那里去的话，怎么跟韦隽说呢？自己欠着她五千块钱，现在提出要搬走，她会同意吗？

对于第一个问题，余凯琳想过报警，可是又觉得没有确凿的证据，害怕只是误会一场；而第二个问题，她感到十分为难——现在她不在乎韦隽肯不肯退房租这样的小事，她担心的是如果激怒了韦隽，而她又真的是"那种人"的话，会不会发生什么可怕的事？

思来想去，余凯琳最后决定——暂时不让韦隽知道自己要搬走的事，今天下午趁她不注意的时候悄悄搬走。剩下的事情，和黎昕或者孟晓雪商量之后再说。

拿定主意，她用手机拨通了黎昕的电话。

黎昕很快就接了（显然是因为看到来电显示是余凯琳），他的口气中透露出兴奋和期待："凯琳，你决定要搬过来了吧？"

余凯琳低沉地"嗯"了一声。

"太好了！"电话那头的黎昕欣喜得难以形容，"我准备一桌好菜迎接你！我们就在家里吃，好吗？"

“先别说这个。”余凯琳说，“我在这边又买了些东西，一个人拿不了，你下午一点多的时候能来帮我拿一下吗？地址是米市街的四枭巷11号，一栋二单元二楼。”

本来，余凯琳认为黎昕会想都不想地就一口答应，因为这是一个献殷勤的好机会。但出乎意料，黎昕好几秒没有开腔，半晌过后，才讷讷地说道：“凯琳，我很想去帮你拿东西，可是……恐怕不行，我今天……有点事。”

余凯琳完全没想到黎昕居然会拒绝她的要求，而且理由如此拙劣：“你刚才不是还说要在家里准备一桌好菜吗？怎么现在又有事了？”

“啊……我是才想起来的。”回答得很窘迫。

余凯琳心中虽有不满，但想到自己和黎昕本来就不是男女朋友的关系了，也不便发作，语气冷淡地说：“那算了吧，我自己搬。对了，房东，你那里的房租是多少？”

黎昕听出余凯琳是在说气话，他略微犹豫了一下，说：“要不，我还是去帮你拿吧……”

“算了吧，你别勉强。”余凯琳没好气地说。

“不，让我想想，中午……应该可以的。”

“好吧，那就这样。我收拾东西了。”

挂了电话，余凯琳从床底下拿出大皮箱，把衣服、日常用品等物件装了进去。去厨房看了一下，新买的微波炉、餐具和剩下的食物等杂七杂八的东西还需要几个大口袋来装。她看了下时间，现在是上午九点钟。余凯琳在心中计划着——先去外面逛一阵，买几个购物袋，吃了午饭之后就回来，那时候黎昕也差不多该到了。

之所以等到中午一点钟的时候搬走，是因为余凯琳知道，韦隽吃过午饭后，一般都会睡会儿午觉——那个时候走，是最不容易被她察觉的。

余凯琳缓缓打开房门，走出去后，轻微地将房门带拢。她看了一眼韦隽那边——房门是关着的。很好。她静悄悄地沿着楼梯走下去，离开了。

中午十二点半。

黎昕比预定的时间提早半小时来了，他站在二楼的走廊上，望见关着的两个房门，想了一会儿，摸出手机给余凯琳发了条短信。

凯琳，你在屋里吗？我现在就在你门口，但我不知道是哪一间。

短信很快回复了：我在外面吃饭，半小时内回来，你等着。

黎昕拿着手机站在走廊上，犹豫了片刻，决定先下楼去。就在这时，韦隽的房门打开了，她看到了正欲离去的黎昕。

韦隽凝视了黎昕一阵，问："你是来找余凯琳的吗？"

黎昕被她打量得有些不自在，张着嘴没有说话。

"到我这边来等吧。"韦隽偏了下脑袋，指向自己的房子。

黎昕略微迟疑，点了下头，走了进去。

韦隽望着黎昕进屋，然后将头探出去，确定走廊上没有别的人。一刹那，她的眼里掠过一丝阴冷的光。她背对着黎昕，将门紧紧锁好。

接近一点钟的时候，余凯琳拎着几个购物袋回来了。刚才在楼下，她没看到黎昕，本来以为上楼来，会看到他等在走廊上，不料也没看到人。她有些诧异地左右四顾了一番，确定黎昕没在这里。

怪了，他明明发短信说已经过来了，现在又跑到哪里去了？余凯琳用钥匙打开门，把购物袋甩到床上，然后打黎昕的手机。

彩铃里的歌曲重复了好几遍，黎昕也没接电话。余凯琳越发觉得奇怪了，一切显得那么不合常理——她心中隐隐约约产生一种不好的感觉——**难道，黎昕出什么事了？**

突然，余凯琳想到了一种可能性——黎昕到这里后，也许试着敲了房门，见没有人开门后，他才发了那条短信。而他的这些行为，有可能引起了韦隽的注意……难不成，他现在在韦隽那边？

余凯琳心中暗叫不妙——如果韦隽问起黎昕来这里的目的，而黎昕告诉了她的话，自己偷偷搬走的想法就不可能实现了。

不过——余凯琳又想到——如果真的是这样的话，也没有关系。反正黎昕在这里，不如就对韦隽直言相告。她和黎昕两个人，也不会怕她一个。

想到这里，余凯琳离开自己这边，来到隔壁门前敲门。

过了好一会儿，韦隽才把房门打开。她问道："凯琳，有什么事吗？"

"隽姐，我想问问，刚才有没有一个男的来找我？"

韦隽一副茫然的样子："不知道，我一直在屋里。"

余凯琳相当吃惊："你是说，你没有听到我那边有敲门的声音？"

"没听到。"韦隽问，"怎么，你跟谁约好了吗？"

"嗯……是啊。一个朋友。"

"不会是你的前男友吧。"韦隽说。

余凯琳不知道韦隽怎么一猜就准，心中暗暗吃惊，只有答道："……是的。"

"你们和好了？"

"没有……他只是来找我有点事。"

韦隽说："可能他还没来吧，你过去等他一会儿，说不定他就来了。"

余凯琳神思惘然地点了下头，本打算过去了，忽然发现韦隽跟自己说话的过程中，一直堵在门口，就像是怕她会进去一样。余凯琳心中一颤——该不会……

"对了，隽姐。"余凯琳的头脑急速运转着，"我这个月的工资快发了，那个钱，我先还你2000元吧。"她一边说着话，左手一边故作随意地慢慢滑进裤包，摸索着摁下了手机的重拨键——她今天只给黎昕一个人打过电话。

"不着急，等你全部凑齐再还给我也不迟。还有什么事吗？"韦隽说，表示想关门了。

"没什么事了，隽姐，那我过去了……"

就在这时，房间里突然传出一阵细微的手机音乐铃声。韦隽一愣，表情骤然显得紧张起来。

余凯琳的心脏像被重重地击打了一下，表面上却装作什么都没听到，同时悄悄按了挂断键，里面的手机铃声戛然而止。

"隽姐，不打扰了。"余凯琳假装平静地说，转身走进自己那边。

韦隽望着余凯琳离开的背影，又扭头望了望屋里，低头沉思，眉头渐渐皱紧，似乎若有所悟。

余凯琳将房门锁好，心脏怦怦狂跳。她已经确定，黎昕就在韦隽的房子里，他现在究竟处于何种状况，她必须马上得知。

快些！快些！余凯琳焦急地看着笔记本电脑的开机画面，希望能立刻转换成隔壁房间的画面。她在心中祈祷着，希望黎昕还是安全的，她只要确认这一点就行了。然后，就立刻报警。

余凯琳的手在不住地发抖，电脑启动后，她焦急地将画面调整到监视视频，却因为心慌意乱而进行了一系列的误操作——她将电脑上储存的昨晚的视频播放出来，屏幕上韦隽正在吃着晚饭。

余凯琳本来就不怎么熟练，现在又慌乱不已，一时竟忘了怎样把视频调换成即时监控状态。她焦急地将视频快进，几乎失去了冷静的判断力。

然而就在这时，她猛然注意到了画面上的变化，停止快进，屏幕上快速运动着的韦隽变回了正常的速度。

余凯琳之所以停止快进，仔细观看，是因为她看到韦隽打开了电冰箱。她特别注意了视频上显示的时间——**十点十五分，也就是韦隽伪装跑步的一个多小时前。**

韦隽从冰箱的冷冻室里取出一个包裹着好几层塑料布的大口袋，然后慢慢将那几层塑料布撕开。

这里面会是什么？余凯琳屏住了呼吸。

终于，她看见了。

塑料布全部扯开后，**韦隽从那大口袋中拿出一块尸体，然后朝厨房走去。**

余凯琳的脑子里嗡的一声炸了，眼前出现了一层红幕，胃部的剧烈收缩和阵阵眩晕感让她想吐——现在，之前一切可怕的猜想全都得到了证实。她终于知道，自己这十几天以来一直在和什么人相处。

余凯琳全身颤抖着摸出手机——她已经用不着证实现在韦隽那边的情况了，

更不敢想象黎昕是否已经遭到了与那颗冰冻头颅的主人同样的命运。她只希望还来得及——在警察赶来之前，黎昕还留有一命。

可是，就在她那哆嗦的手指还没来得及拨出报警电话之前，门外传来了韦隽的敲门声："凯琳，开一下门，我有事情找你。"

余凯琳吓得一抖，手机从手中掉落下来，啪的一下摔到地上。她立刻将手机捡了起来，想继续拨打报警电话。但她没想到的是，她听到了韦隽用钥匙旋转房门的声音。

天哪，她居然要……直接闯进来！难道她发现我知道了她的秘密？也许是之前黎昕的手机铃声响起的时候，她就已经意识到什么了！余凯琳惊恐得几乎要眩晕过去。这时，韦隽已经把房门推开了。余凯琳突然想起，电脑屏幕上还播放着监视视频！她飞快地冲过去，一下把笔记本电脑的盖子压了下来。

韦隽跨进门，刚好看见余凯琳惊慌失措地守在电脑前，双手压在笔记本电脑上。

"你在干什么？"她冷冷地问，脸上没有一丝表情。

"没……没干什么。"余凯琳紧紧地压住笔记本的盖子，没有意识到这是在适得其反。

韦隽盯着余凯琳的电脑，眼珠转了几圈，似乎意识到了什么。她慢慢靠近过来："你，该不会是……"

"没……没有……"余凯琳的脚都有些软了，紧张得快要呕吐出来。她呼吸短促，惊骇地摇晃着脑袋。

韦隽粗暴地一把将余凯琳推开，然后揭开笔记本电脑的盖子，赫然看到了屏幕上自己的影像——**刚好是她捧着一颗人头到厨房里去的画面！**

韦隽大惊失色，她转过头去，看到余凯琳正在拨电话。她的脸瞬间变得无比疯狂、狰狞可怖，她尖叫道："你这个……婊子！"然后猛地向余凯琳扑了过去。

余凯琳惊叫一声，被比她粗壮的韦隽按倒在地，手机甩了出去。韦隽压在她的身上，用尽力气扇了余凯琳两耳光，将余凯琳打得眼冒金星。接着，她掐住余凯琳的脖子，像疯狗一样咆哮道：

“你这个贱货！我对你这么好，把你当朋友，还借钱给你——你却偷偷算计我！你在我的房间里安摄像头，好搜集证据，把它交给警察，对吗？还好我及时发现，否则的话，已经让你得逞了！看来你也跟之前那些贱女人一样，不是好东西，你们都该被碎尸万段！”

余凯琳被紧紧地卡住脖子，无法呼吸。她使劲挣扎，双手在韦隽的脸上胡乱抓着，却只能将她抓伤，无法摆脱这孔武有力的女人的钳制，眼看着就要窒息而亡了。在这紧要关头，她双手拼命想要搜寻到周围一些可以当作武器的东西，却什么都没有触摸到。

千钧一发之际，余凯琳突然急中生智。她将右腿蜷曲到右手能够触碰到的地方，把脚上的高跟鞋脱了下来。求生的欲望逼迫出她惊人的力量，她将鞋跟对准韦隽的太阳穴，猛地击打过去。

“啊！”的一声惨叫，韦隽身子朝左边一偏，昏倒在地。

余凯琳双手护住咽喉，大口喘息着，惊魂未定地挣扎着站了起来，看着不省人事的韦隽，估计她太阳穴挨了这一记重击，一时半会儿是醒不过来了。

她没有时间害怕或犹豫，目前最关键的，是必须立刻到韦隽那边去，确定黎昕的生死。

十八

余凯琳推开韦隽的房门，跌跌撞撞地闯了进去。她在屋子里没有看见黎昕，猜想他也许是在厨房或卫生间里。她祈求上天，不要让她赶过去看到的是一具冰冷的尸体。

厨房里没有。余凯琳提心吊胆地推开卫生间的门，赫然看到黎昕昏倒在地，双手被绳子反绑在身后的一根管道上，双腿也被捆绑着，嘴里堵着一块毛巾，头顶上有血迹，似乎被重物击打过。余凯琳慌乱地将黎昕扶起来，将他嘴里的毛巾扯掉，用力摇晃着他，大声喊道："黎昕！黎昕！"

黎昕缓缓地睁开眼睛，看到面前的余凯琳，似乎用了好一会儿才敢相信这是真的："……凯琳，是你吗？"

"对，是我。"余凯琳抚摸着黎昕的脸，此刻已经完全抛开了对他的责怪，流露出来的只有爱意，"你怎么样？没事吧？"

黎昕咧了一下嘴："我的头，有些痛。那个女人……是个疯子。我在门口等你，她把我骗进来，然后趁我不备将我打昏……这到底是怎么回事？"

余凯琳流着泪说："她确实是个疯子！**她就是杀人碎尸案的凶手！**"

黎昕紧张地问道："她呢？现在在哪里？"

"刚才她闯进我的房间，想要杀我……我跟她搏斗，用高跟鞋把她打昏了。"

"……做得好，凯琳。"黎昕赞许地望着她，"快帮我把绳子解开！"

余凯琳先将反绑住黎昕双手的绳子解开，然后和黎昕一起解开了他脚上的绳子。黎昕的手脚都有些发麻了，过了好一阵才勉强站起来。

余凯琳望着黎昕头顶上的伤口："你的伤怎么样？还痛吗？"

"有点痛，不过已经没什么大碍了。"

"我们得赶快报警。"

"对，不过得先过去看看那个疯女人。"黎昕谨慎地说，"你确定她真的昏死过去了吗？"

"应该是。"

黎昕抓着余凯琳的手，两人一起朝隔壁走去。

来到隔壁房间，余凯琳指着刚才韦隽昏倒的地方说："就在那……"

话还没说完，她就呆住了。

地板上的韦隽不见了！

余凯琳骤然紧张起来，惊骇地自语道："她……到哪里去了？"回过头来，她骇然发现，韦隽从门背后闪现出来，手中举着一把明晃晃的尖刀，朝黎昕刺去！

"小心！"余凯琳撕心裂肺地大喊一声。黎昕似乎有所预料，在余凯琳示警之前，就猛地转过身来，刚好抓住韦隽举着刀的手臂。刀尖几乎在他的眼珠前停了下来。

韦隽的两只手被黎昕紧紧抓住，两人互相使力，僵持了好几秒。突然她张开嘴，一口咬向黎昕的鼻子。黎昕痛得大叫一声，朝后仰去，倒在地上，韦隽趁机扑了上去，双手举起尖刀猛刺下去。

生死关头，黎昕顾不得疼痛，再次抓住韦隽的手腕，截住刀势。但他没想到，这疯女人发起狂来，力气竟然比男人还要大！那把尖刀眼看着就要压向他的咽喉了！

余凯琳站在旁边，慌乱得手足无措，当看到韦隽渐渐占了上风，而黎昕快要支撑不住时，她焦急地扫视着周围——酒瓶！她看到了桌子上的那瓶红酒，飞奔过去抄起酒瓶，用尽全力朝韦隽的头部抡过去。

“乓！”的一声，酒瓶应声而碎。韦隽的动作骤然停滞，身体摇晃了两下，手中的刀掉落到地板上，然后“咚”的一声倒了下去。这一击，比之前高跟鞋那一下要重上好几倍。

黎昕喘着粗气从地上站起来，满头大汗，为刚才的惊险感到心有余悸。

“黎昕，你怎么样？”余凯琳奔到黎昕身边，看见他的鼻子上有一圈牙印，而且渗出了血。

黎昕摸了下鼻子，疼得龇牙咧嘴。他强忍着说：“没事。”

余凯琳望着地上的韦隽，困惑地说：“她为什么……看起来非要置你于死地不可？”

“因为她是个疯子！没有道理可言。”黎昕说着，突然蹲下身去，捡起那把刀，猛地插向韦隽的心脏！只见韦隽身体一抖，脑袋向上一直，双眼外凸，嘴角淌出鲜血。几秒钟后，她的头耷拉到一侧，死去了。

“啊……”余凯琳惊恐地捂住嘴，“你……为什么要杀死她？她已经昏迷不醒了！我们通知警察来抓捕她就行了呀！”

黎昕丢掉刀，按着余凯琳的肩膀说：“凯琳，这是没有办法的事。你也看到了，这个女人既疯狂又彪悍，如果我们不把她彻底解决的话，恐怕警察还没赶到这里，她又会醒过来和我们拼命的！”

余凯琳一时无言以对，她看见倒在地上，却仍然瞪着眼睛的韦隽，显得有些害怕。黎昕靠拢过去仔细察看一番，松了口气："放心吧，她活不过来了。"

余凯琳的手机在刚才与韦隽的搏斗中不知道甩到哪里去了，她对黎昕说："你赶快打电话报警吧！"

"好，可是……"黎昕低头思索，"凯琳，警察来了之后，我们怎么向他们解释这个被杀死的女人呢？"

"只能说是在正当防卫下杀死了她。"余凯琳停顿一下，"**你不用担心，我能向警察证明，她就是杀人碎尸案的凶手！**"

黎昕有些惊讶地望着余凯琳："你怎么证明？"

余凯琳走到笔记本电脑前，指着屏幕上的画面说："我几天前趁她不在家的时候，在她的屋里安了一个微型针孔摄像头。现在播放的，是昨天晚上的画面。"

黎昕盯着电脑屏幕："画面上怎么没有人？"

"刚才我看到，她从冰箱里拿了……一个人头出来。"她打了个寒噤，"现在不知道是在厨房里还是已经出去了。"

"这段视频你没有看完吗？你昨天晚上没看？"

"没有。我昨晚看了一会儿，开始很平常，我就没有继续看下去……后来十一点多听到跑步的声音，又起来看了一次，但那时她可能已经出去了——没有看到她取出尸体这一段。"

黎昕凝神注视着电脑屏幕，忽然将视频关闭，然后以迅疾的速度将这段视频彻底删除了。

"你——！你干什么？"余凯琳震惊得目瞪口呆，"这段视频是能证明韦隽是杀人碎尸案凶手的最好证据，你干吗删除了？"

黎昕扭头望着余凯琳说："凯琳，你知道吗？私人取证是不能作为呈堂证供的。而且，你在屋主不知情的情况下安装针孔摄像头的行为，本来就是违法的。所以，这段视频不能交给警方。"

"可是，这是特殊情况呀……"余凯琳感到难以接受。突然，她想到了什么，对黎昕说，"好吧，那就听你的，你帮我到她那边去，把针孔摄像头取下来吧——就安在窗框上方。”

“好的，我马上去取。”黎昕朝那边走去，“等我回来后，咱们就报警！”

余凯琳点了下头，看着黎昕走过去后，她迅速地坐到电脑前，打开了电脑上的另一个本地磁盘——F盘。

昨天晚上，她在睡觉之前，将所有的监视视频全都复制保存在了F盘里。

黎昕刚才的举动太令人生疑了，余凯琳想道，似乎他害怕别人看到这段监视视频一样。**这是怎么回事？我必须马上弄清楚。**

她找到了刚才被黎昕删除的昨天晚上的视频，将它点开、播放，然后按着快进键。

视频快速播放着，很快到了韦隽从冰箱里取出尸体那一段。余凯琳屏住呼吸，心脏狂跳，继续往下看。

韦隽进厨房后，画面上好一阵没有人出现。过了一会儿，韦隽从厨房里出来了，走到门口，将房门打开。

余凯琳的眼睛接触到门口出现的那个人的刹那，全身的血液在瞬间凝固了。她的眼睛瞪大到无以复加的程度，双手紧紧地捂住了嘴。

天哪，门口出现的人竟然是黎昕！

余凯琳的脑子里像有一千只蜜蜂在嗡嗡乱飞，扰得她混乱不堪，几乎失去了理解一切事情的能力——这是怎么回事？**黎昕昨天晚上来找过韦隽！他们是什么关系？**

屏幕上的画面继续播放着：韦隽从厨房里拎出一个黑色塑料袋，又将一个大购物袋交给黎昕。黎昕把大购物袋敞开，让韦隽把黑色塑料袋放了进去。然后，两人把茶几上的一些水果撒在购物袋上面。黎昕拎着那购物袋，看起来就像是刚从超市满载而归。

他们在一起处理尸体。

当余凯琳看懂这个画面后，整个世界都开始摇晃打转起来。

过度的惊骇和恐惧使余凯琳忘记了危险的存在。好一阵后，她才猛然想起了什么。她仓皇地将视频关闭，但扭过头去，赫然看到，黎昕已经站在她背后了。

"啊——"余凯琳从椅子上站起来，不由自主地朝墙边退去，后背一阵阵地发冷。她像看一条毒蛇那样盯着黎昕。

"凯琳，你竟然把视频保存了下来。"黎昕说，神情有些悲哀，"你全都看到了，是吗？"

余凯琳的喉咙像被什么东西堵住了一样，发不出任何声音。这时，她注意到黎昕的一只手背在身后，似乎拎着一个小塑料口袋。她的恐惧更甚了。

黎昕注意到了余凯琳的眼神。他将那个塑料口袋提到面前来，叹了口气："本来我是打算悄悄把这包东西丢掉的。我想，警察来了之后，在韦隽那边搜出了这些东西，也许会引起你的怀疑——但现在，既然你什么都知道了，我也就没必要瞒你了。"

说着，他将口袋里的东西抖了出来——**撒落在地上的，是一顶金色的假发，和一双黑色的网状丝袜，还有一些口红、眼影之类的化妆品。**

这些东西唤起了余凯琳的某种回忆。她摇了摇头，试图理解眼前的一切，却发现自己的脑袋像是生了锈一样，转动不起来了。

黎昕迅速转身将房门关好，低沉地说："凯琳，事到如今，我把一切都告诉你吧。我只希望你能理解我、相信我，不要把我和韦隽那样的疯子混为一谈。"

余凯琳怀疑地凝视着他。

"其实，我是这里的第一个房客。"黎昕说，"当时我还没有单位分给我的那套单身公寓，就在这里租房子住。那时我交了一个女朋友，是一个外地女孩。交往一年多后，我渐渐发现她的性格有着严重的缺陷——过于幼稚和理想化。终于有一天，我们俩又因为一件小事而吵得不可开交。就在这个房间里，我向她提出了分手。

"我没想到的是，她像发了疯一样，要跟我拼命。我躲进卫生间，她却挥着刀冲了进来。我不知道她是真的想杀我还是只想吓吓我，我只知道我确实吓坏了。结果是……我在自保的时候失手杀了她。"

余凯琳惧怕地望着黎昕，无法判断他说的是真还是假。

"当我发现她没气了的时候，吓得手足无措。而那时，我根本没料到我有一个偷窥狂女房东。发生在卫生间里的命案，全被隔着一块特殊玻璃的她尽收眼底。在我惶恐得不知所措的时候，她从隔壁过来了，眼睛里闪烁着疯狂的神色。

"韦隽告诉我，她可以帮我处理这女人的尸体，而条件就是，要我当她的'地下情人'。我当时慌乱不堪，几乎想都没想就同意了，只希望她能让这具尸体赶快消失，并帮我保守秘密。接下来，她所做的事比我想象中更加疯狂——她把尸体肢解，然后分成好几个部分，冷冻在冰箱里，不定期地抛尸。她的手段令人发指，但的确高明，警察一直没有抓到她——不，严格地说，是'我们'。"

余凯琳强忍住不让自己呕吐出来："你一直配合着她抛尸？"

"对，是她强迫我的。你知道，我不可能拒绝，只有听任她的安排。我猜想韦隽以前就有杀人的经历，否则的话不可能如此老到和狡猾——她化装成另一副样子，然后和我装成逛街的情侣，提着装有尸体的购物袋若无其事地在街上漫步。走到某个没有人的小街小巷，她就取出装尸体的口袋，扔进垃圾箱，像丢一块香蕉皮那样轻松随意，不会引起任何人的注意。"

"你每次都和她一起去抛尸？"余凯琳战栗地问。

"不，为了不让警方怀疑，她变换着抛尸的方式——有时是我们两人一起，有时是她自己一个人。但她不信任我，从没叫我一个人丢过。韦隽的可怕之处在于，她可以拎着装尸体的购物袋或提包在街上走好几十分钟，而且不慌不忙、闲庭信步。就算警察从她身边经过，也根本不可能想到她的口袋里装着什么——我觉得，她是在享受这种刺激的感觉。对于她来说，这种事情有着无与伦比的快乐。"

余凯琳的胃一阵阵抽搐，她强忍着这种生理和心理上的双重不适。

"本来我以为，那具尸体处理完后，就一切都结束了。但我没想到，韦隽竟然无可救药地迷恋上了这种病态的快感。我从这里搬出去之后，她就在网上搜寻求租房子的外地单身女人。结果，又一个女人成为了牺牲品——**就是在你之前租这个房子的人。**"

余凯琳颤抖着问："她把房子租给这个女人的目的，就是为了杀她？"

黎昕摇着头，迷茫地说："好像……不完全是。我不了解这可怕女人的心理。她一开始，好像是想和那女人交朋友的……但我不知道后来发生了些什么事，之后，她就动了杀机。”

余凯琳的后背不断泛起凉意，她回忆起自己和韦隽相处的一些片段，心中猜到了七八分。

黎昕靠近余凯琳一些，露出无奈而悲哀的神色：“凯琳，现在你能理解了吧？我之所以和这种可怕的女人混在一起，被她操控，完全是因为我有把柄捏在她手里，我是被逼无奈的呀！我心中真正爱的人，只有你一个。我从没做过任何背叛你的事！那天晚上，其实我不是在跟妓女幽会，而是……”

“你们正在那条小巷里抛尸。”余凯琳恐惧地望着他，“没想到恰巧被我撞到了。”

“是的，当时我看到你走过来，心中十分惶恐，我害怕你认出我来，也害怕你怀疑我夜里在这小巷里做什么，只有立刻亲吻韦隽，借此挡住我和她的脸，假装成在和别的女人幽会……”黎昕露出懊丧的表情，“但我没有想到，你还是认出了我，并气得在第二天不辞而别。随后，事情朝着更加戏剧化的方向发展了——你在网上留的求租房信息被韦隽盯上了，而且你真的搬到了这里来住——这是我最担心的情况。所以我来找你，希望你能回我那里去住，就是想让你离开这里！凯琳，我是真的为你好啊！”

余凯琳难以置信地望着黎昕：“你现在说这些话，不会是还想叫我做你的女朋友吧？”

黎昕呆呆地愣了半晌，垂下头说：“不，我已经不敢再做这种奢望了。凯琳，我刚才说的全都是实话。我现在只希望你能放我一马，不要让警察知道，这件事情和我有关。”

“这不可能。”余凯琳断然道，“你自己做过的事，就必须承担责任。”

黎昕哀求道：“凯琳，你就这么狠心吗？你要亲手把我交给警察，然后眼睁睁地看着我被判处死刑？”

余凯琳紧紧咬着下嘴唇，好一阵后，说道：“假如你刚才说的话都是真的，那你就只是过失杀人和协同犯罪而已，应该不至于像你说的这么严重。”

“但牢狱之灾总是不可避免的。”

“那是你应有的下场。”余凯琳正色道，“黎昕，你从一开始就错了，我希望你不要继续错下去。”

黎昕凝视着余凯琳，他们对视了足足一分钟。

终于，黎昕垂下头说：“你说得对，是到了该面对我所犯下的罪孽的时候了。”

余凯琳突然觉得他有些可怜——毕竟，这是她曾深爱过的男人。她的泪水从眼眶中滚落下来：“如果，你肯真心忏悔、好好服刑的话……也许，我会等你的……”

黎昕惊喜地抬起头来：“真的吗，凯琳？你说的是真的？”

“嗯，真的。”余凯琳深深地点着头。

黎昕露出如释重负的表情：“这样的话，我就没有什么遗憾和不舍了。”他掏出手机，递给余凯琳，“打报警电话吧。”

余凯琳接过电话，心中突然有些感动，她望着黎昕，向他投去赞许的目光，然后拨打报警电话。

然而，就在她将手机键盘解锁，刚刚按好数字，还没来得及拨打出去的时候，一根皮带套到了她的脖子上，并迅速勒紧了。

“凯琳，原谅我。”黎昕的手向两边拉扯着皮带，“我爱你，真的很爱你，但我不能让你毁了我！”

余凯琳的双手抓住皮带，却无法减弱那股要夺去她生命的力量。她喉咙里发出干涩的声音，白皙的脸憋成了酱紫色，眼看着就要窒息了。

突然，房门“砰”的一声被撞开，一个年轻的警察举着手枪大喝道：“住手，否则开枪了！”

黎昕大惊失色，赶紧松了手。余凯琳猛地回过气来，捂着脖子不住地干咳，跨进鬼门关的一条腿又收了回来。

叶磊逼近黎昕，命令道：“双手抱在头上，蹲下去！”

其实不用他下这道命令，黎昕已经吓得腿都软了，自然而然就瘫软下去。

余凯琳虚弱地挪动脚步，走到叶磊身边，回头瞥了黎昕一眼——目光令这卑鄙的男人不寒而栗。

叶磊用手铐将黎昕铐在床脚边，摸出手机打通了队长的电话：“头儿，案子有结果了。那个叫黎昕的男人，果真与杀人碎尸案有关。”

“太好了！”电话那头的霍文兴奋地喊道，“在哪里？我马上过去！”

叶磊告知队长地点，挂了电话。他望着余凯琳，笑了一下：“你是不是觉得很凑巧，我怎么会刚好在你要被杀害的时候赶到了？”

余凯琳困惑地望着这个年轻英俊的警察。

叶磊指着黎昕说：“这个男人是警方确立的怀疑对象之一，这段时间，我们警方一直都在对他进行监视。可惜的是，昨天晚上因为一个任务，我们恰好放弃了对他的监视，否则的话，昨晚可能就已经抓到他了。

“今天早上，在一个垃圾场里，又发现了一部分碎尸。我们立刻对怀疑对象进行密切监视，我刚好负责跟踪这家伙。他上楼之后，我发现他许久没有下来，猜想可能发生了什么事。等我来到这个门前时，在门口听到了你和他的对话——感谢这套不隔音的房子，让我把所有的情况都了解清楚了。”

余凯琳恍然大悟，这才明白这警察为什么会及时救了自己。而今天早上发现的碎尸——毫无疑问——那就是韦隽昨晚“跑步”时做的事了。

十多分钟后，霍文带着两个警察赶到了这里。在韦隽的冰箱里，剩下的两部分尸体（分别用两个口袋装着）被找到了。余凯琳将作为证据的监视视频提供给了警察。鉴于她协助破案有功，霍文没有追究她私自安装摄像头的事。本案主犯已死、从犯被捕，终于宣告侦破。

尾声

几天后，这起骇人听闻的杀人碎尸案终于不再躲躲藏藏、遮遮掩掩，它的告破使得案件堂而皇之地登上了本地各大报纸的头版头条。只是人们不会想到，在他们惊骇地谈论着这起可怕事件的时候，他们口中那经过化名的女主角已经消失在他们的视野范围了。她静悄悄地离开了这座留给她永远无法磨灭的伤痛记忆的城市。

这个带着心寒和战栗的单身女人辞去了工作，和唯一的好友告别之后，坐上了清晨最早的一班特快列车。

她躺在卧铺车厢里，感觉真的好累。她厌倦了当一个异地的房客，她要回到那个充满着亲情、温暖和关爱的地方去。在那里，她不用去猜忌和怀疑，身体和心灵能得到彻底的放松。如果她现在还剩一丝精力的话，她只想做一件事——告诉所有人——我现在要回的地方，不再是一个“住所”，而是我的家。

（第五个故事完）

暗火的故事讲完了。实际上，他在讲的过程中就有所察觉，听众的表情看起来不大对劲，他们的眼睛越瞪越大，有的甚至就是瞠目结舌。现在，他终于可以问了："你们怎么了？为什么都瞪着我？"

其实，听故事的人也和讲述者一样，几乎想在中途就打断故事，告诉他一件重要的事，但出于礼节或惊讶，他们都没有开口（况且开口也迟了）。现在，他们终于忍不住了，好几个人几乎是同时叫道："暗火，**你的故事犯规了！**"

暗火的脸骤然变色——本来，他还以为他们出现这种表情是听他的惊悚故事过于投入——现在这一句话，犹如悍雷轰顶，令他震惊得说不出话来。过了好一阵，他才骇然问道："你们说的……是什么意思？我怎么犯规了？"

千秋显得有些焦急："你难道没听到早上我们在谈论什么吗？说的就是你故事中出现的内容呀！"

龙马提醒千秋："你忘了？早上——其实是整个白天，暗火都没有下楼来！"

千秋"啊"地叫了一声。

“看来他昨晚没有听到那个声音。”歌特说。

暗火望了他们一阵，突然大吼道：“别在那里打哑谜了！到底是怎么回事？你们告诉我！为什么我的故事犯规了？”

“冷静一点儿，暗火。”南天对他说，“是这样的，昨天夜里，我们起码有七个人都听到大厅里有跑步的声音，那脚步声时快时慢，然后突然停止——正好和你刚才所讲那个故事的桥段相似！”

暗火脸色蜡白、张口结舌，眼睛几乎都要瞪裂了。他难以置信地问道：“有这样的事？为什么你们没有人告诉我？”

“你整个白天都没有下来，临近七点钟的时候才走出房门。我们根本没时间告诉你什么。”纱嘉无奈地说，“再说了，我们怎么会想到你的故事刚好和昨晚发生的事类似呢？”

“终于说到重点了。”一个年轻而冷静的声音，来自克里斯，“为什么暗火的故事会和现实状况出现惊人的重合——我想你们不会认为这是巧合吧？”

“没错，这不可能是巧合。”莱克汗颜道，“现在看来，昨晚的事，简直就像是为了陷害暗火才发生的一样，真是见鬼了！”

“但如果是这样的话，有些说不通。”克里斯说，“我们13个人中，有7个人听到了那个声音，另外6个人则表示没有听到。假如是有人要故意陷害暗火的话，就出现了两个问题——第一，那个人怎么知道暗火的故事中会出现同样的情节？第二，如果暗火在昨晚听到了那个声音的话，显然就不会在故事中设定这样的情节了——那个人怎么能肯定暗火一定听不到呢？”

“照你这么说，不是有人在故意陷害暗火，但你又说绝不会是巧合。那我就想听听你的分析了。你认为这是怎么回事，小天才？”荒木舟挑衅地望着克里斯。

克里斯转动着眼珠，问道：“暗火，你睡觉睡得沉吗？”

“一般吧。”暗火神不守舍地说，显得焦虑不安，“如果声音比较大的话，我应该能听到。”

“你故事中的角色会在晚上慢跑，或者说制造出慢跑的声音——你是怎么想到这种情节的？”

听到克里斯这样问，暗火突然张大了嘴，像是想起了非常重要的事："对了！我会想出这样的情节，**是因为受到了昨晚做的那个梦的启发！**"

克里斯紧盯着暗火的眼睛，抓住这重要线索："你做了一个什么样的梦？"

暗火仔细回想着："没有具体内容，就是由一些荒诞不经的片段所组成。只是，梦境中有在深夜跑步这样的情节，我醒来后觉得这个点很好，就根据这个来创作了一个故事。"

"在你的梦中，是谁在深夜里跑步？"

"……好像就是我自己。"

"你做的梦，醒来后都能够记得起绝大多数的内容？"

"基本上都能。"

"你以前有过类似的情况吗？我是说，你以前会不会将梦境中的内容写成小说？"

"有过。"暗火点头，"实际上，这算是我的一个特殊习惯——由于我总是能清楚地记得梦境的内容，而我又时常会做一些能够提供我灵感的梦，所以我的好几部小说都是这样创作完成的。"

克里斯微微点着头。顿了几秒之后，他问出了一个震惊四座的问题：**"你以前有过梦游的经历吗？"**

暗火——实际上是所有的人——都大吃一惊。暗火惊骇得无以复加："你……你这么问的意思是……你认为昨天晚上是我……"

克里斯凝视着暗火的眼睛："你认为呢？有这种可能性吗？"

"不可能！"暗火大叫道，"我从来没有梦游过！"

大厅里沉寂了几秒。夏侯申干咳了一声："我以前在一本书上看到过——有些人在正常情况下不会梦游，但如果身处某种特殊环境，或者是遭遇到某些特殊状况，也许就会梦游。而他本人却根本不知道。"

暗火有些恼怒地回应道："我有没有梦游，我自己清楚！"

"问题是，你怎么能确定你没有梦游呢？"龙马说，"据我所知，梦游的人——除非被惊醒——否则都不知道自己梦游过。"

暗火微微张了张嘴，显得欲言又止。他眉头皱拢，紧紧咬着下嘴唇，似乎内心在激烈挣扎着什么。好一阵过后，他才缓慢地吐出一句话："实际上，我如此清楚自己绝对没有梦游，是因为……**有人能帮我证明这一点。**"

这话令大家都为之一怔。北斗好奇地问道："谁能证明？"

暗火沉默了，他的眼光迅速地在众人中扫视一遍，显然是在暗中搜索和观察那个能为他"证明"的人。但那个人却没有站出来，而暗火也没有进一步指出那人是谁——毫无疑问，**这里面一定有什么隐情。**

大概过了一分钟，千秋打破沉默："我看，既然暗火不愿说，我们就别追究这件事了。他说自己没有梦游，那就是没有吧。"

白鲸嗤笑道："这就奇怪了——我们所有人都不承认昨晚下楼来走动过，总不会是闹鬼吧？"

"有人在搞鬼还差不多。"龙马说，"我们当中很明显有人没说实话。"

"其实在这种诡异的地方，就算真的闹鬼也不奇怪。"夏侯申不以为然地说。

纱嘉抱着肩膀哆嗦了一下："夏侯先生，别说这种话，本来就够瘆人的了。"除了她，另外几个人也露出恐惧不安的神情。

暗火突然站了起来，说道："我要……回房间去休息一下。"

"这个故事还没评分呢。"南天提醒道。

"算了吧，不用打分了。"暗火丢下一句话，径直上楼了。看得出来，他现在没心思关心这个问题。

众人目送他离开，之后也都散了。这件事现在只能不了了之——所有一切都显得那么可疑和离奇，唯一可以肯定的是——又增加了一个莫名其妙"犯规"的人。

深夜，暗火不安地在屋内踱步，违反游戏规则令他神经紧绷，难以入眠。一些想不通的问题也始终困扰着他。

昨天晚上，他和某个人在一起。

这件事，只有他和那个人才知道。

现在回想起来，他认为这里面可能有诈。那个人接近他，会不会是为了达到某种目的？也许就是为了陷害他？

但是——他紧皱眉头，不由自主地摇起头来——这不可能，自己和那个人大半夜都在一起。假如真的有人在深夜出来走动的话，显然不会是他们两个人中的任何一个。

难不成，真的是我在梦游？他怀疑起自己来了。但随即又想到，如果是这样的话，和他在一起的那个人不可能不知道啊。

该死的！这究竟是怎么回事？他焦急地抓耳挠腮，为这些琢磨不透的事感到烦躁不安。然而，就在这时，他听到楼下传来一阵轻微的脚步声。他的身体一下绷紧了，全身的汗毛连根竖起。他迅速地意识到了一件事。

昨晚那个在楼下走动的人，的确不是自己！

那么，这个人是谁呢？

现在，答案就在门外。

那脚步声现在还在，只要打开门出去，就能立刻知道这是怎么回事。同时，也能向其他人证明，自己确实没有梦游。

暗火紧张得心脏狂跳，他告诉自己，必须冷静下来——这有可能是个圈套！这暗夜中恐怖的脚步声，听起来就像是幽魂在引人步入地狱，充满危险的气息和死亡的信号。现在如果出去，有可能揭开谜底，也有可能命丧黄泉。

没有多少犹豫的时间，暗火心里清楚，这脚步声不会持续太久。最后，他终于做出决定——豁出去了！就算是冒着生命危险，他也必须弄清楚这是怎么一回事！

房门颤抖着被打开，那声音愈加明显，就像是一记一记的重锤敲击着暗火的心脏。现在他能明显地判断出，脚步声就在楼下，准确地说，就在自己所站位置的正下方。

暗火打开的房间透露出微弱的光，多少将漆黑的大厅照亮了一些。暗火的眼睛也逐渐适应了黑暗，他警觉地环顾四周，没有看到除了他之外的其他人从房间里出来。这些胆小鬼！他在心中骂道，眼睛紧盯着楼下。然而，那个发出脚步声的人就像在跟他捉迷藏一样，就是躲在正下方不现身。暗火既焦急又恐惧，却无可奈何。

突然，他听到那脚步声的方向发生了一些改变，似乎……在朝楼梯走来。他的心揪紧了——自己房间所在的位置，刚好就在右侧楼梯口旁边。现在，**那恐怖的脚步声正在朝他靠拢。**

一步一步，那声音越来越近了。暗火惊恐地判断着，再过最多十秒钟，那个人就会从楼梯口出现在自己面前。暗火从没有像此刻这样紧张过，他拼命克制自己，不让自己叫喊或呕吐出来，他甚至想立刻狂奔回房间，像缩头乌龟一样躲起来。但恐怕已经迟了，他因为剧烈的恐惧而全身瘫软，几乎无法调动自己的身体。

就在那个人马上就要现身的时候，脚步声骤然停止。

暗火的心脏也暂时停止了跳动。

几秒钟后，那脚步声再次响起，听起来，好像是在朝反方向走。

暗火完全不明白这是怎么回事——如果他还保持着思考能力的话，他唯一能想到的就是——那个“声音”感觉到了楼梯口有人，他（她）不愿在自己面前暴露身份，所以才掉头往回走。

暗火没有勇气追过去看，反而松了口气。突然，他想到了什么，快步走到二楼走廊中间，向下方望去。

他没有判断错，这个角度刚好能看见那个下楼的人！而他所看到的，恐怕是一生中最诡谲的画面——一个背对着他的人，垂着脑袋在黑夜中缓慢地向前行走，当走到一处完全黑暗的角落时，脚步声停止了。**那个“人”就像鬼魂一样消失了。**

暗火再也控制不住了，他一刻也不能再待在这个恐怖的走廊中！全身的鸡皮疙瘩都在命令他立刻回到自己的房间——那个暂时的庇护所。

暗火将房门锁好，仍感到心有余悸。他这时才发现自己的衣服已经被冷汗浸透了。好几分钟过去后，他才终于停止打冷噤，重新夺回自控力和思考能力。

他刚才看到的那一幕中出现的那个人——假设说那不是一个鬼魂的话，也是一个比鬼魂好不到哪儿去的恐怖怪人。就像弗兰肯斯坦或歌剧院怪人那样的角色，除非到了最后灭亡的一刻，否则绝不会正面现身——这是这些人的共同点。所以，没有看到，或者说看清他（她）的面貌，并不是自己的错。

不过，也不是完全没有收获，他在黑暗中虽然连那个人的性别也无法判断，但是却看见了他（她）穿的衣服的款式——**那个人穿着一件衬衣，衣领是立起来的。**暗火能确定这一点，是因为他从背后看不到那人的脖子，只看得到立起来的衣领。

这是一个重要的发现。

我知道明天该怎么办了。他暗忖。

第二天一早，暗火下来得比谁都早。尽管昨晚没有睡好，眼睛布满血丝，但他却精神十足。信念是一种强大的力量，尤其是能活下去和重获自由的信念，更是无与伦比的精神力，它能支撑一个人在逆境中做任何事。

悬疑作家们陆续起床了，他们从楼上下来，到一楼大厅来拿早餐。令暗火感到奇怪的是，竟然没有人提到昨晚那恐怖的脚步声的事。该死的，难道这次只有我一个人听到？他忐忑起来。

还好，歌特的出现让暗火松了口气。“你们昨晚听到了吗？”他慌慌张张地从楼梯上走下来，“那个神秘的脚步声又出现了！”

现在大厅里已经有十个人了，这些人（除了暗火之外）全都在摇头。夏侯申说：“为什么我一次都听不到你们说的这鬼声音？”

“昨晚那声音比前天晚上小，如果睡得沉的话，也许就听不到。但我敢保证它是出现了的！”歌特强调道。

“我就是那个睡得死的人。”北斗遗憾地说，“真是可惜，我一次都没听到，不然我一定会打开门来看个究竟。”

歌特大概认为北斗这话是在讥讽他胆小，有些不悦地说道：“你是没有听到，所以不知道那怪声音在深更半夜里听起来是多么令人毛骨悚然。要是你胆子够大的话，今天晚上就守在这一楼大厅里，看看究竟是谁在搞鬼吧。我猜他（她）今晚还会出现的。”

北斗不说话了。

南天昨天晚上也没有听到那奇怪的脚步声。他本以为这种事只会出现一次，没料到竟然还会持续发生。现在，他和好几个人的目光都不由自主地瞄向暗火。显然他们没有忘记那个关于梦游的假想。

暗火心中自然十分清楚。他完全可以理直气壮地告诉众人，那个在深夜走动的人不可能是他。因为他昨晚打开门看到了那个人，还记住了那人的某个特征。

正因为如此，他选择保持缄默。相对于洗清众人对他的怀疑和猜测，他有着更重要的目的。此刻，他假装没有看到他们那询问和质疑的目光，故作随意地绕开，像是要到柜子那里去拿东西吃。实际上，他是绕到每个人的身后，观察他们的背影和衣服。

从刚才起，他就开始这样做了。但令他感到诧异的是，他没有发现任何人的衣服和他昨晚看到的那个“神秘夜行人”相似。

更令他感到奇怪的是，从昨晚看到那个人的衣服后，他就有种熟悉的感觉——**穿这件衣服的人他一定见过！所以，他敢肯定，这个人就在他们中间！**

然而，令暗火感到无比沮丧的是，他的细心观察一直持续到了傍晚六点半——所有人的背影和衣服都被他暗中察看了好几十遍，他仍然没能找出“那个人”。但他心中的那种熟悉感却更加明显了，他愈发感到这个人就在身边，却就是无法肯定是谁——这种感觉简直令他抓狂。

七点钟到了，暗火还是无法判定，只有暂时放弃，和大家围坐在一起。今天晚上的游戏开始了。

龙马是今晚的主角，他显出一副胸有成竹的模样，像一个经验十足的演讲者一样端视着众人，露出自信的微笑。他的这种态度，让在场的众位作家很明显地感觉到，他接下来要讲的，一定是一个异常精彩的故事。

“**希望我的故事能带给诸位某种‘启示’**。”龙马以这句话作为开场白，“我写的每一本书，创作的每一个故事，都希望人们能更多地关注故事所要表达的深意。”

“你指的是哪方面的启示？”白鲸好奇地问。

“听了就知道了。”龙马神秘地一笑，让人琢磨不透，“我开始讲了，故事的名字叫作‘**活死人法案**’。”

第六天晚上的故事——

活死人法案

楔子

201X年4月8日，复活节当天，美国亚特兰大市数万人聚集在国会大厦前方的街道上，将马路堵得水泄不通。人们高举各种标牌和横幅，高声呐喊，要求州政府“**恢复个人自主变成活死人的权利**”。

同一天（可能是受到亚特兰大的冲击和影响），比利时的布鲁塞尔大广场和捷克的布拉格广场，也史无前例地在同一时间聚集了成千上万的人。这些人显然不是什么游客。他们举着各式各样的牌子，牌子上写着“**我的身体自己做主**”“**让活死人到我们中间来**”“**我是活死人，把我带走**”等。

201X年5月1日，要求政府拟定顺应民意的“**活死人法案**”的万人大游行再次在各地爆发，这次的规模是全球性的——莫斯科红场、布宜诺斯艾利斯五月广场、东京新宿大街、纽约时代广场、香港维多利亚港、哥本哈根国王新广场、圣地亚哥宪法广场……范围几乎覆盖了全世界。

除了民众的游行之外，一些世界著名的组织——包括宗教领导人也纷纷抢占各自的位置。梵蒂冈——在历史上的科学争论中总是站错方向——这次却表现得十分谨慎，直到现在还没有发表意见，只是说教皇很快会就此问题发表讲话。

与此形成对比的是，圣地耶路撒冷的犹太教徒和伊斯兰教徒居然在这一问题上达成了共识，两种宗教的代表在不同场合宣称“**如果活死人是上帝（安拉）指**

引我们的方向，那我们就应该顺从上帝（安拉）的安排”。

此后，一个印度教的领导在加尔各答宣称，拥护西方宗教所表示出来的态度——他的发言被国外媒体指出，有可能来源于印度国内的一些压力。因为在新德里、孟买和班加罗尔都出现了不同规模的游行示威。民众的呼声除了要求制定《活死人法案》之外，还要求政府将隔离关押的活死人释放。游行者披着袍子、举着蜡烛，还有一些跪在地上喊着口号——“活死人是我们的亲人，他们要回家。”

鉴于各地民众施加的压力和各派宗教所表示出的明显倾向，美国白宫发言人表示，民众要给政府一些时间，毕竟要通过这样一个关系到全人类（考虑到美国可能对世界其他国家所造成的影响）的重大法案，不是这么轻易就能做出决定的，需要经过多方协商。

…………

很显然，这个世界已经疯了——这是我爸爸经常挂在嘴边的一句话。

作为著名社会心理学家和法律学家的儿子，我多少继承了一些理性分析事物的能力。这是我能坐在这里平静叙述这些疯狂事情的原因。尽管我的语气听起来可能会让人觉得有些老成，但是我声明，我才17岁，是一个高二学生。我生活在——用我朋友冯伦的话说——“丧尸时代”。

活死人（也有些人称为丧尸，比如冯伦这种丧尸迷）这种新事物是在大概五年前出现的。那时我刚刚小学毕业，享受着愉快的暑假。一天傍晚，我在家里的电视上看到一则新闻报道，说墨西哥的一个城市马萨特兰，出现了一种奇怪的病毒，这种病毒在将人致死后，居然能在几个小时内使那人神奇地“活”过来——尽管从生理学上来说，那不能算是一个活人了。因为“他”心跳停止，脑活动也终止，已经不具备任何生命体征。但恐怖的是，“他”却能下地走动，并做出一些简单的动作——医院的工作人员从没遇到过这样的怪事，全都吓得惊恐万分、一筹莫展。最后这个神奇“复活”的病人被医院隔离关闭起来，等待医学专家的进一步研究。由于染上这种病毒的状况跟文学和影视作品中出现的活死人类似，所以墨西哥的那家医院将这种病毒命名为“活死人病毒”——英文称为“Solanum病毒”——一直沿用至今。

这则新闻的内容大致如此。你可以想象，它带给我——以及全世界数亿看到这则新闻的人怎样的震撼。但震惊远不止如此，真正令世界为之疯狂的是接下来一连串的新闻事件——几乎在几天之内——美国、中国、坦桑尼亚、韩国、埃及、澳大利亚、德国等各个国家的不同地区，纷纷发现了这种奇特的病例。似乎一瞬间，病毒就蔓延到了世界各地——而这是不可能的——没有什么病毒能在几天内跨越五大洲，甚至跑遍全球。这种现象只能证明一点——丧尸病毒并不是从墨西哥传播扩散开来，而是同时滋生于世界各地。至于它为什么会突然出现，直到现在都是个谜。

显然，在这件事的初期，世界一片惊骇和恐慌，就像历史上的数次瘟疫一样，人们诚惶诚恐，唯恐避之不及。宗教信仰者宣称审判日终于来临，活死人的出现是上帝给予人类的终极惩罚。

但令全世界都意想不到的是，大概半年之后，事情发生了戏剧化的转变。接连发生的几起事件，使人们开始渐渐觉得——**活死人病毒也许不是上帝的惩罚，而有可能是上帝赐予人类的礼物。**

第一件影响巨大的事件是——瑞典皇家科学院公布了他们研究六个月的结果。研究报告显示，Solanum病毒的感染方式为体液传播，也就是说，只要与活死人进行正常的交流和接触，是不会被感染的。而重要的一点是——活死人不会像恐怖电影所描述的那样，袭击人类，然后把更多的人变成他们的同类——这类电影中的经典设定纯属想象力过于发达。根据科学家们长达半年与活死人的密切接触，发现他们是完全不具备危险性的——甚至，报告中以一种明显戏谑的口吻声称——和他们在一起可能比与一般的人类相处更加安全（正常人类中还有骗子、强盗、杀人犯等危险角色），他们就像小动物一样温驯。

另外，这项对活死人的研究中还透露出一些令人感兴趣的细节，这些细节成为人们重新看待活死人的关键——

第一，活死人身体内的消化系统和循环系统是无用的。这意味着，一个活死人不用进食也能“存活”。

第二，活死人不会表现出任何人类生活中的物质需求（如饥饿、喝水、休息等），可以被视作一种完完全全自给自足的生物。

第三，活死人没有痛觉——意味着他们不会受到疾病和痛苦的侵扰。

第四，活死人并非像刚开始出现时人们认为的那样，完全没有脑活动和思维。事实上，他们的大脑保留了一些和低等动物相似的思考，使它们能做出一些本能的反应，比如他们在被呼唤的时候，会做出转身等简单动作。

本来——我猜想——瑞典皇家科学院公布这些研究成果的初衷，是想消除人们对于活死人以及Solanum病毒的恐慌。但一些人在此基础上形成了一种极端的理解——他们认为，活死人的出现从某种角度实现了人类一直以来的三大梦想：

一、长生不老；

二、不用吃饭也能活；

三、摆脱痛苦。

于是，大概在Solanum病毒出现的一年之后，世界迎来了第一个主动变成活死人的人。

突尼斯的一个艾滋病患者，因为无法忍受绝症对身体和心灵带来的双重折磨，加上无力承担巨额的医疗费用，主动接触到一个患有Solanum病毒的女人（当时这个女人还没有变成活死人），与其发生性行为后，他成功地感染上了丧尸病毒。

一段时间后，这个艾滋病患者变成了活死人，彻底地摆脱了病痛的折磨，转换成另一种新的生命形式。据媒体的跟踪报道，现在已经过去五年了，他还“活”得好好的。

这件事在全世界范围内引起了轩然大波，一些和这个突尼斯人有着类似遭遇的人似乎获得了某种启示——与其忍受生命中的种种痛苦，不如以这种方式解脱，从另一个角度获得“永生”。

新的一批主动变成活死人的人，就这样接二连三地产生了——

日本札幌的一个高中生，因为接连三年高考落榜，再加上和女友感情破裂，丧失了活下去的信念。本来想要自杀的他，采取了“折中”的方法——他找到一个丧尸病毒感染者，抽取他的血液……

保加利亚埃尔霍沃的一个商人，因公司破产而欠下巨额债务，最后选择以变成活死人的方式来逃避人生。

最糟的是埃塞俄比亚的一家人。这一家四口居然集体变成了活死人，原因只有一个——太过于贫穷了。在长期缺乏食物的情况下，他们干脆选择了永远不吃饭。据说，这家人在千辛万苦找到当地的一个活死人后，表现得异常激动，为他们即将迎来的新生欢呼雀跃。

一开始，选择主动变成活死人的都是这些有着某种悲惨和痛苦经历的人。后来，一些生活优裕甚至是令人称羡的人，居然都以旁人难以理解的、莫名其妙的理由加入了活死人的阵营。

英国利兹一个七十多岁的亿万富翁，意识到自己在人世的日子不久了，他以前就幻想能和自己的庄园和财富永远厮守在一起——很明显，活死人出现后，他找到方法了。

如果说这个富翁的想法我尚能理解，那么巴西那个著名女模特的想法就确实让人匪夷所思了。她才四十七岁，没有任何疾病。她选择变成活死人的唯一理由是——想永远留住自己的美貌。在此之前，她曾经在电视节目上说过，她最无法忍受的一件事就是看着自己日益衰老。当她变成活死人后，人们才明白原来这就是她实现梦想的途径。

类似的例子太多了，无法一一列举。从第一个主动变成活死人的那个突尼斯人开始，全世界有成千上万的人相继加入了这个行列。毫无疑问，各个国家的政府首脑都慌了。当他们发现自发变成活死人的势头有一发不可收拾的趋势时，意识到必须采取强制措施来控制事态的发展——他们不想看到自己的国家因为活死人的逐渐增多而最终陷入瘫痪。

于是，各国都采取了相应的限制活死人增加的强制手段。各种武装力量将国内的所有活死人——包括感染上丧尸病毒，还没有变成活死人的人（Solanum病毒有一定的潜伏期）——全部集中隔离、关闭起来，使人们无法接触到他们。但此举显得太过专制强横，激起了民愤，所以才出现了后来国际上一连串的大型游行示威活动。

现在，全世界的国家都面临着一个问题——**政府必须出台一套关于活死人的**

政策或法律。摆在当局面前的难题是，要在掌控和妥协之间做出权衡。

说了这么一大通关于这个时代和世界的整体状况，现在我觉得该把话题缩小了——回到我自己身上来。

我生活在中国，北京。

我的家庭是一个学者之家，我父亲是著名的社会心理学家和人类学家，我母亲是著名的法律学家，两个人都是学术界举足轻重的人物。我还有个哥哥，在国内一流的大学读研究生，专业是生物学，这个学期就要毕业了。

我这么说，也许你还没有意识到我这个家庭的特殊之处。那就让我说明白一点儿吧——**中国是否制定《活死人法案》，或者说这套法律的内容和规定究竟如何，我父母的意见将会占很大的比例。**

但我父亲常说，这个世界已经疯了——从这句话中，你就能看出他的倾向。

没错，他是一个坚决反对人类变成活死人的人。在他的影响下，我和母亲、哥哥也对这件事持否定态度。

我父亲认为，人不管处于何种逆境，都应该保持作为"人"最基本的人性和尊严。他觉得，人如果变成了活死人，固然摆脱了一些痛苦和困扰，但同时也失去了作为人的乐趣和意义。从那一刻起，他（她）就不能再算是一个人了，而是一种退化了的低等动物——那是一种应该受到鄙夷的生存状态。

而且，他还有一种理论，或者说是预感，这话他只在家里跟我们说起过，从未在任何公开场合发表——他害怕这番言论会引起社会恐慌。

我父亲认为，活死人的出现在目前来看，似乎没有造成什么危害或混乱，甚至还被某些处于困境中的人视为福音。但是，**他隐隐觉得这只是一个序曲，是某种毁灭性的大灾难来临之前的短暂安宁**——就像暴风雨之前的平静一样。

说实话，我不明白我父亲的这种担忧有何来源或根据。甚至，我并不关心未来会不会发生什么大灾难或可怕的事，我现在关心的只有一样——**我自己**。

有一个秘密，我瞒着我的家人已经好几天了。

前天吃晚饭的时候，我在饭桌上假装随意地问起一个问题——**活死人生存在这个世界上，会有什么样的感觉呢？**

我父亲回答说，这个问题毫无意义，就像你试图去体会一条金鱼或是一只蚂蚁（他先说的是一条狗，后来又改成蚂蚁，可能他觉得狗比活死人还要高级些）的生活一样，是根本不可能的。我母亲则简短地回答说不知道。而我哥哥当时正用手机发着短信，似乎根本没有听到我的问题。

他们谁都没有意识到，我问这个问题不是无聊，也不是好奇，更不是没有意义——事实上，我在问的时候心中恐惧极了——因为这个问题与我未来的命运息息相关。

也许……几天或十几天之后，我就会变成一个活死人了。

一

事情得从上个星期天说起。

那天中午，我接到冯伦打来的电话，叫我下午去他家玩。当时我正在家里待得无聊，告诉他不用下午，我现在就可以过去。他显得很高兴。

作为我仅有的几个好朋友之一，冯伦算是其中最有特点的一个。我之前也提到了，他是一个不折不扣的丧尸迷。而且我要强调的是，这是世界还没迎来“丧尸时代”之前就已经确定了的事。在我的印象中，他除了看丧尸电影（包括漫画）和玩丧尸类游戏，几乎没有别的什么娱乐。在他的强烈推荐下，我也看了不少经典的丧尸电影——《活死人黎明》《惊变28天》《行尸走肉》《我是传奇》，等等。当然也看了不少烂片，片名我就不列举了。和冯伦不同的是，即使看得再多，我也只会把这当成一种消遣，而不会像他那样热爱。我一直不明白，丧尸这种恶心的东西怎么可能令人如此着迷。也许是我的家庭原因，我从小受到的正统教育大概只允许我喜欢《海上钢琴师》和《朗读者》这一类格调高雅的影片。

可以想象，像冯伦这样的人，发现自己真的迎来了丧尸时代的时候，会激动成什么样子。那种感觉简直就像是一个疯狂迷恋电影的人，一觉醒来后竟发现自已置身好莱坞。我现在都能回忆起五年前冯伦那欣喜若狂（我实在难以理解他在高兴什么）的模样。

但是有一件事，似乎是上天在故意跟他作对——直到现在，五年多了，冯伦都没有看到过一个真正的活死人（电视里的不算）。当然，我也没看到过。但不同的是，我觉得这是一种幸运，而他却觉得是种莫大的遗憾。这也成为他向我抱怨最多的一件事。

其实这并不奇怪，我之前也说了，现在政府对活死人的控制和防范简直超过了一切。只要某地出现一个哪怕是具有一点儿丧尸病毒特征的疑似病例，那个人就会立刻消失在公众的视线范围内。至于他（她）还能不能回来，那就要看他（她）是不是真的染上病毒了。所以说，尽管我们生活在丧尸时代，但现在要在大街上真正碰到一个丧尸，概率简直比出门逛街遇到布拉德·皮特还要低。

思忖这些的时候，我已经来到冯伦家所在的小区门口了——他家离我家很近，拐过几个街口就到了。我们俩经常互相串门，彼此都是对方家中的常客了。

冯伦的家就在一楼，我按响了门铃。很快我听到房间里的回应："门没锁，你推门进来就行了。"

我进入他家的门厅，自己从鞋柜里拿出一双拖鞋换上。我们之间的拜访一向如此随便。

走进客厅，我看到冯伦光着膀子，盘腿坐在地板上，正玩着Xbox上的一款游戏《丧尸围城3》，我翻了下眼睛，觉得他的娱乐方式简直没有任何新意可言。不过话说回来，要是哪天我到他家来玩，发现他正捧着一本《双城记》在阅读，反而会被吓一跳，认为他本人可能被绑架了，而眼前是一个幻觉。

冯伦转身跟我打了个招呼："洛晨，你来了。"

我环顾他家偌大的、装修豪华的房子："你爸妈呢？又没在家？"

"他们一天到晚都不在家，我都不知道他们在忙些什么。"冯伦耸了下肩膀，"不过这样最好，自在些。"

冯伦的父亲是一家贸易公司的老总，生意做得很大，而且经常在外应酬。他妈妈任分公司的总经理，也没多少时间待在家里。冯伦早就习惯了这种生活，所以比一般的17岁少年要独立自主得多。他父母不知道是出于想从物质上弥补一下儿子，还是确实太不把钱当钱了——他们给他办了几张银行卡和信用卡，金额超出一般高中生的想象。说实话，我多少还是有点羡慕的。但我爸爸多次表示他对这种教育孩子的方式不敢苟同。

“你要玩吗？”冯伦把无线手柄递给我。

“我不会玩，还是看你玩吧——有水吗？渴死了。”

“冰箱里有可乐和啤酒，你要喝什么自己拿吧。”

我去拿了一听冰镇的菠萝啤酒出来，呷了一口，冰爽的滋味沁人心脾。其实我平时几乎是完全不喝酒的，但不知道为什么，在冯伦家中，我总是觉得应该让自己放纵一些。

我坐到冯伦旁边，一边喝着啤酒，一边看着电视屏幕——一批批向主角袭击而来的丧尸被枪枪爆头，解决得可谓干净利落。娴熟的技术显示操纵者对游戏早已驾轻就熟。

看了一阵，我忍不住问道：“有意思吗？”

冯伦按了手柄上的暂停键，扭头望着我：“没意思，真没意思。这游戏我都不知道通关多少遍了。”

“那你还玩？”

冯伦叹了口气：“没办法，现在又没出新的丧尸游戏——电影也是，好像这类题材已经很难突破了。”

“我猜是因为现实中出现丧尸后，大家就不想再在虚构的世界中看到这类东西了。”

“也许。”他顿了一会儿，“要是我能生活在游戏中的世界就好了。”

我盯着他的眼睛，提醒道：“你本来就生活在这样的世界里。”

冯伦晃了晃脑袋，表示我没懂他的意思：“我一开始也这么认为，但现在我算是明白了，现实中的丧尸跟游戏和电影里的根本就不是一回事。他们既不会袭击人类，也不会出现在大街小巷吓人，真是没劲。”

我皱起眉头：“难道你希望变成这样？”

冯伦做了一个抡起球棒打丧尸的头的动作："你不觉得这样会很刺激吗？"

"我会觉得很恶心。"

冯伦撇了下嘴："你呀，真是个书呆子。"他捏起拳头，鼓起手臂上的肌肉，"你应该像我一样，渴望一场战斗。"

"是吗？"我讥讽道，"我希望如果有一天你变成丧尸后，还会保持这样的想法。"

他托着下巴，似乎在思考我说的话。过了一会儿，他说道："说实话，如果真的变成丧尸，还挺酷的。"

我的表情一下严肃起来："你不会是说真的吧？"

冯伦盯着我看了几秒，哈哈大笑："当然不是了，我是开玩笑的！瞧你，怎么这么容易就当真了？"

我有种被他耍弄了的感觉，却又拿他无可奈何。

"好了，我们出去玩儿吧。我请客，怎么样？"冯伦拍着我的肩膀，从地上站起来，关闭了电视和游戏机。

"这么热的天，到哪儿去玩？"现在是六月，北京城就像一个大烤箱。

"找凉快的地方玩儿呗。"冯伦套上T恤衫，"走吧。"

出了门，我实在是想不出来可以到什么地方去玩——总不可能我们两个大男生去游颐和园吧。本来我还以为冯伦有什么好的提议，但我早该想到他是没什么创意的人。结果是，我们从一个游戏场所转移到另一个更大的游戏场所而已——在一家大型电玩城里，我们耗费了一个多小时的时间。

看着我垂头丧气地从电玩城出来，冯伦意识到他似乎安排了一个乏味的下午。为了补偿，他提议道："我们去哈根达斯吧，我请你吃冰激凌。"

哈根达斯？去那种地方会使我们看起来像一对恋人。不过管他呢，这种奢侈的东西如果不是有富少请客，我才舍不得自己花钱去吃。既然他要请客，我凭什么不去？

我们打了辆车，来到充满小资情趣的冰品店。在一张桌子前坐下来后，冯伦对女服务员说："一份冰激凌火锅套餐。"

“我们两个人吃得完吗？”我问。

“吃得了多少算多少吧。”富少说。

过了一会儿，美味诱人的冰激凌火锅端到了我们面前。当这些蘸着巧克力酱的可爱小雪球滑进我的嘴里时，我不得不承认这确实是种绝妙的享受。

冯伦一眨眼就吞了好几个冰激凌球，看上去吃得十分过瘾。我调侃道：“如果你变成丧尸，就没法品尝这些美味了。”

“没错。”对于这点，他深表同意，随后补充道，“但我最在乎的不是这个。”

“那你在乎的是什么？”我叉起一块像小蛋糕一样的双色奶油冰激凌，将它送进嘴里。

冯伦用手中的小叉子指了指我的斜后方：“在那儿。”

我扭头望过去，看到靠窗的一张小桌子上，一个穿着短裙，露出一双纤细修长玉腿的妙龄少女独自坐在那边，翘起兰花指，优雅地吃着迷你杯。

“噢。”我哑然失笑，“你简直是个禽兽。”

“你可别说你对这样的美人儿没兴趣。”

在冯伦这样的家伙面前，我总是要尽力维持一种正人君子的形象，否则我们两个人都会被旁人当作纨绔子弟的代表：“我和你的本质区别就在于，我是用大脑思考问题，而你是用其他部分。”

“行了，别这么一本正经的。”他完全被美女吸引了，居然没听出我话中的讽刺意味，低声道，“我也不是那种花痴，但这妞儿确实是个极品。我敢说她这双腿我们学校的女生无人能及。”

我发现他的目光居然一直停留在那美女的玉腿上，提醒道：“你能含蓄点吗？这样一直盯着人家看，要是被她注意到了，是很失礼的。”

“那有什么关系？说不定她注意到我后也会被我所吸引呢。一个美女独坐在哈根达斯这种地方，也许就是在等待一场浪漫的邂逅。”

我的天哪，我猜他心里已经在幻想和这女生约会的画面了。为了表示我和他不是同一类人，我把视线集中到与他完全相反的方向。这时，我才看到那边坐着一个我认识的人。

不一会儿，那美女果然注意到了冯伦对她“持之以恒”的关注——和设想的不同——她站起来，走出了冰品店。冯伦失望地叹了口气，这时他发现我目不转睛地盯着斜前方，已经停止了吃冰激凌。

“喂，你不会又发现某个美女了吧？”他一边说，一边转过头，顺着我的视线望过去。发现我一直注视着的，是一个四十多岁的中年男人。

“他是谁？”冯伦问道。

“我常去的一家书店的老板。”

“你老盯着他干什么？”

“我觉得……他有些不对劲。”我迟疑着说。

“怎么了？”冯伦又望了那男人一眼，看到他垂着头，面色苍白，神情呆滞。

“刚才服务员过去问他要点什么，他一句话都没说，甚至望都没望那服务员一眼，就这样呆呆地坐着，已经好久了。”

“他是不是受什么打击了？你要过去打个招呼吗？”冯伦问。

本来我是想这么做的，但是……此刻我不得不把自己骇人的发现说出来：“他的样子和平常差别很大。而且……如果我没眼花的话……”

我停了下来，神色迷茫。冯伦似乎感觉到了什么，脸色也变得肃然起来。他盯着我：“你观察到什么了？”

我咽了口唾沫：“他好像……已经有好几分钟没眨过一下眼睛了。”

二

我能感觉到冯伦的身体一下绷紧了，他的眼睛倏然瞪大。我们俩对视了足足半分钟，没有说话。

“喂，洛晨……”冯伦终于开口道，“你该不会是觉得……”

“我不知道。”我惶恐地说，“应该不会有这么凑巧的事吧？”

“没错，我们不会这么容易遇到一个真正的……”他又扭头望过去，身体在微微颤抖。

可我却不得不朝那方面想：“知道吗？我以前几乎每天都会光顾他的书店。可是一个多月前，他的书店就没再开过门，而店面也没转手出去。我本来就觉得有些奇怪，现在看到他这副样子……”

“我的天哪。”冯伦低呼道，“听你这么一说，我觉得完全可能就是那么回事！”

我的后背慢慢沁出了冷汗，我从来没遇到过这样的情况，不知道该怎么办——这家书店的老板和我不仅仅是卖家和顾客之间的关系，他人很好。由于我经常光顾，他主动给我打折，还请我在书店的休闲区免费看书和品茶。我们都是爱书之人，常常一起谈论某本书中的精彩章节，就像忘年之交。但现在，我怀疑他遭遇到了可怕的状况，却连招呼都不敢过去打一个——不仅是由于害怕，还担心那恐惧的猜想得到证实。我现在只有心存侥幸，希望一切只是一场可怕的误会。

就在我思索这些的时候，哈根达斯的玻璃门被推开了。几个男人走了进来，一看就不像是来品尝冰激凌的。他们神色严肃，目光在店内迅速搜索着，当他们的目光锁定在书店老板身上时，一起走了过去，试图将他请出门。

我用“请”这个词完全是对他们那胁迫般的抓人方式的讽刺。事实上，他们中的两个一人抓住书店老板的一只胳膊，脸上却假装露出微笑，就像他们是在扶自己的外公过马路。但这招骗得过店内的其他人，却骗不了我。我知道他们在干什么。

冯伦也看出来了，他惊慌地压低声音对我说：“喂，洛晨，看啊！他们要把他抓走了！”

我咬着嘴唇，目睹那几个男人将我的朋友架走，感到无所适从。

冯伦忽然站起来，对我说：“我们跟上去看看！”

“有什么意义吗？”我茫然地问。

“听我说。”他的语速很快，像是害怕因为多说一会儿话就把那几个人放跑了一样，“我早就听说，在北京城的边缘，有一个**集中关闭和研究活死人的秘密场所**，但这是政府机密，没有人知道具体的地点——我想，**他们现在就要把他带到那个地方去！**”

“你想干什么？”其实我已经猜到了。

“你不想知道这个神秘的地点在哪里吗？你不想亲眼看看活死人的聚集之地？”他激动得浑身发抖。

我看着那几个人带着书店老板已经走到门口了，心中怦怦乱跳，但我还保持着一分理性：“就算我们跟去了，也不可能看得到什么。那里又不是对外售票的动物园。”

“别管那么多了，总之这种千载难逢的机会我是不会放过的！”冯伦焦急地望着那几个人，“你要去吗？”

看来他是无论如何都要去了，哪怕是一个人。我短暂地犹豫了一下，站起来对他说：“走吧。”

我不是为了满足好奇心，我只是关心那些人要把我的朋友怎样。

我们俩快步朝外面走去，冯伦掏出300元钱递给女服务员，说了句“不用找了”。

来到门外，我们看到那几个男人把书店老板带上了一辆黑色轿车，这情景让我想起了电影里美国中央情报局的行事风格。我们的运气很好，几乎那辆车还没关上车门，冯伦就已经招到了一辆的士。

“跟着前面那辆车。”冯伦对司机说。

我们的车一直紧跟着那辆黑色轿车。车子开了很久，一直出了六环路，直奔郊区。

行驶到郊区公路的时候，路面上的车辆和行人渐渐变少了，冯伦这时仿佛意识到了什么，对司机说：“和它保持一段距离，别让车上的人发现我们在跟踪他们。”

我看到司机通过后视镜瞥了我们两人一眼。我怀疑他认为自己陷入了某种谍战情节。

大概五十分钟后，那辆车在郊区的一条岔路口拐了个弯，驶进一条小路，它的正前方是一排废弃的工厂区。冯伦在我们的车开到岔路口的时候喊道：“好了！就在这里停车。”

的士在路边停了下来，冯伦把车钱付了，另外还多给了司机五十元：“我们暂时不下车，在车里观望一会儿。”

我不知道他是在对我说还是对司机说，但我确实佩服他冷静而谨慎的处理能力。

坐在的士里，我们透过玻璃车窗看到，那辆黑色轿车朝一所由高墙大院围起来的秘密机构开去，那机构的大门口没有任何标牌。一个老头从里面的门卫室走出来，将铁门打开——在一大片废弃厂房中间，这个地方显得极具隐蔽性。冯伦在我耳边轻声说道：“看来这里就是**‘丧尸集中营’**了。”

我望了他一眼，没对他即兴所取的这个名字做出评价。

黑色轿车完全开进去之后，我们俩才从的士里走出来。这个地区以前显然是一片工业区，后来荒废后，变得人迹罕至——毫无疑问是建立“丧尸集中营”（我一时也想不到还有什么更恰当的称呼）的最佳场所。

我们站在离大门十几米远的地方，冯伦用手肘碰了碰我：“看见了吗？那道铁门的旁边有一扇打开的小门——这里的戒备并不森严。”

“这儿又不是监狱。”我说。

“没错。所以我们要混进去并不难。”冯伦说，“这种事情我很有经验。每次迟到的时候，为了躲过学校那个记录名字的门卫，我都会……”

“等一下。”我望着冯伦，“我们干吗要像做贼一样偷偷摸摸地混进去？”

冯伦用一种愕然的眼光望着我：“那你打算怎么样？不会是想正大光明地走进去吧？”

“当然了。”遗传自家庭的高傲血液使我正色道，“我要求去见他们的负责人。问问他们把我的朋友带到这里来的原因。”

“这可能吗？他们会同意让我们进去？”

老实说我心里并没把握，但我知道这是唯一途径：“不管能不能进去，我都要他们给我一个解释——混进去是肯定不行的。如果这里真是你说的‘丧尸集中营’的话，里面不可能没有监控系统。如果被人发现我们偷偷进来，那我们反而被动了。”

“有道理。”冯伦点头，然后迫不及待地说，“那我们过去试试吧。”

我们俩快走近大门的时候，门卫室的那个老头看见了我们。他从小屋子里出来，堵在门口，冲我们喊道：“嘿，你们两个，这里不准进去。”

我不慌不忙地走到他面前，问道：“是吗？这里是什么地方？”

“反正不是你们学校。”他像撵流浪狗一样向我们挥着手，“快走吧。”

面对他这种无礼的态度，我倒蛮沉得住气的——我对这种人的素质向来不抱什么期望：“我来这里是有原因的。我刚才看到几个人把我的一个朋友塞进轿车，然后开到这里来。我想问问这是怎么回事。”

那老头的反应之快表明他显然接受过专门培训——或者是这种情况对他来说屡见不鲜：“我不负责回答这种问题。我只是守门的。”

“那谁能回答我？”

“你去问你那个朋友的家人吧，他们会告诉你这是怎么回事。”

话说到这里，其实双方都已经是心照不宣了。我和冯伦对视了一眼，对于这老头滴水不漏的回应，一时不知该如何是好。我看到冯伦的眼神在对我说：“看，我刚才就说这样是行不通的。”

想了想，我觉得我们大老远跟踪到这里来，就被这老头两句话打发走了，确实让人心有不甘：“我能见见这里的某个负责人吗？”说完这句话，我感觉自己完全是在死缠烂打。

“不行，他们没时间见任何人。”老头不耐烦地说，“别在这里浪费时间了，走吧，走吧！”

我考虑着要不要使用我之前想好的最后手段——报出我父亲的大名——一般情况下，我很少这样做——我不希望别人认为我是那种活在名人父亲光环下的人。但是，必要的时候……不过我怀疑这个守门的老头压根儿就不知道我父亲是谁。

就在我犹豫不决的时候，门卫室的电话响了。老头又冲我们挥了下手："快走！"然后进屋去接电话。

冯伦有些懊恼地看着我："现在怎么办？"

我正要把我的想法告诉冯伦，和他探讨一下这办法的可行性，却意外地发现老头接的这个电话似乎与我们有关。

"啊，是的……您在上面看到了吗？"门卫老头说话的口吻在此刻显得谦卑而恭敬，"不好意思，我这就叫他们走。"停顿了一会儿，"他们说看到自己认识的人被带进来了……"

电话里的人不知道对那老头说了些什么，令他汗颜道："唔……好的，我知道了……我这就告诉他们。"

放下电话，他走出来对我和冯伦说："你们不是想进去吗？我们副院长叫你们等着，他马上派人来接你们到他办公室去。"

我感到很奇怪："副院长为什么要见我们？"

"你们去了就知道了。"老头板着脸说。

我和冯伦面面相觑，为这突然的转折感到大惑不解。

大概两分钟后，正前方一栋大楼里走出来一个三十岁左右的男人，他来到门口，对我和冯伦说："两位请跟我来吧。"

三

人就是这样奇怪，似乎对一切事物都具有逆反性。刚才我们还纠缠不休地非要进去见他们的负责人，现在被正式邀请进去，却反而迟疑起来，本能地害怕遇到什么陷阱。不过我谅他们也不敢光天化日下把我们两个人怎么样，所以短暂的犹豫之后，跟着那男人朝里面走去。

途中，我注意到中间大楼两侧的楼房，分别标注着"A区""B区""C区"

等字样，这些楼房面向我们的每一扇窗户都无一例外地关拢着，并拉上了窗帘——其中的神秘性令人浮想联翩。

冯伦在我耳边轻声说："我打赌活死人就在这些房子里。"

我扬了下眉毛，表示赞同。

进入中间那栋大楼后，我们乘坐电梯上了六楼。在路上一言不发的男人把我们领到一间办公室门口，做了一个表示请进的动作："副院长在里面。"

我把虚掩着的房门推开，和冯伦一起走了进去，看到室内一张办公桌的面前，坐着一个四十多岁的中年男人，他显然就是这里的副院长。他看到我们后，放下手中正在看的那沓纸，指了一下办公桌旁边的皮沙发："请坐吧。"

我和冯伦坐下来后，副院长直视着我们："你们知不知道这里是什么地方？"

我和冯伦对望了一眼，然后坦白地说："我猜这里是关闭活死人的地方，对吗？"

副院长摇了摇头："方向是对的，但表述不准确。我们只是提供适合他们生活的居住区罢了。"

冯伦显得有些激动："这里就是全市活死人集中居住的地点！"

"现在几乎每个国家的每个城市都设有这样的机构，这没有什么奇怪的。"副院长平淡地说，然后顿了一下，"不过我希望你们不要把这个地点向外界宣扬，因为这里不是观光区和游览地。能够进入这里的除了我们的工作人员，就是被送来的活死人——其他人是一概不准入内的。"

我感到好奇："那你怎么会允许我们进来呢？"

副院长离开办公桌，绕到我们跟前，双手交叉注视着我们，令我们感到有些不自在。过了一会儿，他问道："刚才送来的那个男人，是你们的熟人？"

"是的。"我回答道，"他是我的朋友。"

"他看起来比你大二十多岁。"

"没错，他是一家书店的老板，而我是他的老主顾。我们关系很好，所以我认为……我们应该是朋友。"

副院长略略点了点头，表示明白了："你们曾经有过些什么样的接触？"

“什么意思？”我没听懂他的话。

“你们有没有一起吃过饭，或者是共用过水杯之类的？”

我慢慢张开了嘴，一瞬间，我好像什么都明白了。

“这么说，罗叔（书店老板）真的变成活死人了吗？”好半晌，我才问出这个问题。

“现在还没有，但即将变成活死人了——我们的医生检查了，估计就是这两天。”副院长提醒道，“你还没有回答我的问题。”

我心里突然有些发慌，冯伦此刻也瞪大眼睛注视着我。我仔细回想——和书店老板的接触，好像仅限于交谈和喝茶，除此之外，应该没什么特别的……突然，我想到不久前的一件事，心中一惊。

“唔……我不知道，这算不算是和他一起吃过饭。”我吞吞吐吐地说。

“说来听听，具体点儿。”副院长说。

“一个多月前，我到他的书店去看书，那天我发现了一本很好看的书，一直看到吃晚饭的时候还不想离去。当时罗叔正在楼上涮羊肉（他的家就在书店的二楼），就热情地邀我一起吃。我本来有些不好意思，但禁不住他的再三邀请和羊肉散发出的香味的诱惑，就上楼去和他一起吃了一些……”

“你们是在同一个锅里涮的吗？”

副院长的表情变得严肃起来，让我产生了不好的感觉。我回答道：“……是的。”

“蘸碟也是用的同一个？”

“好像……是的。”

“我要肯定的回答。”

我仔细回想，得出的结果我自己都不愿听到：“是同一个。”

副院长深吸一口气，皱起眉头：“这样的话，就有些糟糕了。”

我不安地望着他。

副院长把身体退到办公桌边倚靠着：“如果你们是在一起吃的西餐——我指的是那种分餐制——那就会好很多。但如果是在同一个锅里烫东西吃……”

“那会染上丧尸病毒吗？”我着急地问。

“只能说有这种可能性。你知道吗？Solanum病毒是能够通过唾液传染的。”

“但是我那天并没吃几筷子……”我的声音变得很虚弱。

“这跟你吃了多少没有关系。这是一个概率问题——如果你幸运的话，可能吃完一整锅都没问题；但如果运气不好，只吃一筷子也能被感染上——全看你有没有接触到那锅里或蘸碟里可能出现的病毒。”

我脑袋里嗡嗡作响——我还年轻，我还有很多没尝试过、没经历过的事，我不想成为这个地方的新成员。我的胃在恐惧和忧虑中紧缩起来。

坐在我身旁的冯伦也被吓到了，他替我问道：“那现在该怎么办呢？”

“对了，你和你的朋友一起吃过饭吗？”副院长指着我问冯伦。

我惊讶不已——几分钟前，他担心我是丧尸病毒的感染者，现在已经怀疑我是传播者了——我的身份在他的猜疑中变得越来越糟。

冯伦咽了口唾沫：“我们，刚才还一起吃过冰激凌。”

“你们不是用的同一把勺子吧？”

冯伦的脸红了：“当然不是，我们用各自的叉子。”

“那问题不大。你们在一起吃过别的东西吗？”

我和冯伦一起思考着——我们俩一起吃过的东西简直不计其数，但仔细想起来多数都是分开各吃各的小吃或西餐——我和他一起吃中餐的机会好像不多。

过了几分钟，冯伦说：“我不知道我们一起吃的那些东西会不会导致互相传染……太多了，我实在难以判断。”

“算了，没关系，我们会帮你们得出结论的。”副院长说，“现在，我可以告诉你们，我们这个机构的名称叫作‘活死人预防和研究中心’，对所有可能感染上Solanum病毒的人提供免费检测——一个星期之内，你们就能知道自己的命运了。”

我一直以为听到这句话会是在我即将得知高考成绩的前夕，没想到竟然是在这种诡异的状况之下。冯伦显得比我更惊讶：“你是说，我们两个人都要接受检测？”

“对，任何可能接触到Solanum病毒的人，都要进行严格检测，以排除变成活死人的可能性。这是对你们，也是对你们身边的人负责。”

“如果……我是说如果的话——检测出来我们感染上了丧尸病毒，那会怎么样？”冯伦战战兢兢地问。

副院长盯着我们看了一阵：“我觉得你们都是大人了，应该可以接受实话相告——如果你们没有被感染，当然就可以回家了；但如果你们真的染上了丧尸病毒，那么很遗憾——你们这辈子剩下的时光可能就只能在这个地方度过了。”

他的话令我和冯伦呆若木鸡，后背浸出一身冷汗。

副院长看我们俩都吓呆了，安慰道：“我觉得你们不用太担心——相信你们也了解现在的状况——很多人对于变成活死人还求之不得呢。”

“但是我不想。”我沮丧地说，“我只想当个普通人，体会各种事情带给我的欢愉或刺痛——那才是真实的人生。”

说完这话，我望了一眼冯伦，看到他低着头若有所思，并没有对我的话做出附和。

我不知道副院长是不是还在想法安慰我。他说：“我希望你能暂时保留意见，也许你在真正了解了活死人的生活状况后，会产生改观。”

他的话意味深长，我一时难以理解。而副院长看到我没有说话，以为我已经平静下来准备接受一切可能出现的事实了。他吐了口气：“一会儿你们就打电话告知家里吧，学校方面也要请至少五天假。其他问题就不用担心了，我会叫人安排好你们在这里的食宿，和住旅馆没有太大的区别……”

“等……等一下。”我惊愕地张大了嘴，“你说什么？要我们从现在起就留在这里，不回家了？”

副院长歪着头看我：“好像我说了这么久，你们还没搞清楚现在的状况——你们现在已经被怀疑感染上Solanum病毒了，在没有彻底排查之前，贸然让你们回去，那岂不是有可能导致更多人被感染？所以你们应该充分理解才对——就像那个书店老板的家人，不用我们请，他们就主动要求来这里接受检测了。”

尽管他说得有理有据，但我还是没法接受：“不行！我的父母不能接受这样的事实，我不想让他们跟着我担惊受怕！”

“恐怕这不是你能选择的。”副院长遗憾地说。

我看了一眼冯伦，他倒好像一副无所谓的样子——但是我不行，我在乎我的家人——想到家人，我突然意识到一个问题：

“副院长，据我所知，现在中国乃至全世界都没有出台任何一套关于活死人的法案。你把我们强行留在这里，可是有法可依的？”

副院长一愣，好像没想到一个高中生竟然能说出这种将他一军的话，他有些尴尬地说道：“你对这些事情，好像还了解得蛮清楚的。”

“是的，我很了解。”我终于抛出王牌，“关于出台《活死人法案》的事，我经常在家里听我父亲说起。”

“哦？你的父亲是？”

“就是那个著名的社会学家洛传铭。”冯伦抢在我之前回答，似乎认为由他来介绍更加合适。

看得出来，副院长听到我父亲的大名后有所震惊和敬畏，他微微张了张嘴，过了好一会儿，才说道：“既然是这样，那我可以打电话征求令尊的意见。”

“不用了，我爸爸肯定希望我能回去。而且他也跟我一样，不希望让我的家人，尤其是我母亲着急。”

副院长说：“但就算如此，我们也必须对你进行彻底检测，这是对你负责。”他再次强调。

“这点我完全同意，我愿意配合接受检测，我也想弄清楚自己到底有没有被感染。所以，你看这样行吗——我每天保证到这里来接受检测，完了之后我就回家，第二天再来——直到所有的检测项目结束。”

副院长仔细考虑着我的提议：“好吧——但你们要答应我，在检验结果出来之前，严格避免一切可能导致传染的行为。”

“不用你说，我也会这样做的。”我说。冯伦也跟着表示同意。

“你们明天什么时候来？”

我想了想：“只能是晚上，我们请假不上晚自习。”

“好的，那就这么说定了。明天晚上七点钟的时候，你们直接到这个办公室来找我，门卫那里我会打招呼的。”副院长凝视着我们，“我相信你们会准时来的，为了你们自己和家人着想。”

“当然。”我不失礼节地说道，“谢谢了，副院长。”

他做了一个手势，表示我们可以离开了。

我和冯伦忘了坐电梯，几乎是跑着下了楼。

出了活死人中心，我们俩走在路上，有好几分钟没有说话，我不知道冯伦是不是跟我想的一样——这真是个莫名其妙的下午——我本来是凭着对朋友的关心来到这鬼地方的，没想到最后居然把自己给套了进去——真不知道这是祸还是福。

“洛晨……”冯伦终于开口说话了，但显得很沉重。

“你想说什么？”我同样凝重地望着他。

“我不知道该说些什么……”他看着我，“我只能向你保证，如果你变成了丧尸，我不会用球棒打烂你的头。”

我翻了下眼睛，说话的同时惊讶于自己居然还能配合着将黑色幽默进行到底：“谢谢，我也可以向你保证，如果我们俩都变成了丧尸，我尽量不把你的头当作球棒。”

四

星期一的下午，我和冯伦分别向自己的班主任请了晚自习的假。放学之后，我们在一家西式快餐店随便吃了点儿东西，然后打车前往活死人中心。

门口的老头显然已经接到了副院长的通知，他看到我们两人后，将左侧那扇小门打开，说了句：“径直到副院长办公室去，别乱逛。”

他好像猜到了我们的心思，因为冯伦之前提议进入这里之后，先到那些活死人生活区去瞧瞧，以满足一下好奇心——但我们看到那老头开始拨打电话，估计是向副院长通报我们已经来了的消息，只好作罢。

到副院长办公室的时候，差十五分钟到七点。

“嗯，你们很准时。”副院长坐在办公桌后的皮椅上，满意地说。他指了一下沙发，“先坐一会儿吧，给你们做检测的医生七点钟就到。”

我和冯伦坐到昨天的沙发上，靠背柔软而舒适，但我无法轻松。

副院长似乎看出了我的不安情绪，笑道：“不用紧张，检测Solanum病毒和做一般的体检没有太大的区别——我可以简单跟你们介绍一下。”

我忽然觉得这个副院长人挺好——和蔼、善解人意、没有架子——我对他增加了几分好感和信任。

“哦，对了，我姓吴，之前忘了自我介绍。”他说，“Solanum病毒的检测主要是针对人体体液、细胞组织和器官进行病毒抗体及相关免疫指标检测。检测时间为四天，第五天就能得出结果。”

他顿了一下：“另外，根据我们研究院的新规定，在这四天的时间里，会让所有疑似感染者进行**‘实践性体验’**。”

我和冯伦都没听懂，一起问道：“什么意思？”

副院长皱了下眉毛：“你们知道，现在人们对于变成活死人的看法迥然不同。一些人想方设法想要变成活死人；而另一类人却对于感染Solanum病毒抱有过度的恐惧心理，他们发现自己染上Solanum病毒后，还没等到病发就自杀了——这种态度未免太过极端。于是，我们提供观察活死人生存状态的机会，以这种方式来告知人们——其实变成活死人没有那么可怕，只是生命转换成另一种形式而已。”

冯伦激动地问道：“就是说，你会带我们去看真正的活死人吗？”

副院长不禁笑了起来：“你的意思是我好像要带你们去参观动物园的狮子或鳄鱼——不，不是单纯去‘看’这么简单。我们机构希望通过这种形式，让你们真正了解活死人的生活现状和各种特性，消除心中的恐惧感。”

我想告诉副院长，他应该从冯伦身上消除的，不是恐惧感，而是兴奋感和不正常的喜悦感——这些东西现在分明就摆在这家伙的脸上。

昨天带我们来这儿的那个三十岁左右的男人这时从门外进来：“吴院长，负责检测的医生来了。”

"我这就带他们过去。"副院长说，望向我们，"怎么样？走吧。"

我们两个人跟着副院长坐电梯下到二楼，电梯门刚一打开，我就看到这一层楼大厅的墙壁上有一张标示牌，上面写着"Solanum病毒检测点"。

副院长在一个打开着的窗口处帮我们领了两张表，叫我们把一些相关的个人资料填好，然后带我们到一间血液化验室，告诉我们今天要做的是抽血检查。

确实如他之前所说，抽血的过程和普通体检没有什么区别，我和冯伦很快就配合着医生完成了。

接下来是重点，副院长要带我们到活死人生活区去了。

别说冯伦，连我都有些激动——毕竟这么久了，我终于要第一次看见真正的活死人了。

离开这栋大楼，我们朝旁边的"B区"走去。我问道："副院长，这些'A区''B区'……有什么区别吗？居住在里面的活死人可有什么不同？"

"没有什么本质上的不同，基本上是按照入住的时间来划分的。A区是最早来到这里的一批活死人，时间大概是五年前；B区则是四年前来的……以此类推——现在我们一共有五个活死人生活区，平均每个生活区里有600个活死人。"

"就是说这个地方一共有3000多个活死人？"我感到震惊，"这么多！"

"北京是个大城市嘛。"副院长说，"小一点儿的城市没这么多。"

说话的时候，我们已经来到B区的楼下。副院长向门口的工作人员说明来意，其中一个从房间里出来，看样子要与我们同行。副院长把脑袋朝里面扬了一下，示意我们朝里走。

"我们……就这样进去吗？"我迟疑着。

副院长笑道："要不怎样？你要穿上防暴服装吗？放心吧，他们不会袭击人。"

"可是，我还是觉得……"我不想把"害怕"两个字说出来，但它们已经写在了我的脸上。

"活死人现在全都在各自的房间里，别担心。"副院长鼓励着我。

"好了，洛晨，别丢脸了。"冯伦看上去迫不及待，"没什么好怕的。"

我不想被他们笑话，壮着胆子走进去。

进入B区的内部，我发现它看起来就像某家医院的住院部，半圆状的楼房将底楼中间的活动场所圈了起来。楼房一共六层，每层是若干个小房间。现在才七点半，但这里给人的感觉就像是提前进入了半夜——每个房间都黑漆漆的，没有一丝灯光。而且整个区域听不到一丝声音，简直像是一栋空楼。

冯伦诧异地问道："这里面……真的住着活死人吗？"

"当然了，每个房间里都有。"副院长说，"不信你到门口看看吧。"

冯伦走到离他最近的一个房间门口，试探着朝里面望去——那扇门跟病房的门一样，上方安着一块玻璃，可以看见里面的情景，但冯伦的表情显示他什么都没看到。

我与副院长和那个工作人员站在一起，谨慎地注视着冯伦的反应，暂时不敢靠过去看。这时，我看到副院长悄悄跟那个工作人员说了句什么，那个工作人员从衣服口袋里摸出个像遥控器一样的东西递给他。

冯伦瞪大眼睛望着室内，但里面太黑了，根本看不清什么。就在他努力想要看出个究竟的时候，室内的灯突然亮了起来，一张活死人的脸赫然出现在门口，若不是隔着那块玻璃，简直就和冯伦的脸贴在了一起。

"啊！"冯伦吓得惊叫一声，踉跄着朝后退去，"噢……该死！"他被吓得不轻。就连隔着两三米远的我都被吓了一大跳。

副院长忍不住大笑了起来，他走过来拍着冯伦的肩膀说："对不起，每回我只要和第一次来这里参观的年轻人在一起，总是忍不住想开个小玩笑。希望你不会介意。"

冯伦非但没有介意，反倒觉得这个副院长的脾性很对他的胃口。他抚着胸口笑道："老实说，我确实被吓坏了，不过真是太刺激了！"

"这些活死人都不需要灯光吗？"我站得远远地问。

"对，不需要。灯光对他们没有意义。"

"你是说他们已经没有视觉感应能力了？"

"不，恰好相反。"副院长说，"**活死人拥有夜视能力，就像猫科动物。**"

我惊讶得张大了嘴："真的？"

"是的。为什么会出现这一奇异的现象直到现在也没有得出确切的研究结果。"副院长指着室内的那个活死人，对冯伦说，"现在你知道他为什么会在玻璃窗前看着你了吧？刚才你靠近门口朝里望的时候，虽然你看不到他，但他却早就注意到你了。"

冯伦做了个表示难以置信的表情。

"这个房间是B区的1号室。里面住着两个活死人，都是男的。"副院长介绍道，"现在站在门口瞪着我们的这个，可能由于他'接待'外来人员的次数最多，导致特别喜欢站在门口向外观望——我们给他取了个外号。"

"叫什么？"我问。

"复仇的屠杀者。"副院长说。

我使劲咽了口唾沫。副院长"扑哧"一声笑了出来："对不起，我无法控制自己。其实是'麦田的守望者'。"

我掩饰着自己的不安情绪："真有意思。"

"你们就打算这样远远地观望吗？不打算靠近些看？对于很多人来说，这可是难得的机会。我相信你们以前只在电视里看过活死人。"

他说得没错，这确实是难得的机会。我和冯伦一起靠近那扇门，我第一次站在这么近的距离看到真正的活死人，这种感觉难以形容。

他们穿着统一的服装，皮肤苍白、双眼空洞。那双眼睛失去了瞳孔和光彩，整体呈现出灰白色。室内的两个活死人现在都站在门口——我们在观望他们，他们也在注视我们——区别仅仅在于，我们需要不时眨眼睛，而他们却完全不用。

我无法与活死人对视太久，总觉得有些毛骨悚然。我转过头去问副院长："为什么他们不用眨眼睛呢？"

"活死人的神经感应系统已经死亡了，控制眨眼睛的反应神经当然也不复存在。"

"真可悲。"我叹息道。

"看你怎么理解。"副院长说，"对正常人来说，这当然是种缺失。但对于饱受病痛折磨的人来说，却无异于一剂对抗痛苦的良药——神经系统的丧失意味着不会再感受到任何疼痛——这是现在很多人主动变成活死人的原因。”

我思索着：“除了不会感受到疼痛之外，恐怕别的任何触觉也没有了吧？”

“是这样的。”副院长承认。

我在心里设想着手里捧着一本书，却完全感觉不到任何重量或触感，会是一种什么样的滋味。不过我又立刻想到——如果我真的变成了活死人，也就不可能再看书了——事实上，是不可能再做任何事情。因为我注意到，活死人的房间内几乎空无一物，连床都没有，只有两张椅子和一台电视。

“活死人会看电视吗？”我问副院长。

“怎么说呢，这个问题恐怕只有活死人自己才回答得了——如果他们会说话的话。我只能说，他们对正在播放的电视有反应，会盯着屏幕看很久，至于有没有真正把节目看进去，就不得而知了。”

我想到一个与此相关的问题：“活死人到底有没有智力呢？”

“有。”副院长肯定地回答，“但是很低。我们的实验研究表明，他们的智力水平和部分啮齿类动物相接近。”

“就像老鼠、兔子那样？”我皱起眉头。

“差不多。但你要知道，这已经是一个很大的进步了——在活死人刚刚出现的时候，研究者们普遍认为他们的智力比昆虫还要低。”

我发现我遇到了迄今为止最感兴趣的话题：**“你说‘进步’？难道活死人从产生到现在，一直在发生着变化？”**

“对，有一些微妙的变化。我们和国外的研究者们早就注意到了这个问题。”他忽然很有兴趣地望着我们，“你们听说过美国人在活死人刚刚出现的时候做的那次试验吗？”

我和冯伦一起摇头。

“是这样的。”他像讲故事一样开始叙述，“研究者带领着几十个活死人来到一座断桥。走到边缘的时候，那个人利用空中的绳索滑到了断桥的另一边，但活死人们却一个接一个地在边缘摔下。整个过程中他们没有一个意识到发生了什么，或试图改变前进的方向。”

“说明活死人在初期的时候，几乎没有任何思考能力。”我说。

“没错。但是四年后，也就是去年，同样的试验再一次进行了。这次的结果与上次大相径庭——那些活死人没有再傻傻地摔下断桥，而是全都停留在了断桥的边缘——短短几年之间，他们的智力就已经有如此发展了！”

我深吸了一口气：“**我能不能把这理解为一种‘进化’？假如活死人们在不知不觉中慢慢发生着进化，那将是一件多么可怕的事！**”

副院长捏着下巴，大拇指轻轻摩挲着胡楂儿，似乎在仔细考虑我说的话。好一阵后，他说：“你的观点很有意思，但我认为这是不可能的——如果真是进化的话，那这个进化的速度只能用恐怖来形容。要知道，人类从古猿进化成智人，用了几百万年的时间——而活死人如果在区区几年的时间里就办到了的话——这是违反进化理论的。”

“那你怎么解释他们智力的进步呢？”我问道。

“我只能说，这种现象目前来说还是个谜——活死人的出现本身就是个谜，所以围绕他们的一切都是未解之谜。”副院长说，“不过，不管怎么样，有这种进步总是好的。”

“是吗？你认为这是一件好事？”

“难道不是吗？起码对于活死人来说，未来能有发展进步总比一成不变要好得多。”

我没有说话，暂时找不到什么可以反驳的内容。但我想起了爸爸说过的话——他认为**活死人的出现是某种大灾难来临前的序曲**。而他教导并影响我的哲学观点也令我对此事感到不安——**任何事物都是有两面性的。一件事情会往好的方向发展，也就意味着它可能会带来某种坏的结果**……

同时我又想起了母亲的人生哲学——“好”和“坏”是没有绝对定义的。比如丢钱，对于丢失了钱的人来说，是件坏事；而对于捡到那笔钱的人来说，就是一件好事。

活死人的出现，以及他们的“进化”——对于人类来说，究竟是“好”还是

"坏"呢?

这个问题的答案，我在很久之后才终于明白。

五

离开1号室，副院长带我们来到B区二楼的72号室门前。跟随我们同行的工作人员用遥控器打开了室内的电灯。

我和冯伦通过门口的玻璃看到，这间屋子内住的两个活死人是一男一女——和"麦田的守望者"不同，他们并没有因为我们的到来而上前"迎接"，而是坐在两张靠在一起的椅子上，看上去像是在发呆——不过活死人也许任何时候的表情都是这样。

"这是一对夫妻。很不幸，他们中的一个感染上Solanum病毒后，传染给了另一个，于是两个人都变成了活死人。"副院长说，"根据他们变成活死人之前的意愿，我们将他们安排在了同一个房间。"

"这样做有什么实质上的意义吗？"我问。

"一开始我们以为没有，觉得这只是一种形式上的安排。但是现在，经过四年之后，我们发现这是有意义的。"

我望着副院长："他们也出现变化了？"

"是的。想起四年前他们刚刚入住这里的时候，两个'人'没有丝毫的接触和交流——因为变成活死人之后，以往的记忆和感情就完全丧失了。他们看上去和其他房间里的活死人没有任何区别。但是半年前，我们观察到，他们会时不时地轻抚对方的脸颊或头发，似乎在传达某种感情——这令我们感到吃惊。"

我也很吃惊："他们不会是认出彼此是谁了吧？"

"从理论上来说是不可能的。没有任何研究表明活死人已经丢失的记忆还有复苏的可能，但也许只是研究不够透彻而已——借用你刚才提出的概念，也许这真的是一种‘进化’吧。”

我想到一个有趣的问题：“会不会，他们在相处几年之后出现的这种变化，与他们曾经是夫妻无关？我的意思是，如果让两个之前完全陌生的异性活死人居住在一起，也许他们也会在几年之后慢慢产生感情？”

副院长有几分赞赏地望着我：“我觉得你完全具备当一个科研人员的潜质。”他好像忽然想起了什么，“啊，对了，你的父母都是著名学者，肯定对你有一些潜移默化的影响吧。”

“这么说你们也这样认为？”

“不只是这样认为——我们已经这样做了。在E区，我们将一些年龄相仿的异性活死人安排在同一个房间，试图检验你刚才提出的那种可能性。但是这项研究是从半年前才开始的，要看到结果的话，恐怕要等到几年后才行。”

这时，冯伦指着室内的那对活死人夫妻说：“看哪，他们挨在一起了。”

我们凑到玻璃窗前观察，看到他们俩互相把头朝中间靠拢，依偎在一起，像一对幸福的情侣。

“真是太奇妙了。”副院长感叹道，“虽然我不是第一次看到他们表现出这种亲密举动，但每次看到，还是会感慨不已——他们看上去就和一般的夫妻一样恩爱，除了……”

他停下不说，引起了我们的好奇，冯伦问道：“除了什么？”

“除了不能发生性行为之外——活死人是没有性能力的。”

我和冯伦微微有些脸红。

“如果忽略这点的话，我想，他们的这种状态大概是真正的‘长相厮守’吧。”副院长望着那对活死人夫妇，若有所思。

“活死人真的能够‘永存’吗？从医学角度来说，他们其实已经是死人了，为什么身体不会腐烂呢？”我好奇地问道。

“这个问题涉及很强的专业性，我只能简单说明一下。”副院长说，“你大概知道，导致尸体腐烂的主要因素是微生物的袭击。人活着的时候，免疫系统在微生物和它们的目标之间建立起了一道屏障。人死后，这一屏障就消失了。微生物们在进食的同时开始指数性地繁殖，并因此在细胞层面上使尸体解体。”

看到我没有提出任何疑问，副院长知道我听懂了这一段表述，他继续说道：“但是，当一个人变成活死人后，几乎所有和普通人类尸体的分解有关的微生物，都会本能地避开被病毒感染的细胞，从而有效地使丧尸防腐——这就是活死人身体不会腐烂的原因。”

我点头表示明白了，又提出新的问题：“这种状况会一直持续下去吗？”

“除非一些微生物能够忽视由Solanum病毒导致的排斥效应，否则的话，活死人就能实现永存。”他顿了一下，“起码目前来说，我们这里从开始到现在接纳的每一个活死人，现在都还‘活’得好好的。”

我陷入深深的思考——**假如活死人能够活到天荒地老，而他们又在以惊人的速度进化——那么活死人的终极形态，会是什么样的呢？而未来的世界，又会变成怎样？**

冯伦的声音打断了我的思绪：“已经八点五十分了，快到晚自习下课的时间了。”

“你们要回去了吗？”副院长问。

“嗯，我们是瞒着父母和学校到这里来的。”我说。

“我知道了，那么今天晚上的实践性体验就到这里吧。”副院长说，“明天晚上同样的时间，我仍然在办公室等你们。”

我们向副院长告别，在夜色中离开了活死人中心。

六

回到家，时间刚好和以往下晚自习接近。我像平常一样走到客厅，将书包甩到沙发上，跟正在看电视的父母打了个招呼。

“回来了，洛晨。”妈妈对我说，“吃点水果吧。”她把茶几上装着荔枝和葡萄的水果篮移到我面前。

"哥哥呢？"我剥着荔枝壳问。

"他在楼上写一份研究报告，明天要交给单位。那家生物科学院很器重他。"

"他是高才生嘛。"我将荔枝塞进嘴里。

我的哥哥洛森是我认识的最趋近完美的一个人——我这么说完全不是因为他是我的哥哥。就算他是我讨厌的一个人，我仍然会对他做出此种评价。不过我相信这个世界上很难有人会不喜欢像他这样的年轻人——他长相英俊、身材匀称、头脑聪明、待人真诚……天啊，用于概括他优点的形容词我还能说出二十个来，再说下去恐怕连我这个当弟弟的都会忍不住嫉妒了。有时候我真的怀疑上帝是偏心的，怎么会把如此多的优点集中在一个人身上？还好，我的父母不是上帝，他们对两个儿子从不偏心，总是给予同样多的爱。

我哥哥读的研究生这个学期就要毕业了。现在，他在一家赫赫有名的生物科学院实习，晚上就住在家里。

我妈妈现在正看着一个法治方面的节目，这是她每晚的惯例。这个节目最后邀请法律专家进行点评，这个环节有一半都是请的我妈妈——她等于是在关注自己在电视上的表现。

十点钟的时候，法治节目结束了，我爸爸说："看晚间新闻吧。"用遥控器切换了频道。

前面的新闻都很普通，我一边吃着葡萄一边随意地看着——直到一则国际新闻引起了我们的关注。

"关于制定《活死人法案》的游行于昨日再次爆发，这次的地点是荷兰政府所在地海牙，数万游行者聚集在国会大厦中央的骑士厅门前，要求政府尽快出台'承认自愿变成活死人者的合法性'的政策或法案……荷兰政府发言人表示，参加这次游行的民众极有可能是受到了**'驯鹿'组织**的煽动……"

"什么是'驯鹿'组织？"我问道。

"看来你没有关注最近的新闻。"爸爸说，"这是一个成立于国外的组织。开始只是一个小组织，经过几年时间，已经发展壮大成一个国际性团体了。现在世界上很多国家都有驯鹿组织的干部或成员。"

“这个组织是干什么的？”

“**强烈主张和支持个人自主变成活死人的激进派。**据说全球一半以上的（关于制定《活死人法案》的）游行活动都是由这个组织策划的。”

“为什么我以前从来没听说过呢？”我感到纳闷。

“因为以前这个组织都是秘密进行各种活动的，但现在随着声势的壮大，开始渐渐浮出水面，成为公众关注的焦点。”

“这种组织一定是政府的敌人。”

“毫无疑问，是的，但由于其并没有什么明显的违法举动，所以政府也拿他们无可奈何。”

“中国有驯鹿组织的成员吗？”我问。

“不知道。目前没有确切的官方报道表示有还是没有，不过很多人猜测驯鹿组织早就渗透到中国来了，只是目前还没有明显举动而已。”

“为什么这个组织要取名为‘驯鹿’呢？听起来好像和圣诞老人有关系。”妈妈参与到谈话中来。

“就是这个意思。他们声称组织的宗旨是为人类送来礼物。”爸爸嗤之以鼻地“哼”了一声，“真是可笑！在我看来，只是一群唯恐天下不乱的家伙罢了。”

不知道为什么，我觉得话题开始朝对我不利的方向发展了——连我自己都感到惊讶——我还没被确定是不是会变成活死人，立场就已经不知不觉站到了活死人这一边。

我不想听我父亲高谈阔论关于活死人是低等生物或灾难象征这一类的话题——这只会使我本来就不安的心绪更添紊乱。我提起书包，对父母说：“我上楼去了。”

从旋转楼梯走上二楼——这里的两间卧室分别属于我和哥哥。我并没有走到自己的房间去，而是打算先到哥哥那边去打个招呼。

推开哥哥的房门，我看到他双手平举着哑铃，正做着锻炼肌肉的运动。他穿着一条平角内裤，光着上身，细密的汗珠分布在他健美匀称的身体上，看上去令我羡慕不已——和哥哥相比，我显得有些瘦弱。这是因为我缺乏坚持锻炼的恒心，但哥哥却能做到坚持不懈。

哥哥看到我后，放下哑铃，呼了口气："回来了，洛晨。"

"早就回来了。"我说，"妈妈不是说你在写什么研究报告吗？"

"已经写完了。"他颇有兴趣地说，"洛晨，你不知道生物研究是一件多么有意思的事。"

"我能想象得到。"

"不，你想象不到。这种事情只有切身体会才能感受到无限的乐趣。就拿我上周做的研究来说吧，我观察到埃姆登鹅（*注：原产于德国埃姆登城的一种鹅）……咳、咳……"他停了下来，捂着嘴一阵咳嗽。

"怎么了？你感冒了？这么热的天。"

"不知道，这段时间我有点咳嗽，也许是有点支气管炎吧，管他呢。接着刚才的说，我观察到埃姆登鹅在交配的时候出现了非常滑稽的一幕……"

他绘声绘色地向我描述着关于动物们的趣闻逸事。我承认，即便是在我心情如此低落的情况下，他风趣幽默的讲述方式仍使我感到兴趣盎然——我哥哥就是这样有魅力的一个人。

有趣的谈话一直持续到接近十一点。哥哥说："好了，该洗澡了。你要和我一起冲凉吗？"

"唔，我等会儿再洗吧。"

"那好，我先去洗了。"哥哥拿了一条短裤，走出房间。

我并没有立刻离开他的房间，而是捂着脸，深深地叹了口气，胃里一阵剧烈的灼痛。

我默念着、乞求着——上帝啊，请让我继续当一个普通人吧。我实在不想离开我亲近的家人，然后住进活死人中心，与一个和我年纪相仿的陌生女丧尸朝夕相处。

七

第二天晚上进行的是尿液的检查。

我和冯伦自然问起了昨天所做的血液检查结果怎样，但副院长拒绝透露，他说要综合几项检查的结果之后，才能得出准确判断。

“今天晚上的实践性体验，我要带你们去A区见一个特别的活死人。”副院长说。

“特别在什么地方？”我问。

“去了再说吧。”

我们来到A区——根据副院长之前的介绍，居住在这里的是最早的一批元老级活死人。

“我带他们来看看‘盘古’。”副院长对A区门口值夜班的工作人员说，“他现在还好吧？”

那个四十多岁的工作人员显然是个没什么幽默感的人，他从门卫室里走出来，一本正经地回答道：“吴院长，活死人不会有什么改变。”

“那真是太好了。”副院长扬了下眉毛，转身对我和冯伦说，“我们进去吧。”

我们四个人进入A区的内部，这里的整体结构和B区一模一样。副院长说：“我们要见的‘盘古’在三楼，不介意的话，我们从楼梯上去吧。”

“没问题。”我说，“你们是不是给这里的每个活死人都取了个绰号？”

他笑了起来：“没有。我们只给那些有代表性的活死人取，这样会让人印象深刻一些。”

我点了下头，心里却觉得可能是他们在这个地方工作太无聊了，所以才不放过任何取乐的机会。

到了3楼149号室的门前，同行的工作人员用遥控器将房间的灯打开。我和冯伦站在正对着门的地方，透过玻璃看去，没有看到里面有活死人的身影。

“这个房间里没有‘人’？”冯伦诧异地问。

“也许他们是在玩捉迷藏。”副院长眨了下眼睛，“让我们把他们找出来。”

他走到门的右侧，侧着身子朝里望：“嗯，我找到他们了。”

我和冯伦也朝那个方向望去——原来这间屋的两个男性活死人都在房间的左边角落里，他们面向墙壁，微微仰视，好像是在注视着上方的什么东西。

看了一会儿，冯伦说：“我看不出来这两个活死人有什么特别之处呀。”

“没错，我说的特殊，不是指他本身，而是指某种意义上的特别。”

我扭头望着副院长，等待他做出解释。

“其实特殊的只是他们中的一个。”副院长指着其中一个矮小一点儿的活死人说，“墙角那个，看到了吗？他就是我说的‘盘古’——**他是我们这里第一个，恐怕也是全国第一个主动变成活死人的人。**”

“啊，”我低呼一声，“我想起来了，几年前我曾经在新闻报道中看到过关于他的报道。”

“那你现在对这则新闻的内容还有印象吗？”

“记不起来了。”

“你呢？”副院长问冯伦。他也摇头。

“他变成活死人的过程颇有些戏剧性。”副院长开始介绍，“五年前，这个男人二十五六岁，从外地来北京找工作，没想到很快就陷入了人生的最低谷。当时，几乎所有不幸的事都一齐向他涌来——连续失业、被人欺骗、穷困潦倒、感情受挫……最后几乎到了三餐不继、流落街头的悲惨境地……”

“于是他就想到了主动变成活死人，以寻求解脱，对吗？”冯伦说。

“不是这样的，没这么简单。”副院长摇着头说，“当时全国还没有主动变成活死人的先例，恐怕他也没想到这一点。后来发生的事情是这样的，这个男人得到了一个认识不久的朋友的帮助，那个朋友让他住到自己那里去，提供他食宿，还帮他联系工作——这个男人的命运出现了转机。”

“他遇到了一个好心人。”我说。

“这个，说实话，我不敢保证那个帮他的人动机是否单纯。”

“为什么？”

副院长停顿了片刻：“那个帮他的人是一个同性恋者。”

我微微张开了嘴。

“不过，重点并不在这里。不管他那位朋友的动机怎样，事实上他都给予了这个男人极大的帮助。”

我有些困惑了：“既然这样，他已经摆脱了困境，为什么还会主动变成活死人呢？”

“因为他那个同性恋朋友恰好是一个感染上了Solanum病毒的人。”

“噢，我的天哪……”我露出一副恍然大悟的表情，暗示我猜到其中发生了些什么事。

“不、不……”副院长轻轻摆着手说，“我就知道你们会朝那方面想，每个人听到这里都是这种反应。”他显得有些无奈，“别把同性恋者想象得那么可怕——实际上，那个朋友没对他做出任何侵犯或越轨的事，他们只是像普通朋友那样生活在一起而已。另外，注意我之前强调的——如果他是由于和那个朋友发生了不正当的关系而感染上病毒的话，那就不是‘主动’变成活死人了。”

“那是怎么回事？”冯伦好奇地问。

“他们在一起住了几个月，开始很正常，但渐渐地，这个男人发现他朋友的身体状况开始不断恶化——一开始是突然出现的高烧、虚脱、腹部疼痛和头痛的症状。后来这些症状进一步发展为呕吐、腹泻、器官损坏以及内外出血。这个男人本来没朝丧尸病毒这个方面想，以为他的朋友只是得了某种普通疾病，曾强烈建议他到医院去检查和治疗。但是，他那个朋友却似乎意识到了自己的问题。为了不被隔离起来，他拒绝去医院‘自投罗网’。

“结果是，丧尸病毒一旦发病，比想象中能拖延的时间要快得多。大概不到三天——这个男人中午从外面买了饭食回来，发现他的朋友已经死在床上了。他悲痛不已，正打算通知医院，却看到他朋友的尸体坐了起来——这个时候，他才明白这是怎么回事。”

说到这里，副院长停了下来。冯伦显然被这男人的遭遇所吸引了，急切地问道："后来呢？他又是怎么变成活死人的？"

"后来发生的事，值得玩味。"他意味深长地说，"这男人也不知道是出于何种考虑，发现朋友变成活死人后，他既没有报警，也没有通知医院或像我们这样的相关机构——而是做了一个大胆的、令人匪夷所思的决定——**他选择和这个活死人继续生活在一起。**"

冯伦惊讶地张大了嘴。

"而且你难以想象，他居然和那个活死人一起生活了将近三个月。在这三个月里，这个男人通过和他这位'活死人朋友'的近距离接触，发现他的朋友变成活死人后，过得安宁、平静、闲适——日子似乎比终日忙忙碌碌、为生计奔波的他还要舒服得多。他开始羡慕起他的朋友来。终于有一天，他忍不住了，主动地变成了活死人——所有的一切，都是通过他的日记本得知的——这就是我所了解的整个过程。"

冯伦长长地吐了口气，为这个故事的结局感到唏嘘。他不自觉地朝房间内故事的主角望去。过了一会儿，他问道："他是怎么'主动'变成活死人的？"

副院长摇着头："我也不知道。但是想想看，他每天和一个活死人生活在一起，有无数种方式可以做到这一点——你几乎可以尽自己的一切想象来猜测他是怎么变成活死人的。"

冯伦低头沉思，好像真的思索起这个问题来。这个时候，副院长注意到我有一段时间没有说话，一直低着头。于是他问道："你怎么了？"

我抬起头来望着副院长，过了半晌才问道："刚才你说，人在变成活死人之前，身体会有一些恶化的表现，是吗？"

"没错。"副院长盯着我，"你为什么会在意这个？难道……"

"**我昨天晚上，隐隐感到有些腹痛**……"我的声音在发抖。

副院长神情严肃地问道："还有别的什么症状吗？比如头痛、发热什么的。"

"好像……没有。"

"你会莫名其妙地产生想呕吐的感觉吗？"

“我……不能确定。”实际上我现在就想呕吐，但我愿意相信这是恐惧所致。

副院长盯着我看了好一阵，然后说：“别担心，我觉得你只是受到心理因素的影响而已。”

“真的吗？你怎么知道这不是变成活死人的先兆呢？”我担心地问。

“如果你真的被Solanum病毒感染，并且已经发病的话，症状不会只是腹痛这么轻。我刚才说了——症状出现后，它能在三天之内夺去人的性命，并完成向活死人的转化。”

我心里略微放松了一些，随即问道：“丧尸病毒有多少天的潜伏期？”

“一般来说，三天到两个月不等。”

“潜伏期内会不会有什么表现？”

“也许会有一些轻微的症状——免疫能力下降的体现。不过很多人都没有，只有等到病发的时候才知道。”

我的脸色大概又发白了，冯伦看到我这副紧张的模样，说道：“洛晨，别自己吓唬自己了。你要是真的发病了，恐怕就不能好好地站在这里跟我们说话了。”

“他说得没错。”副院长笑着说，“Solanum病毒的症状要严重得多。”

我勉强笑了一下，心仍然悬着。

也许是为了岔开话题，副院长指着房里的另一个活死人说：“不知道你们猜到没有，这个和‘盘古’同住一室的活死人，就是他的那个朋友——我猜他们俩谁都想不到，他们竟然会成为永远的室友。”

我和冯伦显然是没想到这一点，都瞪大了眼睛。

“真难想象，这个男人当初和一个活死人在一起生活了三个月，会是什么样的滋味。”冯伦望着房间内的“盘古”，若有所思。

副院长盯着那两个活死人看了一阵，突然转向我们问道：“你们想试一下这种感觉吗？”

我和冯伦同时一愣。我不确定我所理解的是不是他说的意思：“试什么？”

副院长的大拇指朝门内一指：**“到里面去和活死人近距离接触一次。”**

我震惊得张口结舌，冯伦却显得很兴奋：“真的吗？我想试试！”

副院长望着我："你呢？"

我摇着头说："算了吧。"

"怎么，你担心他们会对你造成什么威胁吗？"副院长笑道，"相信我，不会的，如果有危险的话我就不会让你们进去了。"

我不愿承认自己胆小："我只是觉得，他们一直都待在室内，如果现在把门打开，不知道会出什么事。"

副院长哈哈大笑起来："你们每次来都是晚上，所以看到的都是活死人们待在房间里，就以为他们一直都是这样吗？"

他指着身边一直一言不发的工作人员说："你们可以问问他，我们这里的活死人是怎么生活的。每天的上午和下午，工作人员都会让各个楼层的活死人们在不同的时间段里出来活动。"

那个老实的工作人员配合地点着头。副院长又指着楼下的那片花园说："下面这块空地就是活死人们活动的地方，我们的工作人员每天都要和几百个活死人接触——他们恐怕比绵羊还要温驯，否则的话，谁敢来做这个工作？怎么样？你现在还担心会被活死人袭击吗？"

他说得我都有些不好意思了，为了不被冯伦笑话，我点头道："好吧，那就没什么问题了。"

冯伦在我的后背上拍了一下："洛晨，好样的！"

副院长对工作人员说："把这个房间的门打开吧。"他点了下头，从裤包里拿出一张磁卡，在149室门口的一个凹槽处划了一下，门开了。

尽管之前被告知了安全性，我的心还是一下就揪紧了。

"别怕，我和你们一起进去。"副院长带着我们走进活死人的房间。

我注意到这么久过去了，那两个活死人还保持着之前的姿势——贴着墙壁朝上方仰视——这多少让人有些费解，不过倒是缓解了我的紧张感。我可不希望一走进来，就成为他们关注的目标。

但副院长的想法和我相反，他像跟老朋友打招呼一样说道："嘿，你们俩在干吗呢？有客人来了。"

其中一个活死人缓缓转过身来。我看到了他的脸——除了具备所有活死人的共性之外，我能看得出，这个人以前是个斯文的帅哥。他的发型还保持着正常人时的样子（活死人不会长头发），几缕刘海耷在他狭窄的额头上，看上去和一般追求时尚的年轻人没什么不同——只是那双灰白色的眼睛和像吸血鬼一样苍白的脸在提醒我们，他已经不是一个活人了。

“这就是‘盘古’的那个朋友。”副院长小声对我们说，在他介绍的时候，那个活死人缓慢地挪动着脚步，朝我们走了过来。

我们三个人伫立在屋子的中间，我站在副院长和冯伦的身后，希望那活死人走到副院长面前就行了，最好不要靠近我。但事与愿违，他偏偏绕过他们两人，朝我靠拢过来。

我下意识地朝旁边挪去，但那活死人居然也跟了过来。我不明白他为什么会对我感兴趣，我甚至想告诉他，真正喜欢他这类生物的，是我的朋友，而不是我，但我怀疑我能否与他交流。

终于，他把我逼到了墙角，我感觉自己无路可逃了。这时，我看到那个工作人员走了过来，也许是要阻止这个同性恋活死人对我的过度关注。我祈求他赶紧来救我，但我却看到副院长示意他别过来，同时对我说：“没关系的，洛晨，站着别动。他不会伤害你的，相信我。”

我希望他真的这么有把握——但是，天哪，那活死人张着嘴，朝我的脸靠过来！我只有把脸侧向一边，嘴里发出惊恐的低吟：“啊……”

“洛晨，别动。”副院长说。我斜着瞟过去，发现他的神色竟变得有些紧张起来。上帝啊，不会是状况失控了吧？我的心脏都快要冲破胸腔了。眼看那活死人的鼻子快要贴在我脸上，我恐惧地闭上了眼睛。

几秒钟过去了，十几秒钟过去了，活死人并没有咬我或做出侵犯我的行为。我睁开眼睛，看到他伸着鼻子在我身体周围游走，好像是在嗅着我身体的气味。我忍耐着，一动不动，屏住呼吸。一分多钟后，他终于离开了，又走到冯伦和副院长身边，对他们进行同样的“问候”。然后，他回到刚才待着的墙角，继续仰望上方。

我看到冯伦和我一样舒了口气，他问副院长："这家伙为什么在我们每个人的身上闻来闻去？"

"一种动物性的本能。"副院长说，"当有人（或活死人）出现在他的'领地'时，他会用嗅觉来识别个体。"

"活死人有嗅觉吗？"冯伦问。

"当然有，而且比起听觉和视觉，活死人的嗅觉是最为敏锐的。所以，当若干个活死人在活动区碰面的时候，比起观察彼此的脸，不如闻来得直接。你要是白天来，会看到一大群活死人在楼下的花园里互相闻来闻去。"

"这么说你早就知道我们走进来后，会出现这种状况？"我走过来问。

"是的。"副院长微笑着说。

"但我观察到你刚才流露出了紧张的神色。"我尖锐地指出。

他像成功戏弄了我们一样大笑起来："哈哈……请原谅，我实在是忍不住想看看你们被吓呆的样子。"

"这一点儿都不好玩。"我有些生气地说，刚才我真是被吓坏了。

"好了，我再次表示歉意。我只是希望为这次实践性体验增加点儿刺激性。"他拍着我的肩膀说。

看得出来，冯伦和我的态度截然相反，他确实觉得很刺激好玩，颇有兴趣地指着"盘古"说："那他为什么不过来嗅我们呢？"

"是啊，我也觉得有点儿奇怪。"副院长盯着"盘古"说，"他们一直盯着那上面看什么？"

说着，他走了过去，顺着两个活死人的目光望去，好一阵之后，有了发现："原来是这样。"

我和冯伦也靠拢过去，仔细一看，才发现墙角有一只壁虎，两个活死人就是在盯着它看。

"一只壁虎有什么好看的？"冯伦不解地问。

"对于活死人来说，这就是他们的乐趣吧。"副院长耸了下肩膀。

这时，那只壁虎顺着墙角爬了下来。突然，惊人的一幕出现了，"盘古"迅疾地伸出手去，一把抓住了那只壁虎！

我们几个人都没料到活死人会有此举动，全都一怔——而更令我们惊愕的是接下来发生的事——“盘古”将那只壁虎捏在手里看了一阵后，竟将它塞进嘴里，吞了下去！

我们四个人——包括副院长和那个工作人员，全都惊呆了，显然他们以前也没看到过这样的情景。我看着“盘古”津津有味地嚼着那只活壁虎，感到一阵反胃，想呕吐的感觉又来了。

“噢，他……”冯伦皱起眉毛，“真是太恶心了。”

副院长问工作人员：“你以前看到过这样的事吗？”

“没有，这是第一次。”那老实人说。

我问道：“副院长，活死人不需要吃东西的，是吗？”

“对，他们从不进食。”

我指着“盘古”：“那这是怎么回事呢？”

“也许，只能理解为他在进行一种新的尝试？”他回答道，不那么肯定。

我蹙起眉头，不安地说：“该不会……这也是活死人的一种进化或变异吧？”

“老实说我真的不知道。”副院长有些尴尬地说，“也许我应该把这件事记录下来，作为研究中心的下一个课题。”

随后，他看了一下表，说道：“好了，小伙子们，今天的实践性体验就到这里吧。”

我和冯伦离开了活死人研究中心。

现在想起来，我后悔极了。

当时这起小小的“壁虎事件”，如果我能引起足够的重视或思考的话，也许会想到的——这是一个极坏的征兆。

八

“明天下午的发言稿你准备好了吗？”星期三中午吃饭的时候，爸爸在餐桌上问妈妈。

“当然，这么重要的会议，我总不能临场发挥吧。”妈妈用勺子舀着汤，“我反复修改过好几遍了。”

“你的立场是什么？”

“不支持，但也没有你那么反对。”

爸爸摇着头说：“立法委不需要中立态度，他们要的是我们这样的专家提出明确的意见。”

“我的观点很明确——**不支持法律赞成任何主动变成活死人的行为**——怎么，你觉得措辞不够强烈？”

“确实不够，我觉得你应该将‘不支持’换成‘反对’。”

“亲爱的，”妈妈望着爸爸，“我觉得在如此关系重大的事情上，你应该让我保持独立的见解，而不是强求我和你达成一致。”

爸爸轻轻笑了一下：“是的。”

这天中午恰好我们一家四口都在家里吃午饭，他们的对话引起了我和哥哥的好奇。我问道：“你们在谈论关于制定《活死人法案》的事？”

“没错。明天我和你爸爸要去参加关于这个议案的第一次专家讨论会。”妈妈说。

“是关于制定这个法案的具体内容和条款吗？”我问。

“现在还没到制定具体条款的时候——目前首先要通过的决议是究竟是否有必要拟定《活死人法案》——立法是一个烦琐而复杂的过程，需要多次讨论和审议才能确定，不是简简单单就能完成的。”妈妈向我解释。

“我一直搞不懂，咳……为什么这么多人会愿意主动变成活死人呢？”哥哥耸着肩膀说。

“其实并非如此。那些参加游行和表示支持变成活死人的人，不一定就代表他们希望自己变成活死人。”爸爸停下吃饭，认真地说，“就好像当初关于废除死刑的激烈争论一样——实际上大多数人一辈子都不会和死刑扯上关系，但他们还是热衷于参与表述自己的意见，作为强调人权的体现。”

哥哥点着头，表示他听懂了，继而又望着爸妈问道：“总的来说，你们俩的态度都是反对制定《活死人法案》？”

“不是反对制定这个法案，而是反对主动变成活死人的行为——我支持制定《活死人法案》，如果它是用于限制这一行为的话。”爸爸说。

“也就是说，你认为法律应该规定——主动变成活死人的行为是违法的？”

“正是如此。”

“如果……不是主动变成活死人，而是被意外感染的呢？”我试探着问。

“那当然就不涉及任何法律问题了，被意外感染的人是可悲的病患。”

“法案中会不会提到这些被意外感染的人将怎么办？”我用筷子夹着菜，尽量假装成和我一点儿关系都没有，只是随便问问的样子。

爸爸想了想：“虽说现在还没到制定具体法规的时候，但据我所知——你提到的这个问题，专家们在私下谈论的时候已经呈现出两种不同的态度了。”

“哦，是什么？”

“一种是维持现在的状况，每个城市将活死人集中到一个地方隔离关闭起来——但是，有的专家指出，活死人如果真是永远不死的，那就势必会出现一个问题——随着时间的推移，活死人的数量会不断增多，占据越来越多的居住空间，最后使得地球不堪重负。所以，他们提出了第二种方案——**将所有变成活死人的人进行人道毁灭。**”

我发现我无法做到继续佯装随意了，我全身都变得僵硬起来，舌头都有些打结了：“什么叫……人道毁灭？”

全家人都被爸爸说的话吸引了，没注意到我惶恐的神情。“就是指将活死人处理掉。”爸爸说。

“现在有……咳咳……令活死人‘死去’的方法吗？他们不是永远不死的吗？咳……”哥哥的咳嗽还没好。

“如果放任不管，他们也许会永远不死。但是如果采取某些方法的话，当然是能消灭他们的。比如说，**将他们投进高温的熔炉或焚尸炉**——反正活死人是没有痛觉的，所以无所谓残忍……”

“唔……”我终于忍不住了，从刚才起就涌起的恶心的感觉现在爆发出来，我捂着嘴冲向卫生间。

当我呕吐完并用清水漱了口，回到饭厅的时候，妈妈正在责怪爸爸：“吃饭的时候，你干吗说这些令人反胃的话题！”看到我后，她问：“没事吧，洛晨？”

“没什么。”我说。

爸爸显得有些抱歉：“真没想到会让你这么不舒服，都怪我一说起头，就忘记场合了。”

“唔，没关系。”我低头吃饭，掩饰着自己的不自然，但还是被哥哥看出来了，他问道：“洛晨，咳……咳，你为什么对这个问题这么敏感？”

我有些心惊胆战：“没有啊，只是联想到那个画面让我有些反胃罢了。”该死，这样一说我又有些反胃了。

“我觉得你关注的问题……咳咳，咳……好像跟我们都不同，咳……”

就在我不知道该怎样回答的时候，妈妈把话题岔开了：“洛森，你咳得越来越厉害了，到底怎么回事？你去医院检查过了吗？”

“没有，只是咳嗽而已，没什么大不了的。”哥哥不以为然地说。

“可是我注意到你已经咳了将近一个月了。”妈妈皱起眉头，“你吃什么药没有？”

“吃了，止咳糖浆和……咳，抗生素。”

“抗生素不能随便乱吃。”爸爸说。

“没错。”妈妈叹着气说，“都怪我平时工作太忙了，才会让你拖这么久。看来今天下午我得亲自陪你到医院去一趟才行。”

“行了，妈。我又不是小孩子，我自己知道。”哥哥说。

在他们说话的时候，我匆匆地结束了午饭，离开饭厅。

接下来的两天晚上，我和冯伦还是按时到活死人中心去进行检测。后面两天的实践性体验和前面没有太大的区别——我们前后去拜访了C区的“巴赫”先生和“施瓦辛格”先生，以及E区今年才住进来的“小刺猬”。

“巴赫”先生是一个狂热的古典音乐爱好者，据说他收藏的老唱片和CD碟可以开一家音像店。变成活死人之后，在他妻子的要求下，活死人中心的工作人员同意在他所住的房间里经常播放古典音乐——以至于我们刚走近他所住的那个房间时，还以为这里面在开舞会。值得一提的是，“巴赫”先生对这些音乐仍然保持了生前的热爱，他时常静静地坐在椅子上，一听就是几个小时，颇为享受。

“施瓦辛格”先生之前是一个健美爱好者，他那身健壮结实的肌肉虽然不能和真正的前加州州长相比，但也足够吓人了。令我们称奇的是，他发达的肌肉在变成活死人后竟然没有萎缩——就这一点来讲，他比真正的施瓦辛格幸运。我庆幸那天副院长提出和活死人近距离接触的对象不是他。

最令我感到震撼的，是那个叫“小刺猬”的男孩，他长着一头茂盛而向上直立的短发——这个绰号由此而来。据副院长介绍，他变成活死人的时候才刚满八岁。而且奇怪的是，他身边的家人和同学、朋友都没有染上丧尸病毒，唯独他感染上了。副院长说这男孩变成活死人的原因直到现在都是个谜——研究中心的人猜测，病毒也许是在他体内自然滋生的。但这毕竟只是猜测，没有任何证据作为支撑。

“小刺猬”算是我看到的活死人中最令我感到刻骨铭心的。他那么小，稚嫩的脸和瘦弱的身体还期待着成长和发育，但他却被无情地定型了，永恒地停留在了这八岁的时光里，无法看到自己长大后的模样。而且，他变成活死人后所呈现出来的状态令人心酸——仍然保持着一丝儿童的天性，比一般的成年活死人更加好动和活跃。在他的房间内，摆放着他的父母为他带来的玩具和图书，他拿起这些东西（无法真正玩耍）的画面几乎令我心碎。我无法想象，假如有一天，必须将这样一个仍然能让人感觉到可爱的小活死人丢进焚尸炉中，那会是多么残忍的一件事。

也许，现在不是我为别人担心的时候，我所设想的所有悲惨而可怕的遭遇，有可能就是未来我自己的命运。

九

星期五到了，这天是我的审判日。

整整一天，我都在向上天祈祷——我这辈子没干过什么真正意义上的坏事。至多是小时候打碎一个花瓶，却谎称是家里的猫咪干的；或者是用假老鼠捉弄同桌的女生——我不认为这够得上多么罪孽深重，需要我接受变成丧尸这样的惩罚。假如，我能够继续当一个普通人的话，我愿意以后当一个服务于全人类的人——我向上帝保证。

走进副院长的办公室时，我紧张得想吐——天哪，我最近怎么老是想吐？这不会是病发前的征兆吧？我是不是已经没必要听他告诉我检查结果了？

副院长已经正襟危坐地在办公桌前等着我们了。他手里拿着两张纸，我不知道那是不是就是我和冯伦的检测报告。

我不敢问。冯伦替我开口了：“副院长，结果出来了吗？”

“是的，出来了。”中年男人一脸严峻，然后许久没有再往下说。

“怎么样？”冯伦问道，嘴似乎变得很干。

副院长停顿了许久：“很不幸。”

我的心跳在那一瞬间停止了。

副院长站起来朝我们走过来：“很不幸，你们俩没资格在我们这里申请一套住房了。”

当我听懂他的意思的时候，我一下活了过来，激动得浑身颤抖：“你是说，我们……”

副院长盯着我的脸，突然爆发出一阵大笑："是的，你们没有感染上丧尸病毒！"

噢，神哪，感谢你！真的……万分感谢！我一辈子从没这么激动和感恩过。我咧着嘴站在那里傻笑，像个傻瓜。但是管他呢，在这一刻，我愿意做一个快乐的傻瓜。

"好了，今晚你们用不着再和活死人见面了，赶紧回家去把这好消息告诉你们的父母吧！"我能看得出，副院长也为我们感到高兴。

"你忘了吗，副院长？我们是瞒着父母到这里来接受检测的。"我乐呵呵地说。

"你们可真瞒得住呀。那么现在，你们是打算永远守住这个秘密，还是将这一切告诉家人呢？"

"还是保守这个秘密吧。说出来只会让他们平添不必要的担心。"我太了解我的家人了。

"也好，就当作是我们几个人的秘密。"副院长向我们俩眨眨眼睛，我觉得他真是个童心未泯的人。忽然间，我涌起许多感触，对他说道："副院长，这几天，你每晚亲自陪我们进行实践性体验，为我们讲解知识、缓解压力。我真不知道该怎样感谢你。"

"别客气，这是我应该做的。"副院长拍着我们俩的肩膀说，"好了，现在你们可以开开心心地回家了。"他始终不忘开玩笑，"我该说欢迎你们再来吗？"

"如果这里允许的话，我们还会来找你聊天的。"我笑着说，和冯伦一起向副院长挥手告别。

走在回家的路上，我一身轻松，感觉今晚的星夜和月色看起来是那么美好。我看了下手表，才七点半——按道理我现在还应该在学校上晚自习才对。但今晚，我决定放纵一次，我对冯伦说："嘿，时间还早，咱们找个地方喝两杯庆祝一下，怎么样？"

冯伦淡淡笑了一下："真难得你有雅兴喝酒，可惜我现在有点喝不下去。"

他的反应出乎我的意料，我本来还以为他会举双手赞成呢。这时，我才注意到，从刚才听到副院长说我们没感染上病毒的时候，冯伦就表现得很平静，完全不像我这样开心。我忍不住问道："你怎么了？我们没染上丧尸病毒，难道你不高兴吗？"

冯伦缓缓吐了口气："说实话，当我发现自己没像预想的那样高兴的时候，自己都觉得有点不可思议——好像我对于变成活死人这件事，并不是很在乎。"

我半开玩笑地说："你不会觉得失落吧？难道你本来是想变成活死人的？"

没想到他的回答倒是一本正经："失落倒是谈不上，只是我确实没感到特别高兴。大概是我觉得变成活死人也不是什么坏事吧。"

我收起语气中开玩笑的成分："你是说真的？"

冯伦很认真地点了点头："这几天和活死人们接触后，我发现他们的生活状况，有时真的比我们这些普通人还要好。他们不用奔波和忙碌，也没有压力和烦恼，每天生活得恬淡、安闲——这未尝不是一种理想的生活状态呢。"

我感到不解："如果一个穷光蛋或者倒霉鬼发出这样的感慨，我也许会理解，但是像你这样一个衣食无忧、人生顺畅的公子哥，怎么也会有这种想法？"

冯伦仰望着天空："不管是皇帝还是乞丐，每个人都会有属于他自己的烦恼——我又怎么会例外呢？"

他说出这样的话，简直让我有些不认识他了——这是我那个放荡不羁的朋友吗？什么时候变得如此老成持重、多愁善感了？我一时不知道该说什么好了。

冯伦看出了我的困惑，他冲我笑了笑："好啦，我也是随便说说而已，总的来说还是挺高兴的——走吧，我同意去喝一杯！"

我们俩打车来到后海的一家酒吧，各点了一杯鸡尾酒，举杯相庆。也许是觉得这种场合毕竟不太适合高中生，我们没待太久就离开了。之后去附近的步行街逛了一圈，算着到了晚自习下课的时间，我们坐车回家。

走进客厅，我看到父母像往常一样坐在沙发上。但奇怪的是，电视机是关着的，他们也没有聊天或看书，就这样呆呆地坐着，神情严肃、忧虑。我很明显地感觉到在他们的上空笼罩着一层阴云。

直觉告诉我，一定出什么事了。

我走到父母身边，坐下来问道："爸、妈，怎么了？"

妈妈扭头望向我，这时我才注意到，她的眼圈发红，显然之前哭过。但现在，她努力控制着情绪："洛晨，我们在等你回来。"

我心里咯噔一声——怎么，难道他们知道我去活死人中心的事了？他们认为我感染上了丧尸病毒？"等我回来干什么？"我困惑地问道。

爸爸站起来："到书房来说吧。"

我们三个人走到书房，爸爸把门关拢，然后示意我和妈妈坐在沙发上，他自己则坐在书桌前的皮转椅上——我们的样子看起来就像要进行三方会谈。这种压抑的气氛使我感到窒息。我只有找些话来打破沉默："哥哥呢？他在家吗？"

"他在自己的房间里。"妈妈说，"我们要谈的就是关于你哥哥的事。"

"怎么了？"我小心地问，心里有种很不好的预感。

"昨天下午我陪你哥哥去医院检查。今天，我到医院去拿了结果……"

我看着妈妈的眼睛，试图从里面读到点信息："然后呢？"

妈妈的眼圈又红了，她吸了口气："检查结果表示，你哥哥得的是肺癌。"

我的心跳陡然加速，张着嘴愣住了。好一阵过后，我才问道："怎么会这样？"

"医生说，暂时还不能确定致癌的原因。"

"那么……现在该怎么办？"

"更多的检查。现在的诊断是根据你哥哥痰中的组织得出的，医生说接下来要做切片和其他一些检查来确定……确定癌细胞扩散的程度。"

"哥哥知道吗？"

"现在还瞒着他。"妈妈悲哀地说，"但是，他迟早会知道的。进一步的检查和以后的治疗——他不可能意识不到这是怎么回事。"

"本来就没有必要瞒洛森。"爸爸低沉地说，"他是个大人了，他有权知道自己的身体出了什么问题——再说，并不是不能治好的。"

"是吗？医生是这样说的吗？"我满怀希望地问。

但妈妈没有说话。我明白了，那是我爸爸单方面的理解。

"我已经跟医院肿瘤科的韩主任约好时间了，星期天的上午，我们陪洛森一起去进行复查。”爸爸对妈妈说，“明天，我们就告诉洛森实情吧。”

接着，爸爸对我说：“洛晨，我们在你哥哥知道之前告诉你，是希望你到时候不要表现出过于惊讶或难过的样子——轻松一些。我们大家都要让你哥哥相信，他的病是有救的。”

“我明白。”我胸腔里好像堵住了什么似的，“星期天，我也跟你们一起去。”

十

星期天上午，我们全家一起到北京最好的医院，与肿瘤科的癌症专家韩布强医生见面。

对我们而言，那是一段恐怖的经历。

首先，我看到韩医生给我哥哥做了个支气管镜检查。他把一根末端带着摄像头的管子从他的嘴里塞进支气管，试图以此观察肿瘤的采样过程。但支气管镜看不到哥哥肺里的肿瘤，所以他后来做了针刺检查：用一根锋利的针，在X光的指引下，穿透我哥哥的胸膛，直接刺进肿瘤。上次根据痰中的细胞检查已经确定我哥哥得了癌症，此次采样是为了保证不出差错。

如果肿瘤还未扩散，而且医生能确切地知道它的位置，它就可以通过手术摘除。但在确定是否值得打开我哥哥的胸腔前还需要做另一个检查——胸镜检查。韩医生在我哥哥的胸骨上方开了个小口，口子一直开到气管壁边。随后他把一根摄像管塞进开口，顺着气管外壁移动它来检查两个肺的淋巴结。这次检查取走了更多的样本。

我不敢相信，这些吓人的检查有一大半就是在我们全家人的面前——仅仅隔着一块玻璃进行的。尽管我在心里对自己说了一百遍这是在做必要的检查，但我还是不敢观看其中的一些过程。妈妈也跟我一样。

最后，韩医生终于告诉了我们他的发现。

我们被这个消息击倒了——**癌已经扩散到了我哥哥的淋巴结，手术治疗已经没有意义了。**

妈妈听到这句话的一刹那就捂着脸哭了起来，我和爸爸也接受不了这个打击，我看到爸爸的身体都有些摇晃起来，尽管他是坐着的，我仍然担心他会突然栽倒。反倒是哥哥显得比我们三个人都要坚强和平静。

“我从不吸烟，为什么会得肺癌呢？”他问道。

“这个很难说。吸烟不是引起肺癌的唯一途径。很多因素都是导致肺癌产生的原因。”

“如果不能手术的话，那我现在该怎么办？”

“我们可以试着给你做放射或是化疗。”

哥哥把手放到头上，摸着他的头发：“有用吗？”

韩医生像是在安慰他：“某些情况下，它的效果很好。”

哥哥又问道：“器官移植有用吗？”

“每年没有那么多肺可以用。捐献者太少了。”韩医生露出遗憾的表情，“并且，它也可能根本没什么好处，因为癌细胞已经扩散了。”

我妈妈流着泪说：“韩主任，我儿子刚刚检查出来……怎么就会是晚期了呢？”

“肺癌，”这位肿瘤专家以平静的语调说着，仿佛在谈论最新款手机的某些功能，“是最致命的一种癌症，因为它通常不能在早期发现。当被发现时，它一般已经扩散到了颈部和腹部的淋巴结，肺与胸部之间的胸腔膈膜、肝脏、肾上腺以及骨髓。”

“而且，我不认为您儿子的症状是最近才出现的。”他望向我哥哥，“我猜你的咳嗽至少已经持续有半年了吧？”

“……是的。”哥哥无奈地承认。

“而且有时还会咯血？”

“……也许吧。”哥哥望了一眼妈妈。

果然，妈妈失控地喊道：“天啊，洛森！这些事你为什么都没有告诉我们？”

“我以为，没有这么严重……”哥哥惭愧地说，“妈妈，你知道，在学校的最后一个学期对我来说尤为重要。”

“那也没有你的命重要！”一向稳重的爸爸在此刻咆哮起来，“你怎么这么不懂得爱惜自己的身体！”

“其实，上个学期我去校医那里看过一次的，但当时可能我和医生都没有引起重视……”

看到我爸爸又要发火，韩医生说道：“请你们保持冷静。不管怎么样，事情都已经无法改变了。现在，我希望你们能支持患者积极配合化疗。”

“化疗究竟会起到多大的作用？”哥哥问。

“病人为什么会选择化疗，有两个理由。”韩医生说，“第一个是希望化疗可以治愈癌症。”他先看了看我哥哥，随后又看了看我的父母，最后把目光放在我哥哥身上，“但我必须对你说真话，你的癌症能治愈的概率非常小。年轻人，肺癌很少能被治愈。”

妈妈发出一声绝望的呜咽。

“那么，我不做化疗了。”哥哥说，“我不想在剩下的生命里忍受这种痛苦。”

韩医生抿了抿嘴：“这当然是你个人的决定。”他说，随后又望向我们，“你们全家呢？很多人都对化疗有误解。它也可以减轻症状，这也是第二个要你考虑它的原因。”

我哥哥的嘴做出了个要发“减轻”这个音的形状。韩医生点了点头：“在接下来的几个月中你会体验到极端的痛楚——化疗可以减小肿瘤并减轻你的痛苦。”

哥哥想了想：“那么，化疗有什么副作用呢？”

“你会反胃。还有可能脱发，甚至会全部掉光。”

哥哥沉默着。我的父母像风中的树叶般颤抖不已。我自己也是心如刀绞。

“化疗会有效的。它可能不会延长你的生命，但可以使你剩余的时间过得更有质量。”韩医生说，“不要急于做决定，仔细考虑一下吧。”

我不知道我们是怎么回家的。我们一家人的灵魂似乎都丢在了医院里。哥哥躲在自己的房间里，整整一个下午没有出来；妈妈拒绝了所有电视节目的邀请，甚至连手机都关闭了——不希望别人听到她啜泣的声音；爸爸一直一言不发地坐在客厅里，好像一瞬间就苍老了十几岁——我就这样亲眼看着我们全家人在残酷的绝症面前崩溃了，心痛得难以呼吸。

晚上，爸妈还是逼迫自己调整了情绪——除了坚强地面对现实，他们别无选择。在客厅里，他们和哥哥长谈了一次，主要是告诉他不要放弃希望——最后，哥哥在他们的劝说下做出了化疗的决定。

就这样，哥哥放弃了他热爱的生物研究，住进了医院的癌症病房。那屋子里装满了鬼魂，也许一年，甚至几个月之后，我哥哥就会成为它们中的一员。

当时，我们谁都没有想到，有一种方法可以让我哥哥留下来——直到四个月后。

十一

现在是十月初，我已经是一个高三的学生了，学业的繁重并没有增加我的心理负担，最让我揪心的，还是哥哥的病。虽然父母考虑到我要高考，叫我不用每天朝医院跑，但我还是尽可能多地将空余时间安排在了癌症病房，希望在哥哥仅有的生命里多陪陪他。

此刻，我就坐在哥哥的病床前，这天是周末。妈妈在一旁削着苹果，我跟哥哥闲聊着关于我们学校的一些趣事——和之前韩布强医生预计的一样，哥哥现在的头发掉了几乎一半，那张英俊的脸在化疗的副作用下变得消瘦、黯淡，失去了往昔的光彩，身体也衰弱了许多。但与此相比，他所表现出来的乐观和坚强更令我们心碎。

“不管你们相不相信，我真的好多了。”哥哥接过妈妈递给他的苹果，咬了一口，冲我们眨眨眼睛，“原来化疗真的有用。”

“那是当然。”我附和着，内心却阵阵抽痛——我们每周都在向韩医生了解哥哥的状况，得到的却是一次又一次令人绝望的回答——癌细胞在逐渐扩散，意味着哥哥的身体在不断恶化——其实他自己也是知道这一点的，但他却还在试图安慰我们。他给我们的希望，比韩布强医生给他的还要多。

下午两点，哥哥睡着了。在这个空隙，韩布强医生找到了我妈妈。

“李教授，我想和您谈谈。”他说。

“好的。”妈妈指着我说，“您不介意我的小儿子在旁边吧。”

“当然，他也应该了解自己哥哥的病情。”

我们被请到了韩医生的办公室，他礼貌地请我们坐下，然后将椅子搬到我们面前，严峻地望着我们。

妈妈从医生的神情中大概猜到了些什么，她忧虑地问道：“韩主任，是不是洛森的病情又严重了？”

“是的。”经过几个月的相处，韩医生和我们家的人多少有了些感情，他的语气不像当初那样硬邦邦的了，“作为医生，我必须告诉你们实情——根据我们昨天的检查，洛森现在的状况很不乐观。癌扩散的速度十分惊人，已经到了他的胸腔、肝脏和骨骼了。如果不是化疗起到了良好的效果，恐怕他现在每天都会过得痛不欲生——尽可能地减轻他的痛苦，已经是我们唯一能为他做的了——对此，我感到十分遗憾。”

我妈妈捂着嘴，沉默了很长一段时间，终于问了个问题，一个害怕听到答案却又极其重要的问题：“还有多少时间？”她望着医生的眼睛。

韩布强医生终究是个人而不是一台机器，他此刻不敢面对我母亲的眼睛：“根据我们以往的经验，到了这种时候，八个肺癌患者中只有一个能够活过一年，大多数人很快就走了。”——这就是他用的词——走了，就好像我哥哥只是溜出去在街角的小店买个面包。

尽管我妈妈努力克制，也无法做到令她的眼泪继续留在眼眶。韩医生的话就像是一颗炸弹，粉碎了她最后的希望。现在，我哥哥的生命就像我教室后面的高考倒计时——所剩不多了。

默默地悲泣了许久，妈妈拭干泪水："我不能失去我的儿子。我无法眼睁睁地看着他死去。"

"我完全理解。"韩医生同情地说，"洛森是一个非常优秀的小伙子，在这几个月里，我也时常被他的善良、乐观和替人着想的美德所感动。这样一个讨人喜欢的年轻人却要英年早逝，即使是外人也会感到无比痛心……"

"别说了，医生，别说了。"妈妈痛苦地双手捂住脸，心如刀绞，"我只想知道，真的没有任何办法能留住我儿子吗？"

本来这个问题的答案应该是肯定的，但韩医生却迟迟没有说话，脸上流露出疑虑的神色。我和妈妈一齐望着他。

好一阵后，他开口道："李教授，**如果……您只是想要您的大儿子留在人世，而不管他变成何种状态的话……**"

我和妈妈都愣住了。好几秒之后，我们俩都不约而同地张大了嘴，显然是听出了他的意思。

韩布强医生此刻显得有些局促："当然，我只是随口提那么一句而已。也许你们认为很荒谬……我完全理解。但是请你们相信，我从来没向任何病人或家属提出过这种建议。之所以对你们说起，是因为我真的很喜欢洛森这孩子，我也跟你们一样，不想看到他就这样离开人世。"

"不，韩主任，我不觉得有什么荒谬。"妈妈盯着医生的眼睛，"我想听听您的具体建议。"

韩医生像是被这句话吓了一跳，他连连摆手："我没有什么具体的方案。我说了，我对于这种事没有丝毫经验。我刚才只是脱口而出罢了。"

"是的，韩主任，我知道。那么，您可以把关于刚才那个提议的一些想法告诉我们吗？"

韩医生显得有些为难，迟疑许久后，他才说道："因为工作的关系，我有机会接触到一些……活死人。我想，假如你们能够接受，并且也有此意愿的话，或许我可以帮上你们的忙。"

听到他终于说出“活死人”三个字，我的心被一只无形的手攥紧了。

“您是说，让我的大儿子变成活死人……”妈妈的声音在颤抖，“医院里可以提供这种……”她一时找不到合适的词来表达，手在空中绕着圈。

“不、不、不……”韩医生赶紧否认，“这不关医院的事，医院怎么可能提供这样的服务呢？我的建议纯属个人想法。”

妈妈和我对视了一眼，眉头紧皱着犹豫了好一阵：“假如我们赞同这个提议的话……您认为具体该怎样实施呢？”

韩医生不安地望了一眼办公室的门——是关上的，但看他的样子就像是害怕门口有人偷听或突然闯进一个人来似的：“首先，我认为这件事要洛森本人同意才行——假如他同意的话，那么我的想法是——让洛森出院，回到家中。然后我托人弄到含有Solanum病毒的血清，接下来……不用再说了吧？”

妈妈的脸色泛白，看起来她有些害怕：“可是，我们该怎么对外说呢？”

“这当然是个秘密。”韩医生望了妈妈一眼，又望了望我，“没有谁会把这种事情大肆宣扬的，对吧？”

妈妈沉默良久：“这件事，我要和我儿子、丈夫好好商量一下。”

“那是当然。”韩医生说，“但我要提醒您一点——要快。供你们思考和犹豫的时间不是那么充裕。第一是，洛森的时日可能不多了；第二——”

他停顿片刻，凝视着我们，以强调以下内容的重要性：“**你们知道，《活死人法案》也许很快就要出台了。假如在你们做出决定之前，法律就规定严格禁止一切主动变成活死人的行为，那么这个计划就不可能实施了。**李教授，您是法律专家，相信您是不会公开违反法律的。”

“嗯……当然。”

韩医生微微点着头：“您能引起重视就好。说得透彻点儿，**这几个月也许是最后可以钻空子的时候了。**”

十二

爸爸的眼睛瞪得像一对铜铃："什么？作为医生，他竟然提出这样的建议？"

"不是站在医生的立场，纯粹是从私人角度。"妈妈解释道，"韩主任是真心为我们考虑。"

"真心考虑？哼，把我们的儿子变成活死人，就是他这个癌症专家的医治办法？真是太可笑了！"

"传铭，我希望你能冷静下来看待这件事。癌症是全世界都无法解决的问题，韩医生已经尽力了，我们没有理由责怪他。"

爸爸顿了好一阵："我不是责怪他……我只是不愿看到我们的儿子变成一个……活死人。我不能想象那样的画面。"

"那么，你以为我愿意吗？"妈妈的眼泪又淌了下来，"但凡有一点儿办法或是一丝希望，我都不会去考虑这样的提议。可是，我养育了二十五年的大儿子就要死了，这是无法改变的事实！相比而言，我宁愿他变成一个活死人，也不愿他变成一堆骨灰。起码我还能抚摸着他的脸，握着他的手，跟他说话——这就已经足够了……"妈妈再也控制不住自己的情绪，掩面痛哭起来。

爸爸沉默了，客厅里很长一段时间只有妈妈啜泣的声音。

我坐在沙发一端，从始至终听着他们的对话，没有插一句嘴。我知道，对于他们或任何遇到这种事的人来说，这都是一个无比艰难的决定——尤其是我爸爸，他是那么反对关于活死人的一切，现在却要面对自己的儿子是否应该变成活死人这样的问题——对他来说真是天大的讽刺。

虽然我没有发表意见，但是我心中，是倾向于妈妈这边的，理由一样——我希望能一直看着我哥哥真实的脸，而不是通过遗像来缅怀和追思。

大概十分钟后，爸爸缓慢地对妈妈说："我能理解你的考虑。可是，你有没有设想过这样的情况——如果洛森真的变成了活死人，或许你再见到他后，会比看到他死去更加难受？”

“怎么可能呢？”妈妈用纸巾擦着泪水。

“我的意思是，当你看到往日开朗、活跃和聪明的儿子变成一个没有思想、感情，甚至没有呼吸的行尸走肉时，也许会比看到他安宁地睡在墓碑下更伤心欲绝。”

“不，我不会。”妈妈连一秒钟都没有考虑，“没有什么能比洛森从这个世界上彻底消失更令我伤心的。你说的情况我之前就考虑过了，我认为……我能够接受。我只要他能留在世上，其他都不重要。”

“哪怕他变成一具没有灵魂的躯壳，一个比低等动物还不如的……怪物？”爸爸的声音颤抖起来。

不，不是这样的。听到这里，我终于忍不住了：“爸，活死人不是你想象的那样。他们有基本的思维能力和智力，也有简单的情感，他们甚至还有爱好——比如听音乐。活死人的生活状况有时可能比普通人还要好……从某种角度来看的话。”

爸爸望着我：“洛晨，你也希望你哥哥变成活死人吗？”

我的嘴张了好半晌，才发出了声音：“是的，如果在只能看着他死去和活死人之间做出选择的话。”

“我明白。但是在这件事上，我们全家必须十分慎重。我们不能因为理想化的猜想而做出错误的决定——你刚才说的那些，是从网上了解到的，还是你自己这样认为？”

“都不是。”我意识到在这种关键时刻，我必须讲出实情了，“我说的都是我的亲身经历。”

爸妈的眼光聚集到我身上：“你说什么？”

秘密终于保不住了——我反倒觉得轻松了许多。接下来的半个小时，我把几个月前和冯伦一起经历的事详详细细地讲述出来，重点放在了那几个晚上的“实践性体验”上面，我希望能使我的父母了解到活死人真实的生活现状。

讲完之后，爸妈惊讶万分。妈妈叫道：“天哪，这些事你居然瞒了我们这么久？！”

“对不起，妈妈，我真的不想让你们担心。”

“你确定那个检测结果是准确的吗？”她仍然很担心，“你没有染上Solanum病毒吧？”

“当然没有。”我肯定地说，“现在都过去四个多月了，如果我感染了的话，早就变成活死人了。”

爸爸按着前额不住地摇头：“为什么我的两个儿子都要和活死人扯上关系？”

是啊，这个问题也让我感到困惑。几个月前我担心自己会变成活死人，现在我哥哥又将面临同样的问题——难道这是我们家躲不过的宿命？

“洛晨，你刚才告诉我们的，关于那些活死人的生存状况，当真如此？”妈妈问。

“当然了，这关系到哥哥的未来，我怎么可能乱说？”

“他们真的能认出自己的亲人，还能保持一些感情和记忆？”

“说实在的，妈妈，我不是十分肯定，只能说有这种可能性。据活死人中心的副院长说，这是他们现在准备研究的课题。但从我观察并接触到的那几个活死人来看，他们都过得安宁、平和，这点是千真万确的。”

“这样也好……”妈妈喃喃道，“这就足够了。”

随即，她望向爸爸：“传铭，你还有什么疑虑吗？”

爸爸蹙着眉头：“看来，我以前对活死人的确存在一些偏见和误解。不过这也难怪，政府不希望更多的人变成活死人，当然不会宣扬活死人的生存状况有多好……如果不是洛晨凑巧经历了这件事，恐怕我们都无法了解到活死人的真实现状。不过——”

他抬起头来凝视着我：“洛晨，我对于你说的一个问题很在意——**你说那些活死人可能在发生着进化？**”

“这是我根据观察到的那几个活死人所做的猜测，得到了副院长的肯定。而且他说，有这种进步和发展总是好的——对于活死人来说。”

“是吗……”爸爸陷入了深思。

过了好一阵，妈妈问道：“你想好了吗？这件事是不是可以决定了？”

“我们决定有什么用？得洛森自己同意才行。”爸爸显然是妥协了，“找个机会跟洛森好好谈一次吧。”

现在，病房里没有多余的人，只有我们一家四口。

我和爸爸、妈妈围坐在哥哥的病床边，神色肃穆地望着他。

“看起来，这是一个家庭会议，咳……”哥哥虚弱地说，嘴角还能挤出一丝笑意，“关于什么？我出院之后的庆祝晚会吗？”

他越是这样强颜欢笑，假装随意地开着玩笑，越是让我们心痛。爸爸决定直入正题：“洛森，你的病情……开始恶化了。”他艰难地说道，“韩医生告诉我们，情况很不乐观……”

“还有多久？”哥哥似乎早有准备，平静地问道。

爸爸的嘴唇一开一合地动了几下，他的声音好像弃他而去了。

“算了，别说了。”哥哥的头仰向上方，长长地呼了口气，又缓缓地吐出来。

病房里沉闷得几乎透不过气来。妈妈打破沉默：“洛森，韩医生有一个建议，我们想征求你的意见。假如你能接受的话……”

哥哥望向妈妈，妈妈却说不下去了，也许她准备要说的话对于一个母亲来说太过残酷。几秒钟过后，哥哥开口道：“妈，我知道你说的建议是什么。”

妈妈愕然地看着他：“你……怎么会知道呢？”

“那天韩医生跟我闲聊，问我对活死人有什么看法。咳咳……我当时就有些猜到了。”哥哥说。

“那么，你是怎么回答他的呢？”爸爸问。

“我说无所谓。但我的家人，尤其是我爸爸似乎对活死人有些不好的看法。”

爸爸垂下目光：“那是以前，现在我……有些改变了。”

哥哥听明白了：“爸、妈，你们希望我变成活死人吗？”

“森儿，我们只是不想失去你。”妈妈流着泪说。

“你能接受这件事吗，洛森？”爸爸问。

哥哥苦笑一声：“对于我来说，变成活死人或真死人没有太大的区别。爸、妈，我在乎的是你们的感受，如果你们希望如此，我没有意见。”

哥哥又望向我：“洛晨，你呢？你怎么想？”

我哽咽着说：“不管你变成什么，你都是我的哥哥。”

哥哥冲我点点头，眼圈红了。妈妈搂住哥哥的头，放声痛哭。

这件事情，就这样决定下来了。爸妈在一个星期后给哥哥办理了出院手续，将他接回家中。

韩布强医生在我哥哥回家的几天之后就找到了含有Solanum病毒的血清。但是他提出，这件事最好不要在家里进行，因为眼睁睁地看着自己的家人死去并变成活死人，这实在是太残酷了。他的建议是，将我哥哥送到活死人中心的特别病房，在一段时间之后——也就是等我哥哥真正地变成活死人之后，我们再与他见面。爸妈商量之后，同意了这个提议。

11月16日——离我哥哥的生日仅隔四天。这天，成了我们全家和作为“人”活着的洛森永别的日子。

哥哥挨个跟我和爸爸拥抱，每一次拥抱，都很久很久。我们互相凝视着，用眼神代替了告别的话语。

最后，哥哥和妈妈拥抱——几乎有五分钟那么长。虽然我们之前约好了不哭，但真正到了这个时刻，妈妈还是泣不成声。哥哥轻轻用手指拭干妈妈的泪水，柔声道：“妈妈，这只是短暂的离别，很快你就会再见到我的。”

妈妈紧紧地咬住嘴唇，拼命克制：“是的，我的好儿子。以后妈妈每天都会去看你。”

“不用，一个星期一次就行。我还想有些个人的空间。”哥哥还是那样，用俏皮话来驱赶着悲伤的气氛。他朝我眨眨眼：“洛晨，可以的话，帮我带点儿好玩的新玩意儿过来。”

“我会把最好的东西带给你的，哥哥。”我向他肯定地点着头。不能哭。我对自己说。

“那真是太好了。”哥哥做出高兴的样子，他微笑着对我们说，“我爱你们，爸爸、妈妈，还有弟弟。”

"我们也爱你。"爸爸代表我们说道，喉咙好像被什么东西堵住了。

哥哥点点头，转身对韩布强医生说："我们走吧，韩医生。"

韩医生拍着我哥哥的肩膀，和他一起朝停在路边的轿车走去。

在哥哥转身的那一瞬间，我仿佛看到一串泪水从他的眼眶中滚落下来。但我无法确认，因为他径直上了车，没有再回过头来看我们一眼。

"洛森……"妈妈的手伸向前方，肝胆欲裂。

"别这样。"爸爸紧紧抓住妈妈的手臂，却不能使自己的身体停止颤抖。

汽车开走的时候，我清清楚楚地感觉到，我们身体中的某一部分从体内抽离出去了，我们的灵魂缺失了重要的一角。

十三

201X年6月21日（我哥哥变成活死人的第二年），这是一个具有划时代意义的重要日子——《活死人法案》从那天起颁布并施行了。

中国是世界上第四个颁布《活死人法案》的国家（前三个国家分别是美国、印度和新西兰）。整套法律从总则到附则一共六章，内容和约束范围包括：对现有活死人的管理、活死人中心的法律责任、活死人病毒的预防和控制、**允许特殊人群成为活死人的条件**等各个方面。

法律的所有条款我无法一一列举。其中最令人关注的，无非是"允许特殊人群成为活死人的条件"这一条。

《活死人法案》第四章第二十八条明文规定——**禁止所有身体健康的公民主动成为活死人。允许主动成为活死人的，必须是患有不可治愈的绝症（如癌症、狂犬病、艾滋病、运动神经元症、败血病等）公民。在本人完全自愿的情况下提出申请，可以以合法手段成为活死人（不能私自进行，必须由当地活死人中心实施）。**

另外，第五章第四十九条规定——**禁止任何贩卖、运输、持有或私自获取活死人病毒的行为**。构成犯罪的，依法追究刑事责任；尚不构成犯罪的，依法给予治安管理处罚（条款后面附有具体量刑标准）。

看吧，政府对待活死人病毒的程度，已经和毒品管制差不多了。

这套法律对于我们家的人来说，足以令我们心安理得，因为我哥哥当初变成活死人是因为患了癌症——不管是在《活死人法案》颁布之前还是之后，这都是合法的。

当然，你可能想到了，**这不是巧合**。

虽然这未免使我感到难堪，但我还是必须提到《活死人法案》出台的两个多月前，我爸爸在一个重要电视节目上所做的发言。

当时，气质优雅、美丽端庄的女主持人问道："洛教授，关于活死人的出现和人们主动变成活死人这一社会现象，您怎么看？"

我爸爸是这样回答的：

"我认为，首先我们需要正视两个问题。第一，**活死人合法死亡了吗？**我的意思是，人们对死亡的定义是不是应该在活死人出现之后重新调整一下？举个例子来说，几十年前，人们习惯把呼吸、心脏功能的永久性停止作为死亡标志。但随着医疗技术的进步，心脏复苏术的普及，一些新问题产生了，它们冲击着人们对死亡的认识。所以，医学界将'脑死亡'改为死亡标志——这就产生了关于'死亡'概念更新的问题。那么，现在活死人的出现，是不是意味着这个概念将再一次改变？"

"您的观点很有意思。"女主持人感兴趣地问道，"我可不可以这样理解，您认为活死人仍然是人类'活着'的一种形式？"

"毫无疑问，是的，活死人仍然是'人类'中的一部分，这毋庸置疑。所以，我希望这个节目在后期制作字幕的时候，能将我说的所有关于活死人的人称代词都写成表示人类的'他们'，而不是表示动物或其他非生物的'它们'。"爸爸笑着说。

那个女主持人也跟着笑了："我想节目导演已经听到了。那么洛教授，您说的第二个问题是什么呢？”

“第二个问题是，主动变成活死人到底是不是每个人的‘权利’？我们经常强调人权，那么在这件事上，人权应该怎样体现？我认为，如果承认活死人是人类存在的一种新形式，那么每个人确实是拥有选择是否变成活死人的权利的。”

女主持人坐在椅子上的身体不自然地扭动了一下，似乎我爸爸说的话令她感到不安：“您的意思是，法律应该允许所有希望变成活死人的人达成自己的愿望？”

“不，当然不是这个意思。”爸爸笑了，“我刚才的话只说了一半。‘权利’是一方面，‘责任’又是另一方面。我觉得每个人，只要不是太自私，他（她）还要为自己的后代子孙考虑的话，都会想到这个问题——如果活死人无节制地增加下去，那么人类社会生老病死的平衡将被打破，未来几十年或几百年之后，地球将变得不堪重负。我们不能为子孙们留下这样的烂摊子——就像我们现在强调环境保护一样，这是每个人的责任。”

女主持人点着头：“那么您认为应该怎样在‘权利’和‘责任’之间做出协调呢？”

“我希望，那些想变成活死人的健康人，能够把这个机会或‘名额’让给真正需要的人——我指的是，那些患有某种痛苦疾病的人。假如他们或他们的家人愿意的话，能够用这种方式来结束痛苦，同时又能以另一种生存形式继续留在这个世界上——未必不是一件好事。当然，仅仅依靠个人的责任感或自觉性，恐怕是不够的，这就需要法律来监管和约束了。”

“我懂了，您认为这是制定《活死人法案》最主要的意义。”

“是的。”

女主持人将头侧向一边，用几根修长的手指撑住脸颊：“洛教授，”她带着一种不解的微笑，“据我所知，您以前是反对任何形式的变成活死人的行为的，现在怎么改变观点了呢？”

电视中的爸爸微微一愣，似乎这个问题他没有预料到。但随即，他迅速地做出了反应：“没错。”爸爸无奈地摊了下手，“必须承认，作为一个学者，我犯了一些主观上的错误。很显然，我以前对活死人的了解不够，导致对他们形成了一些不够公正和客观的评价，还好我意识到了这个问题，到活死人中心去真正接触和认识不同的活死人，这才真正走进他们的世界……”

毫无疑问，我爸爸在电视上的表现是出色的，而且是聪明的——他代表了多数人的态度和立场，也说服了那些企图盲目变成活死人的人。

尽管如此，我和妈妈坐在电视机前收看这个节目的时候，我们都没说话——**爸爸自始至终没有提到，他自己的大儿子现在就是一个活死人**。虽然这也算不上撒谎，但他的这种刻意隐瞒仍使我和妈妈感到羞愧和尴尬。我们无法得知，爸爸的这段讲话，究竟有多大程度是出于个人因素——他口中的那些大道理，到底是为了所谓的“全人类”，还是我哥哥一个人呢？

但不管怎么说，他这段讲话所产生的效果，以及对后来制定的《活死人法案》的影响，都是非常巨大的。这个节目播出后，媒体的舆论和网上铺天盖地的评论都表示，爸爸赢得了绝大多数人的支持和拥护。虽然他不是法律的制定者，但他的讲话却使得制定法律的人必须从“民意”的方向进行考虑。

于是，两个月后，《活死人法案》出炉了，其内容和大致规定，与我爸爸所表达的意思近乎相同。虽然并不是每个人都对这套法规感到满意（还有一些没有得绝症的人执意想要变成活死人），但毕竟多数人还是能够接受的。在活死人这个问题上，总算有法可依了。

《活死人法案》的颁布，对于我和我的家人来说，没有什么实质性的改变。因为在那之前，我们就已经适应和活死人相处的生活方式了。妈妈现在接的工作少了——她一周要往活死人中心跑三至四次。我和爸爸每周也至少去一次。哥哥在活死人中心受到了特别的关照，他一个人住一间房，那间屋里堆满了他喜欢的东西，甚至还有两只宠物松鼠与他做伴。妈妈每次去那间屋一待就是两个小时以上。不管哥哥能否听懂，她都一如既往地跟他“聊天”。如果不是法律规定活死人必须生活在活死人中心的话，她早就想把哥哥接回家住了。

这个故事讲到这里，都还很平淡，似乎一切都会按照这样的方式继续下去了。

但不幸的是，人类始终不能预测和掌握自己的命运——**人类甚至不够了解自**

己，又怎么可能了解活死人呢？

这是后来那些可怕的悲剧发生的原因。

十四

六月中旬，高考结束了。七月份的时候，我通过网上查询得知自己考上了北京的一所重点大学，而且我高考时写的作文还入选了当年的《201X年最佳高考作文》一书。爸妈非常高兴，宴请亲朋好友自不必说，还奖励了我一万元零花钱。我拿着这笔钱想到的第一件事就是，我要给哥哥买一件礼物。他虽然不能帮我庆祝，但我要让他分享到我的快乐。

现在是暑假，我约上冯伦，顶着炎炎烈日来到数码城，花几千元买了一款苹果最新款的平板电脑，往里面装满了电影、图片和音乐。本来我打算一个人去活死人中心，但冯伦说他反正没什么事，就陪我一起去看看我哥哥。

坐在前往活死人中心的车上，冯伦说："洛晨，恕我直言——你买这个东西给你哥哥，他玩得了吗？"

我耸耸肩膀："玩是应该玩不了，但我们陪着他的时候，让他看看图片、听听音乐总是可以的吧。"

冯伦不说话了——顺便提一句，他没有考上大学，但对于他来说，这根本就不是什么问题。他的父母花钱让他到外省的一家贵族学校念书去了，据说以后还要出国。

我们来到活死人中心——我已经是这里的常客了，但冯伦却说自从上次和我一起检测完毕后，就再也没来过这里。

哥哥的房间在E区的502室，我们向门口的工作人员说明来意。一个年轻的工作人员拿着电子控制器，带我们到了门口，帮我们打开房门。

哥哥坐在他的床上——虽然活死人不需要睡觉，但妈妈还是帮他买了一张小床，她说这样看起来才像一个住的地方。我和冯伦走了进去，我挥手喊道：“嘿，哥哥，我来了。”

变成活死人的哥哥对我们的到来没做出任何反应，他盯着的是笼子里的两只松鼠。

我把平板电脑打开，将之前装进去的图片——几乎全是哥哥喜欢的动物图片——以幻灯片形式播放，然后走到哥哥身边，将平板电脑用支架立起来放在他面前的桌子上：“看，你喜欢吗？”

哥哥的视线慢慢从松鼠身上转移到电脑屏幕上——非洲大草原上的雄狮、冰天雪地里的企鹅、亚马孙流域的倭猴和侏儒鸟、阿拉斯加山脉的棕熊、大海里的蓝鲸……各种各样的动物挨个从他眼前经过。我观察到，虽然哥哥表情呆滞，但他那灰色无光的眼睛却睁得很大，显然是很有兴趣。

“如果你喜欢的话，我下次可以拷更多动物和风景的图片来。”我对哥哥说，“这是我送给你的礼物。”

冯伦走过来挽着我的肩膀：“真有你的，洛晨。这钱没白花，我看得出来你哥哥真的很喜欢。”

“是啊。”我心满意足地点着头。

这时，一个人走了进来。我回头一看，是副院长——由于我经常来这里，和他已经十分熟络了，几乎算得上是朋友。我看到他后，高兴地说：“你好，吴院长，你怎么知道我在这儿？”

“我之前跟楼下的工作人员打了招呼——只要你来了，就通知我——咦，冯伦，你也来了，好久不见。”

“副院长，你好。”冯伦说。

我感到有些惊讶：“吴院长，你居然还记得他的名字？”

“唔，是啊，当初你们俩留给我的印象可是很深刻的。”

“看起来，你好像有事情找我？”我问道。

“是啊，有些事情，我想找你谈谈。”

“关于什么？我哥哥吗？”

"不，是其他的事。你介意到我的办公室来聊一会儿吗？"

我看了一眼哥哥，他保持着之前的姿态。我估计这几百张图片够他看一阵子了。"好的。"我答应道。

"那么，我呢？"冯伦指着自己说。

"没关系，一起来吧。"副院长对冯伦说，"我记得你是个丧尸迷，对吧？那么我要说的这个话题你一定很感兴趣。"

"太好了！"冯伦欣喜地说。

我没有影响哥哥欣赏图片，悄悄地将他房间的门关拢并锁好。副院长带着我和冯伦一起到了中间大楼那间我们非常熟悉的办公室。

副院长给我们一人倒了一杯纯净水，他将皮椅拖过来坐在我们面前，望着我："洛晨，你记得一年前我带你们进行'实践性体验'的时候，你曾经提出过的一个有趣的理论吗？"

"你说的是……"我不太肯定。

"你猜想，**活死人们也许在发生着进化。**"副院长盯着我的眼睛，"我当时就对这个设想很感兴趣，并且还称赞你具有科学家的头脑，记得吗？"

"唔，是的。"我想起来了——高考的压力和繁重的学业几乎使我忘了这件事，"怎么，这个问题得到你们的证实了？"

"恐怕是的。"副院长说，"一年前，我们中心便将这个作为重点研究的课题。**现在，我们有了一些惊人的发现。**"

"哦，是什么？"我关切地问道。这关系到我哥哥。

"我们从A区到E区各选了两名活死人，一共十个，进行观察和比较。结果我们发现，存活了五年以上的活死人和才产生的活死人之间，有着明显的差别。但是——请让我用比较方便的表述方式——五年的活死人和三年的活死人之间，差别就不那么明显了。"

我思索了一阵："那么，你们的结论是什么？活死人的进化在三年之后就停止了？"

"不，五年以上的活死人现在恐怕都还在进化之中。"副院长的语气显得有些激动，“**我们的结论是，一批又一批新产生的活死人，他们的进化速度在不断加快！**”

我和冯伦惊愕地对视了一眼。

“最开始那一批活死人需要五年才能达到的水平，后来的仅需三年就能达到了。而最新产生的这些活死人，他们进化的速度可能更快！”副院长以一种难以置信的口吻说。

“这种进化具体表现在哪些方面？”我问。

副院长想了想：“这么跟你说吧，**活死人的进化从某种角度来说，有些类似脊椎动物的进化史。**”

我和冯伦都没有打岔，等待着副院长继续说。

“从智力这个方面来说，活死人的进化大致是这样一个过程——刚刚产生的活死人智力非常低，可能只有鱼类的水平；大概一两年，就能与某些爬行动物或啮齿类动物相等；而再往后一两年，就接近小型猫科动物了。”副院长的声音因激动而变调了，“稍有生物学常识的人都知道，动物的进化历程需要数亿年的时间才能完成，而活死人居然在短短几年内就办到了，这简直令人匪夷所思！而且，这种进化的速度还在不断加快！”

我和冯伦都听呆了。好半晌，我才问道：“那么，假如活死人还在进化的话，下一阶段将达到哪种动物的程度呢？”

“灵长类动物。”副院长说，显得有些不安，“也许。”

“天哪，他们这样一直进化下去，最终会变成什么样？”我感到恐惧。

“**也许最后会达到人类的水平，甚至超越人类——变成一种完美的生物。**”冯伦猜测着，眼睛中有一种期待的神色。

我问副院长：“你觉得有这种可能性吗？”

“不知道，全世界没有人经历过这样的事。但是，如果从目前的趋势来看，这并不是完全没有可能的。”

我思索许久，喃喃道：“如果真的有这一天，人类也许会被活死人所取代……”

“起码现在还在我们掌控之中。”副院长的话听起来像是一种安慰。

我忽然想到一个问题："对于活死人的研究，肯定不会只有我们国家吧？全世界的科研机构应该都不会放过这个课题。为什么我们根本没在任何媒体上了解到这些信息？"

副院长摇着头说："世界各国都将活死人的研究当作国家机密，根本不会将研究成果发布出来供别的国家参考。就像我们现在掌握了这些关于活死人进化的信息，也不会对外公布，只会将研究成果上报到政府的高级机构罢了。"

"但是，你讲给我们听了……"

"那是因为我把你们当作朋友。"副院长凝视着我和冯伦，"我相信你们不会把这些传播出去的。不过话又说回来，就算你们说出去了，谁又会相信两个高中生的话呢？"

"大学生。"我纠正道，"不用担心，我们不会把国家机密泄露出去的。"我带着点儿戏谑的口吻说。

"那我就放心了。"副院长说，"知道吗？洛晨，我之所以告诉你这些，另一个原因是，当初是你启发我们做出这项研究的。"

我点点头，忽然意识到一个与我和我的家人息息相关的问题："吴院长，我哥哥也出现这种变化了吗？"

"你觉得呢？你们和他的接触时间应该比我多。"

我想了想："我觉得现在过去一年了，他好像和当初没什么区别。"

"是吗？也许是时间太短了吧。"

"可是你说，新一批的活死人进化速度在加快……"

副院长耸了耸肩膀："我也不明白了。"

我思索了好一阵：**"活死人的这种进化是否具有普遍性呢？我是说，是不是每一个活死人都在发生着进化？"**

"啊，洛晨！"副院长突然大叫一声，把我和冯伦都吓了一跳。他激动万分地说道，"我发现你……真的是一个天才！一个标准的科学家苗子！每次与你交谈，我都会获得新的启迪！"

我茫然地问道："怎么了？"

“知道吗？经你这么一说，我才意识到这个问题是十分重要的。我们之前只选择了十个活死人作为研究对象，也许他们并不能代表所有的活死人——实际上，就是那十个活死人，测验水平也是参差不齐的。”副院长摩拳擦掌，“我决定了，扩大研究范围。你提出的这个问题，将是我们中心的下一个重点研究课题。”

“别把我哥哥作为研究对象就行。”我说。

“那是当然。不过即使是作为研究对象，也没有什么不好啊。我们只是做一些简单的观察和测试罢了。”

“我知道，但我妈妈可能从心理上不好接受。”

“好的，我明白了。”

接下来，我们又闲聊了一会儿。离开之前，我到E区哥哥的房间去跟他道了个别。他真的被那些动物图片迷住了，理都没理我。不过这反而使我很高兴。在副院长的关照下，工作人员答应每天帮我哥哥的那个平板电脑充电。

我和冯伦打车回家。

现在是七月中旬。

四个多月之后，出事了。

这起事件，与我们这次交谈的内容密切相关。

十五

我踏进大学校门不到三个月，一起震惊全世界的事件发生了。

11月26日，委内瑞拉的梅里达，一个活死人咬死了自己的妻子，并使这个女人在几个小时之后变成了活死人。

这则新闻第一次在电视上播出的时候，我刚好在上晚上的课，没有看到。但是很显然，这种新闻会像炸弹一样爆开，各种媒体的报道和人们的转述能做到几个小时内全世界无人不晓。我在上晚课的时候就听到同学说起了这事（当时有同学在用手机上网），回到宿舍后，我立刻打开电脑，在网上了解到了事情的全部经过。

那个委内瑞拉的活死人名叫安德列斯·卡维略，是世界上最早的一批活死人中的一个。他当初不是自愿变成活死人的，而是被身边的人传染了。在活死人集中居住的地方待了四年之后，他的妻子向医院提出申请，想把他接回家住。这个申请获得了批准（当地政府只是规定活死人必须待在自己家中，不能外出）。当时，全世界都相信活死人是没有威胁性的。但谁都没有料到，安德列斯回到家不到两年的时间里，悲剧就发生了。

出事的那天，安德列斯的妻子像往常一样做好了早餐，端到阳台的玻璃茶几上，和她的活死人丈夫坐在一起。与往常不同，她注意到丈夫的视线一直集中在自己身上。刚开始，她还以为活死人丈夫突然有了食欲，想品尝一下她盘子里的煎火腿和沙拉，将盘子递了过去。结果事实证明，她的猜测没有错，唯一不同的是，在她的活死人丈夫看来，食物不是盘子里的东西，而是她本身。

活死人将她按倒在地。可怜的女人还没意识到发生了什么事，颈动脉就像被猛兽袭击一样遭到了撕咬。鲜血汩汩往外流泻，她挣扎了几分钟后，躺下不动了。

这一切，因为发生在阳台上，所以被对面的邻居目睹了整个过程。那个人吓坏了，赶紧报了警。

几个持枪的警察将房门撞开，来到阳台，看到了恐怖而恶心的一幕——活死人还在继续吃着他的早餐——津津有味地啃着妻子的一只手臂。

警察们没有遇到过这样的事情，一时不知该如何是好——也不敢贸然靠过去实施逮捕。直到那活死人站起来，朝他们走去。警察们不敢冒险，谁都不想为活死人提供餐后甜点。一个警察举枪射击，引发另外几个警察全都开了枪，前面几枪射中了活死人的身体，没能阻止他的脚步，直到一颗子弹轰爆了活死人的头部，他才终于倒了下去，变成一个真死人。

这件事到这里居然还没结束。警察通知医院将活死人的妻子的尸体载走，结果三个多小时后，摆在停尸房内的这具尸体“活”了过来，成为人类历史上第一个经丧尸袭击而产生转变的活死人。也让全世界的人都知道了，被活死人咬死

（假如还没被吃完）的后果是什么。

可以想象，这则新闻给全世界的人带来的冲击和震撼多么强烈，丝毫不亚于几年前活死人的第一次出现。这件事颠覆了人们对于活死人的认识，同时也带来疑问——这个活死人为什么会突然袭击人类呢（而且还是和他朝夕相处的妻子）？他前面几年不是都好好的吗?

这些问题才刚刚提出，任何权威机构或个人都还没来得及做出回应，类似的惨剧又在波兰的克拉科夫发生了。

接着，全世界每一个有活死人的地方，都发生了这种活死人袭击人类的事件——被攻击对象是无差别的，不管是活死人的亲属还是普通的工作人员，只要是丧尸袭击者当时能接触到的最近的那个人，几乎都遭此厄运。人们这才惊恐地意识到，之前发生在委内瑞拉的事件，并非特殊情况，而是活死人集体变异的一个信号。

据不完全统计，全世界在一天之内总共发生了两万多起活死人袭击人类的事件——这意味着，有两万多人被迫加入了活死人的阵营。还好，事情并没有失控——大多数活死人都是被集中管理起来的。现在，为了杜绝惨剧再次发生，所有的活死人都被关闭在室内，和人们断绝了接触。

自然，我在关注这些新闻的时候，比别人要紧张得多。我不是一个旁观者，我的哥哥就是活死人！我跟爸妈通了电话，听出他们更加焦急不安。他们敏锐地感觉到，现在出的这些事会改变我哥哥的未来。

后来的一段时间，我几乎无法集中精力学习，每天花大量时间上网关注有关这一系列事件的报道。各个国家的活死人研究者们，先后得出了各种不同的结论。

美国的科研人员最先发现，所有活死人袭击事件的共同点是——**袭击人类的活死人，全是第一批活死人，也就是存活六年以上的活死人。**

第二个重要的问题，是瑞典皇家科学院发现的——并不是所有存活六年以上的活死人都会袭击人，他们当中有一部分，直到现在还保持了以往那种温驯的状态。这一点引起了学者们的高度重视，他们试图找到那批“袭击者”变异的原因。

全世界的科研人员研究同一个问题，进展是惊人的。几乎在瑞典科学院提出这个问题不到二十四小时的时间里，德国的学者们就找到了答案——存活六年以上的“元老级活死人”中，没有袭击行为的，全都具备一个共同点——他们在变成活死人之前，患有某种绝症。

也就是说，具有攻击行为的，都是那些在身体健康的状况下（不管被动或主动）染上丧尸病毒的活死人。

这一结论公布之后，全球一片哗然。不同的人站在不同的立场来解读这一现象，宗教信仰者和无神论者各持己见，在此我不想赘述。我愿意相信的，是由美国学者提出的科学论断——那一部分没有产生变异的活死人，是由于体内的（绝症）病毒与丧尸病毒达成了某种微妙的平衡，延缓或停止了变异。

我想，这一论断解释了我和副院长之前探讨过的那个问题——为什么不是每个活死人都在发生进化。

对，我始终认为，与其说活死人是突发性的变异，倒不如说是一种持续性的进化。也许，现在活死人袭击人类这一现象，就正是这种进化的表现。活死人的思维和智力在不断进步，那么，他们袭击人类的目的，会不会是想把异类（人类）消灭，或者使更多的人变成他们的同类呢？

如果真是这样的话，那我爸爸之前所预感的毁灭性大灾难，就真的成为现实了。

不过，人类是不可能坐以待毙的，很多国家的民众——包括当权者——都产生了危机感。所以，新的《活死人法案》或者《活死人法案》修正案，很快就在各国出台了。具体法规有所区别，但有一条却是相同的——将所有要袭击人类（或者具备袭击人类的条件）的活死人，进行人道毁灭。

可是，这就牵涉到一个问题——对于那些目前没有袭击人类的活死人，该怎么处理呢？谁都不能保证他们体内病毒的平衡性会永远维持下去，也许有一天他们也会变异的。

毫无疑问，如何处理这批活死人，是我们全家最关心的问题。

在这件事上，我的父母可谓煞费苦心，他们尽了一切努力，只为留住我哥哥。他们不能看着他被送进焚尸炉。

一个月后，中国的《活死人法案》修正案（一）出台了，取消了第四章第二十八条“允许特殊人群成为活死人”这一规定，改为“禁止所有公民以任何形式成为活死人”。当然也补充了“将所有要袭击人类的活死人进行人道毁灭”这一条法规。

对于目前没有袭击人类的那部分活死人，修正案规定，暂时保留由于绝症而转化的这一部分活死人。但后面有一个补充——如果这些活死人出现了袭击人类的倾向，便立即执行人道毁灭。

这已经是我父母所能做的最大的努力了。

但这件事情远没有结束，可怕的事情在此之后接踵而来了。

十六

星期天，我和妈妈一起去活死人中心看哥哥。

出了这些事后，这里的气氛明显和以往不一样了，多了几分肃杀之气。刚走到门口，保安（已经不是那个老头了，换成了两个中年男人）居然拦住不准我们进去。我只有向副院长求援，掏出手机来给他打电话。他说，现在是非常时期，基本上不准亲属来探望的。不过对于我们，还是可以破例的，但只能在他全程陪同的情况下才行。

过了一会儿，副院长亲自到门口来接我们。我和妈妈向他表示感谢。副院长带着我们步行到E区，走在路上，我们看到了左侧A区前面惊人的一幕：

几个戴着钢盔和玻璃面罩，手持轻机枪，全副武装的人（不知道是防暴警察还是军队的人），将一串用透明塑料布（那塑料布看起来很厚，而且结实）罩住了头的活死人像驱赶牲口一样押到一辆军用卡车面前，强行将他们赶进后车厢。

看到这些，我们惊呆了，副院长显得有些难堪：“现在你们知道为什么这段时间都不能让亲属进来探望了吧？这里正在执行政府的任务。”

“是处理活死人吗？”我战栗地问道，“这么说，这些都是要袭击人的活死人？”

“有些是，有些是预计以后会袭击人的。根据法规，必须全部处理。”

“这里到底出了多少个‘袭击者’？”我问。

“我们这里算是警觉得很快的。委内瑞拉那起事件之后，我们就立即采取了措施，严格控制所有人与任何一个活死人接触。所以还算好，我们中心没有发生人被活死人袭击的事件。不过我们还是发现了一些蠢蠢欲动的‘袭击者’，都出在A区，可能有好几十个，甚至上百个。”

妈妈微微点着头：“你们的举措很及时，而且有效。”

我望着那些被装进后车厢的活死人：“这些活死人会被送到哪里？”

副院长停顿片刻：“火葬场。”

“他们要被怎样人道毁灭？”

“我认为，你不会想知道。”副院长撇着嘴说。

我倒吸了口凉气：“天哪，该不会就这样把他们直接丢进焚化炉吧？就算活死人没有痛觉，但也太残忍了！”

“不，不，没有你想的这么可怕。”副院长说道，“他们会先被一枪爆头，然后才送进焚化炉。”

我松了口气：“这样还稍微好一些。”

“政府也会考虑到这些活死人的家属的感受。”副院长说。

“他们的家属会来见他们最后一面吗？”妈妈问。

“之前已经见过了。真正执行那天，就不用了。会很残酷。”

妈妈叹了口气：“是啊，很残酷。”接着，她又问道，“必须像驱赶牲口那样将他们装进车里带走吗？有没有更能尊重他们的方式？”

“对不起，没有。真的想不出来。”副院长无奈地说，“我们之前和执行的人探讨了多种方式，但只有这种最保险。您知道，谁也不敢掉以轻心，要是被他们咬上一口，可不是闹着玩儿的。”

妈妈表示理解地轻轻点着头。

“走吧，我们去看您的儿子。”副院长说，“只不过方式会有些改变。”

“什么改变？”

“您知道，现在是特殊时期。恐怕您不能进入房间里去和您儿子接触了，只能在门口看看他。”

“我儿子不会袭击人，他当初是因为患肺癌才变成活死人的。”妈妈涨红了脸。

“我知道，李教授，您别生气。但这个规定是上边下达的，我们只能执行。请您理解。”

“你的意思是，我以后只能以这种方式来探望我的儿子了？”

“当然不会，这是暂时的。等我们做好防护措施，你们就又可以进入房间内了。”

“防护措施？什么意思？”

“这也是上边的规定——所有保留下来的活死人，必须在他们居住的房间里安装铁栅栏和监控器。”副院长停顿了一下，“就是说，以后你们进入房间，只能隔着铁栅栏和洛森见面了。”

妈妈惊呼道：“这不等于是坐牢吗？而且是终身监禁！”

“没办法，这是为了保证来访者的安全。”副院长显得很遗憾，“其实我也觉得这样的规定有些过分，但无能为力。李教授，您是法律专家，也许只有通过您的呼吁，才能使未来的状况有所改变。”

妈妈紧咬着下嘴唇，眉头紧蹙。

我们走进E区。正如副院长所说，我们是特例。整个E区的楼道里除了我们之外没有别人。我们来到哥哥住的502室，隔着门口的玻璃，我和妈妈看到哥哥呆滞地坐在椅子上。我给他买的平板电脑，因为没有工作人员敢进入里面去帮他充电，早就看不了了。哥哥的神情显得很失落。

妈妈看到哥哥的现状，忍不住黯然神伤，眼泪又溢满了眼眶。她将手贴在玻璃上，轻声呼喊：“洛森……”

哥哥的眼睛没有望向门口这边。妈妈轻轻拍了拍玻璃，又喊了一声。哥哥听到了响动，缓缓抬起头来，看见了门口的我们。过了一会儿，他居然站了起来，朝门口走过来。

妈妈显得有些激动——哥哥对她的呼喊有了反应。而我却感到十分诧异。看见哥哥走到门口，和妈妈隔着一块玻璃相望，我心中的惊骇更甚了。

我悄悄将副院长拉到旁边，问道："吴院长，你上次说要研究的那个课题——活死人的进化是否具有普遍性——得出什么结论了吗？"

"我正想找机会跟你谈谈呢。"副院长说，"结论出来了，跟美国学者提出的观点类似——之前患有绝症的活死人，几乎不会进化。也许真的是他们体内的病毒与丧尸病毒达成了某种平衡，从而阻碍或延缓了进化——这实在是一种奇妙的现象。"

我思忖片刻，小声说道："这么说我哥哥也是不会进化或变异的？可我觉得有些奇怪，按理说，他的智力应该保持最初那样的低水平。但刚才我妈妈在门口叫他，他居然走了过来，好像听懂了一样，这怎么可能？"

副院长显得有些困惑："是啊，我也不明白……也许，他并不是认出你们来了，只是看到有人出现而产生的自然反应吧。"

"是吗？你看。"我指着502室的门口。

副院长转过身去，看到我妈妈将手按在玻璃上，而我哥哥也将他的手按到同样的位置，他们的手隔着玻璃贴在了一起，感觉就像是在默默交流。

副院长也显得吃惊了，他摇着头说："我真的不知道该怎样解释。"

"会不会患有绝症的活死人也开始进化了？"我胆战心惊地问。

"如果真是这样的话，那对你们来说真是太糟了。不过，现在还不能下这样的结论，我得再观察一下别的活死人。"副院长迷茫地挠着头，"但我们之前选择的那些研究对象中，没出现这样的情况呀。"

"难道只有我哥哥是特例？"我难以置信地问。

"不一定。有可能是这种状况我们之前没有发现。总之我们会注意这个问题。"

我心里有些矛盾。我不希望他们注意这个问题——假设真是我猜测的那样，就意味着我哥哥也躲不过被人道毁灭的命运了。可是，如果不把这个问题搞清楚，保留下的那些活死人岂不是会成为极大的隐患？

这时，我妈妈扭过头来说道：“吴院长，您能不能再为我们破个例？可以把门打开吗？”

“不行，李教授，这是院方统一的规定，我不敢自作主张。”

“我可以向你保证，我儿子不会伤害任何人。”

副院长显得十分为难：“对不起，李教授，请恕我直言——您什么也保证不了。全世界现在没人敢对活死人的举动做出保证。”

我劝道：“妈妈，别为难吴院长了。他能亲自带我们来看哥哥，已经破了很大的例——按道理，这段时间我们是进不来的。”

“李教授，请您暂时忍耐一段时间。相信我，不会太久的。”副院长说。

妈妈只有作罢。她隔着玻璃和哥哥说了会儿话，才依依不舍地和我们一起离开了。

走到E区门口，工作人员从门卫室里面探出头来说：“副院长，麻烦你请来访者登记一下。”

“哦，差点忘了。”副院长向我们解释道，“非常时期的新规定——原则上是不准亲属探访的。对于特殊的来访者，需要进行登记。”

“真麻烦。”我说。

“是啊。”副院长耸了下肩膀，“没办法。”

我们走进门卫室。工作人员拿出一个登记册。妈妈接过钢笔，问道：“怎么登记？”

“您看前面的人是怎么写的就行了。”工作人员说。

我们大致浏览了一下这个登记册——看来，特殊来访者很少。这个本子上一共也就登记了二三十个来访者的资料。记录得很细致：来访者的姓名；访问的是哪个房间；什么时候来的，什么时候离开；来访的原因，等等。看得出来，活死人中心对此十分慎重。

妈妈简略看了几秒，提笔开始填写。突然，登记册上的一段记录映入我的眼帘——

来访日期：1月13日

来访者姓名：韩布强

访问房间：502室（洛森）

访问时间：下午2:30—3:15

来访原因：探访朋友

我忍不住叫道："韩布强医生两天前来看过哥哥！"

"什么？"妈妈疑惑地抬起头来。我指着那一段来访记录给她看。妈妈看完后，惊讶地说道，"真的，韩主任两天前来过。"

副院长问道："是谁？你们的熟人吗？"

"是当初为我哥哥治疗的肿瘤科主任。"我说，"他怎么会来看我哥哥呢？"

"不知道。"副院长耸耸肩。

我望着妈妈说："这上面写的原因是探访朋友。韩布强医生跟哥哥的友谊有这么深吗？"

"我也不清楚。但是我觉得，他想来看洛森的话，应该事先跟我们联系一下呀。"妈妈说。

沉默了一刻，我忽然想到一个问题："既然规定亲属都不能探访，那韩医生怎么能进来呢？"

"哦，我想起来了。"工作人员说，"你们说的是一个戴着眼镜，个子不太高的四十岁左右的男人吧。"

这段描述符合韩医生的外貌特征。我和妈妈点头道："是的，那就是韩布强医生。"

"你们为什么准许他进入探访呢？这件事情我都不知道。"副院长说。

工作人员说："当时他拿着医院的介绍信，还有许院长（活死人中心的正院长）批准了的探访单，我们就同意他进入了。"

"他只说是来探访朋友，没多说什么？"妈妈问。

"没有。"

妈妈和我对视一眼，我们都对韩布强医生的行为感到不解。

过了一会儿，我猜测道："韩医生既然拿着医院开的介绍信，那他会不会是来了解癌症病人变成活死人后的生存状况的？"

"也许吧。"妈妈低声说。

"你们何不打电话去问问这个医生？"副院长说。

"算了，没这个必要。"妈妈说，"吴院长，我们走了。今天真是麻烦您了。"

"别客气。"

副院长把我们送到大门口，我们再次道谢后，离开了。

就这样，我们忽视了这件事。现在想起来，我真是后悔极了。

对于我妈妈来说，她说的那句"没这个必要"是一个致命的错误。

十七

两个多月后，活死人中心的"防护措施"做好了。保留下来的那批活死人的房间里，全都安装了铁栅栏和监控器。活死人中心这个名字或许应该改成活死人监狱。在这一段时间里，这里的活死人有接近一半被人道毁灭了，非常时期随之结束。

妈妈又恢复了去活死人中心的频率——一周三四次。她无法再像以前那样，和我哥哥坐在一起，抚摸着他的手和脸庞了。如今，她只能隔着铁栅栏对我哥哥说话。这些铁栅栏让本来就是两个世界的人相距更远。

但是，妈妈却一直在试图拉近这段距离。身为母亲的慈爱和期许令她放松了戒备，从而忽视了活死人中心的规定。

最终，悲剧酿成了。

我现在已经在读大二下学期了，一个下午，我接到了爸爸打来的电话。他的声音近乎虚脱，告诉我的事情犹如晴天霹雳：

"洛晨，**你妈妈……在活死人中心看望你哥哥的时候，被你哥哥……咬了。**"

我脑子里嗡的一声就炸了，整个世界开始天旋地转。我在恍惚中听到爸爸说了句“我在活死人中心，你也赶快过来吧”。

我像发了疯一样赶到活死人中心。在特殊病房里，爸爸、副院长守在妈妈的病床前，他们看到我来了，默默地离开，让我走到妈妈身边。

妈妈现在昏迷不醒，我看到她的右手缠着绷带。我颤抖着问道：“是这只手被哥哥咬到了吗？”

“是的。”副院长悲哀地说。

“怎么会呢？房间里不是有铁栅栏吗？我妈妈怎么会被咬到呢？”我大喊道。

“房间里的监控录像记录下了一切。洛晨，我可以带你去看。”副院长说。

我跟着他走到E区的监控室，副院长叫工作人员调出两个小时前的监控录像。我的眼睛死死地盯着屏幕。

妈妈和哥哥面对面地坐着，铁栅栏阻隔在他们之间。开始，妈妈只是跟哥哥说着最近家里发生的一些事，哥哥并没有什么反应。但过了一阵，他有了一些举动。

哥哥站起来，将手臂伸出铁栅栏，向妈妈伸展，仿佛期待与她接触。妈妈愣了几秒，随之喜出望外，她欣喜地喊道：“洛森！”

妈妈伸出右手，握住了哥哥冰冷的手，两只手紧紧地抓在一起，随后十指紧扣。妈妈看见哥哥第一次表现出想要主动与她接触，感动得热泪盈眶。但十几秒以后，意想不到的状况发生了。

哥哥抓着妈妈的手猛地一拖，将那只手连同妈妈一起扯到了自己面前。妈妈好像意识到了什么，眼睛里露出恐惧的神色，但是来不及了，哥哥张开嘴，狠狠地咬了下去。

“啊——！”妈妈发出惊恐的嘶喊，“不，洛森！不！”

几秒钟过后，房间的门被猛地推开了，两个工作人员闯了进来，一齐抱住妈妈的身体，将她往回拖。终于她的手从哥哥的嘴下脱离出来，但是手背的一大块皮被撕了下来，鲜血淋漓。

我看不下去了，对副院长说：“够了，关掉吧。”

“洛晨，我很抱歉。”副院长带着歉意说，“如果我们安排一个工作人员守在你妈妈身边，就不会发生这样的事情了。但她来了很多次，我以为她早就清楚我们这里的规定了——是绝对不能跟活死人有任何身体接触的。没想到她一激动，就……”

我脑子里一片混乱，我不想追溯这些发生过的事了，我只关心眼前最现实的问题：“副院长，我妈妈……她还有救吗？”

“你是说，她能不能避免变成活死人？”

“对……”我恐惧极了，我害怕听到这个答案，但我还是听到了。它令我掉进了绝望的深渊。

“很抱歉，洛晨。”副院长再次表示歉意，尽管他根本没什么错，“所有被活死人袭击过的人，无一例外，都会在几个小时之内……变成活死人。”

“几个小时……”我仿佛灵魂出窍了。我听见我机械地重复着，“几个小时之后，我妈妈就会变成活死人了……”

副院长没有说话。我望着他，几秒钟之后，我浑身抽搐，捂着脸哭起来。

副院长将手搭在我的肩膀上，悲伤地叹了口气。我想，他跟我一样，意识到了这起事件所形成的悲剧效应——很显然，我哥哥肯定会被人道毁灭了。而更可悲的，是即将变成活死人的妈妈，她身体健康——别说是绝症了，连阑尾炎都没得过——这意味着，她最终也会迎来和我哥哥一样的命运。上帝啊，我的至爱亲人，眼看着就要失去两个！我胸中的刺痛在不断加剧，我从没体会过这种天都快塌下来的感觉。

“为什么……”我泪流满面地望着副院长，“我哥哥当初得了癌症，他为什么还会变异，或者说是进化？他为什么会袭击我妈妈？”

面对我一连串的问题，副院长显得有些欲言又止。他迟疑了好一阵，对我说：“洛晨，有些事，我本来是打算弄清楚后再告诉你的。但是现在出了这种事，我想有必要告诉你……和你的爸爸。”

我们回到特殊病房。爸爸仍守在妈妈床边，双手撑住额头，我能感觉到他正忍受着痛苦的煎熬。而副院长接下来所说的事，几乎要了我们的命。

“洛教授，还有洛晨，”副院长郑重其事地说，“我不得不把一些事情告诉你们。”

爸爸缓缓抬起头来，满脸憔悴地望着副院长。

“几个月前，由于我跟洛晨谈到了一个问题——患有绝症的活死人是不是也会进化。其实，这个问题的起因就是洛森所表现出来的一些反常举动。之后，我组织了医生来检查洛森的身体，主要是想了解癌细胞和肿瘤有没有在Solanum病毒的影响下减少或产生变化。

“医生带来了小型的三维X光机，对洛森的身体——尤其是肺部进行了仔细的扫描，结果……有令人吃惊的发现。”

副院长停了下来，咬着嘴唇，显得有些难以启齿。爸爸凝视着他：“什么发现？”

过了好一会儿，副院长才一字一句地说道：**“我们没有在拍出来的X光片中看到洛森的肺部有肿瘤。”**

病房里的时间仿佛凝滞了，好像理解这句话的含义对我和爸爸来说是一件非常困难的事。半分钟后，爸爸问道：“什么意思？仪器出错了？”

“不，三维X光机很正常，我们后来测试过多次。”

“那是怎么回事？”我的头脑麻木地转动着，“Solanum病毒真的能令肿瘤减小或……消失？”

“我们一开始也有这种疑问。但是，后来挨着给好几个有癌症的活死人进行扫描，发现他们体内的肿瘤都仍然存在。所以，我们只能认为……”

他说不下去了。

我爸爸从座椅上站了起来，眼睛几乎都要瞪裂了：“你们的结论到底是什么？”

副院长终于艰难地说出口：“我们认为，洛森当初的诊断结果会不会出错了？他真的患了肺癌吗？”

“当然是真的！”爸爸失控地大叫道，我从没见过他这副模样，“我仔细看过他的诊断报告，还有当时拍的X光片，那上面清清楚楚地显示肺部的确有肿瘤！这怎么可能出错？”

“洛教授，您别激动。我想，您可以找当初给洛森诊断和治疗的医生问个清楚。”副院长像是有所暗示，“据我所知，两个多月前，他到我们这里来看过洛森一次。”

爸爸愣住了，他瞪大的眼珠在眼眶内转动了几下，似乎想到了什么可怕的事，全身颤抖起来。他一句话不说，冲出了病房。

“爸，你要到哪里去？”问出这句话，我觉得自己简直像个白痴。他还会去哪儿？肯定是去医院找韩布强医生！我着急起来，冲爸爸的背影喊道，“爸！妈妈……你不陪着她吗？”

“不，洛晨。”副院长走过来快速地说道，“即使你爸爸不去找那个医生，我也不会同意你们一直守在这里，眼睁睁看着你妈妈变成活死人。她会在极度痛苦中死去，然后……总之十分残酷，没有人能亲眼面对至爱的人经受这样的过程。所以，你还是赶紧追上你爸爸吧，别让他做出什么过激的事！”

我的头脑无比混乱——听他这样说，好像已经能肯定这是怎么一回事了。天哪，如果真是这样的话……那简直太可怕了！我不敢细想了，奋力朝爸爸追赶过去。

十八

爸爸开的车猛地拐到医院门口，这一路上，他几乎忽略了所有规章，像发了疯一样疾驰而来。我在他的旁边，没有说话，也没有劝阻。我和他的心中都有着同样的一个恐惧的猜想，必须立刻得到证实。

“砰！”的一声，爸爸推开肿瘤科的大门，大声喊道：“韩布强呢？”

办公室里有几个医生走了出来，其中一个认出了爸爸：“您是……洛传铭教授？您找韩主任吗？”

“对，他在哪里？”爸爸压着怒火问。

“韩主任这两天请假，没有来上班。”

“为什么要请假？”

“他的妻子死了。”那医生遗憾地说，“肿瘤主任也没有办法留住自己妻子的性命。”

爸爸听出了些什么：“他妻子是怎么死的？”

“肺癌。”

这两个字像炸弹一样在我们的头脑里爆开了。一瞬间，我和爸爸似乎都意识到了这是怎么回事。

“韩布强家里的座机号码是多少？”爸爸咬牙切齿地问——我们刚才打了他的手机，关机了。

那医生好像察觉到我们来者不善，警觉地问道：“洛教授，您找韩主任有什么事吗？”

爸爸贴近那医生的脸，鼻子对着鼻子，一字一顿地重复道：“告——诉——我——韩——布——强——的——座——机——号——码。”

他吓着了，说出一串数字。

爸爸立刻用手机打了过去。

过了好一阵，电话才被对方接起来。爸爸愤恨地说道：“韩布强，我是洛传铭。你知道我找你干什么。”

我贴近手机，听到另一边沉默了一阵，好像意识到发生了什么事。他什么都没多说，直接告诉我们：“我的家在紫竹桥的……你来吧。”

爸爸掐断电话，脸色铁青地离开肿瘤科。

三十多分钟后，我们开车到了韩布强家的楼下，并很快来到了他家门口。房门是打开着的——他已经为我们的到来做好准备了。

我们径直走进客厅，看到了坐在沙发上的韩布强。他斜靠在沙发靠背上，衣衫不整，一双眼睛无神地注视着我们。他面前的玻璃茶几上，横七竖八地摆放着几瓶上等的洋酒——现在只剩空酒瓶了。我特别注意到，茶几上还有一个空的小玻璃瓶和一支注射器。

真正面对韩布强之后，爸爸反倒没有我想象的那么冲动了。他慢慢移到这个颓废的男人面前，盯着他问道："你已经没有什么好辩解的了，是不是？"

"没错。"韩布强双手一摊，爽快地回答道，"我早就料到会有这一天的，我知道最终还是瞒不过你们。"

一股血涌上我的脑门，令我眼前出现一层红幕。我不敢相信他竟然承认得如此坦然，就好像他做过的事仅仅是摔碎了一个瓷瓶而已。我捏紧拳头，想冲上去将茶几上的空酒瓶砸在他头上。但爸爸把我的手抓住了，我感觉到他的手在剧烈颤抖，我知道他在拼命控制自己。他问道：

"这是一个彻头彻尾的阴谋，对不对？令我儿子变成活死人，就能使我变成支持活死人的一方，从而使《活死人法案》呈现出你们想要的倾向——你为谁做事？"

"就是这样一回事。"韩布强说，"但《活死人法案》什么的，我一点儿都不关心。我不是为他们做事，我只是看上了他们答应我的条件。"

"'他们'是谁？"

"你们还想不到吗？"他说，**"驯鹿组织。"**

我和爸爸张口结舌。我们没有想到，这个以前只在新闻里看过的驯鹿组织，居然早就渗透到了中国，甚至渗透到了我们家。我的家人竟成为他们为达到目的而阴谋算计的对象！

"他们答应给你多少钱，让你这个医生出卖了自己的灵魂？"爸爸鄙夷地说。

"不，我不是为了钱。我是为了救我的妻子，为了她，让我做什么都愿意。"韩布强耷拉着脑袋，眼神空洞，"她得了肺癌，我知道，没有任何办法能留住她的性命——**除了冒险进行肺移植**。但合适并匹配的肺全世界都难找。驯鹿组织答应我，只要我帮他们达到目的，就能找到适合我妻子进行器官移植的肺，让她到国外进行手术，之后再让我们远走高飞……"

说到这里，韩布强苦涩地干笑了两声："可惜的是，我想得太天真了。我早该知道，肺移植手术在全世界范围来说，都尚不成熟。结果，我妻子的手术失败了，她死在了手术台上。"

"这么说，你给我们看的所有关于洛森的检查报告、病历资料，包括X光片，都是经你偷梁换柱后，你妻子的？”

韩布强垂下头去，默认了。

“那么，我儿子当时出现的那些症状……到底是怎么回事？”

“洛森得的是肺结核，不是肺癌。两者的早期症状有些相似，所以……”

“所以能让你们有机可乘！”爸爸满脸涨得通红，痛苦地咆哮着，“我儿子只是肺结核，是完全能够治好的，结果被你这个狗娘养的说成肺癌！让他去接受化疗，折磨他！最后还把他变成了活死人！”

爸爸再也控制不住了，他冲上前去扯住韩布强的衣领，拳头带着满腔愤怒一记一记砸在他的脸上：“现在，我妻子被变成活死人的儿子咬了，她也会变成活死人！你这个人渣！我们一家就这样被你毁了！”

如果不是因为我还保持着最后一分理智的话，恐怕我也会冲上去，和我爸爸一起将韩布强当场打死。但我忍住了，为了不使爸爸为此付出代价，我将他拖开了。

韩布强被我爸爸揍得鼻青脸肿、皮开肉绽，像只死狗一样瘫在沙发上，喘着粗气。“打吧。”他像个无赖一样说道，“让我最后体会一下疼痛的滋味。很快，我就永远不会有痛楚了。”

“不管你们相不相信，我一直为我做的这些事感到内疚。我今天之所以能面对你们，是因为我认为我已经惩罚自己了，就当作是向你们赔罪吧。”他有气无力地指着茶几上的小玻璃瓶和注射器，“这是当初给洛森找的含有Solanum病毒的血清，我留了一些，大概是预感到会有这一天吧。在你们来之前，我已经注射到自己的身体内了。”

爸爸冷漠地望了他几眼，对我说：“洛晨，我们走吧。”

我望着那支空注射器：“他说的是真的吗？”

“那已经不重要了。”爸爸说，“你看他那副样子，现在就已经是一个活死人了。”

爸爸没有再望向那死狗般的男人，径直朝外走去。

我们回到活死人中心，从副院长的口中得知，妈妈已经变成活死人了。副院长说，她并没有受太多的苦，在昏睡中死去，然后变成活死人。我觉得他是为了安慰我们，但我愿意相信他说的，哪怕是谎话。

妈妈住进了E区，在哥哥的楼上。几天之后，韩布强也住进来了。副院长考虑到我们的感受，将他安排到D区。他知道我们不想看见这个活死人。

我和爸爸几乎每天都会去看妈妈和哥哥，我们知道，他们留在这世界上的时日不多了。我们珍惜和他们在一起的每分每秒。

十九

发生在我们家的这起悲剧事件，经媒体曝光，成为震惊全国的热点新闻。我和爸爸没有对任何人讲过这件事，但神通广大的记者还是将事件始末弄得一清二楚。

这起事件令人们感到震惊的有三点：

第一，著名法律学家李元琴被活死人儿子攻击，并且自己也变成了活死人。

第二，肿瘤科主任为了医治自己的妻子，竟然与驯鹿组织勾结，欺骗病人及其家属，以达到自己的目的。

第三，驯鹿组织作为此事件的始作俑者，其阴险卑鄙的手段令人发指。这种组织显然是不合法的。

一个星期后，政府将驯鹿组织正式定性为非法组织，要求查处、拘捕驯鹿组织在国内的头领和相关成员。

不久，驯鹿组织的行径再次曝光，其不法行为可谓变本加厉、不断升级——某地活死人中心的院长，被驯鹿组织买通，将本来要实施人道毁灭的十四个活死人秘密运输出境。不久，事情败露，该院长被捕，但被运走的十四个活死人和驯鹿组织成员却杳无音信、不知所终。

被捕的院长接受审问时说，并不清楚驯鹿组织将这些活死人带走的目的。这回答令人不安，使人们对此衍生出各种猜测。有人说，驯鹿组织是由一些疯子组成的反社会分子，他们要从这些活死人身上提取Solanum病毒，用于制造混乱；也有人说，驯鹿组织是国外军方的秘密情报机构，他们的目的是想利用丧尸病毒制造生化武器；更有人表示，驯鹿组织就是新的国际恐怖组织，这些被带走的活死人将被改造为极具攻击性和破坏性的恐怖袭击者，伺机对某些国家发起进攻或偷袭。

一时间，关于驯鹿组织的所有话题使得人们惶惶不安、忧心忡忡。

在人们谈论驯鹿组织以及发生在我们家的事情时，我和爸爸度过了一生中最为艰难的时期。我们既要忍受失去亲人的悲痛，又要想方设法避免被周遭的人（包括记者）问及此事。对于别人而言，驯鹿组织只是一个社会热点；但对我们来说，这是一场灾难和永远的致命伤。我和爸爸都变得沉默寡言、敏感而阴沉了。正如他所说，我们这个幸福的家庭被彻底摧毁了。很长一段时间，我们家里没有任何欢笑和生气。我甚至不敢和朋友和同学联系，总是一个人待在图书馆或房间里，默默舔舐心灵的伤口。

我本来以为，我会一直这样下去。但随后发生的一件事，令我再次遭受如雷轰顶的打击，我心中愈合了一些的伤口被再次撕裂了。

那是一则电视播报的新闻：

“根据被捕的驯鹿组织成员透露，以及之前掌握的材料，公安部现在已经正式确认驯鹿组织在中国大陆的部分领导者名单，以及相关资料，立即对以下驯鹿组织领导者发出A级通缉令……”

看这则新闻的时候，我一个人在家里。当介绍到驯鹿组织的一个领导者时，我呆住了。

“驯鹿组织在中国大陆的头领中，最具隐蔽性的是一个年仅十九岁的男孩，名叫冯伦（电视里出现了冯伦的照片）。此人十三岁时加入驯鹿组织，几年之后成为隐藏在国内的驯鹿组织高级干部。目前已逃往国外，下落不明……”

后面电视里说了些什么，我都没听到。我的脑子里只有嗡嗡的声音。

我敢肯定，足足有五分钟，我坐在原地纹丝不动，几乎变成了没有呼吸和心跳的石雕。

没有停止运转的，只有我的大脑。一系列往事像电影片段般浮现在我眼前——冯伦约我去哈根达斯吃冰激凌；书店老板在我们面前被活死人中心的人带走；副院长询问我们的情况，之后带着我们进行“实践性体验”；我告诉父母，活死人的生活状况很好，帮助他们做出了让哥哥变成活死人的决定……

上帝啊。

我情不自禁地捂住了嘴，感到阵阵眩晕。

这个时候，我才算是彻底明白了这是怎么一回事。

这个局，竟然设得这么大。

我突然想起了很多事：冯伦是一个不折不扣的丧尸迷，他对我说过的，他希望生活在丧尸的世界里；而且他早就告诉过我，他以后要到国外去——看来，他早就计算好有这一天了。

天哪，我这个白痴——我猛然想起——我和冯伦很久都没有联系了，我居然没发现这有什么不对！他不可能不知道关于我们家的事，而他居然没给我打个电话！我怎么没意识到这太不正常了呢？

这个利用了我的人，设计将我的哥哥和妈妈变成活死人的人，毁坏我们整个家庭的人——竟然是被我视为最好的朋友的人。

我心中淌出的血凝结在胸口，被出卖和利用的感觉令我遭受到一阵撕心裂肺的剧痛。这时，我想到了另一个问题——活死人中心的副院长，他也是这个连环局中的一环吗？

我必须找他问个清楚，当面对质，如果他和韩布强是串通一伙的，我要和他拼命。

我狂奔出门，打车疾驰到活死人中心。

门卫要求我出示探望证，我心急火燎地赶过来，根本没带这东西，只能故技重演——给副院长打电话，反正我要找的就是他。但电话里的提示音告诉我，这个号码已经停机了。

我怅然若失地呆站在原地。那门卫盯着我看了一阵，问道：“你是不是叫洛晨？”

对于他能叫出我的名字，我并不感到奇怪，我到这里来过很多次了：“是的。”

“吴院长留了一封信给你。”门卫从屋里拿出一个信封，交给我。

我愣愣地问道：“留给我？他到哪里去了？”

“一个多星期前，吴院长辞职了。他临走之前把这封信交给我，让我转交给你。他知道你一定会来找他——喏，我的任务完成了。”

我撕开信封，将那封信拿出来。

信的内容如下：

洛晨，我知道你迟早会来找我的，所以留下了这封信。我想把一切都解释清楚，希望得到你的原谅。

我相信，现在你已经大致明白你所经历的是怎样一回事了。没错，我和冯伦都是驯鹿组织的成员。但你可能想不到，冯伦是我的上级，我必须服从他的安排。当初那个把你引诱到活死人中心来的计划，是他一手策划的，我只是配合着执行。不过请你相信，我不知道他的整个计划，我以为他只是想以这种形式来让你了解活死人的现状，然后回去影响你的父母而已。我没想到这只是一部分，后面还有这么可怕的阴谋。

除此之外，还有很多是我一开始不能预料的。我没想到你有如此聪慧和敏锐的科学感官，我会和你如此谈得来，和你在一起探讨的时候我感到非常快乐。我真心地把你当作朋友和一个交流伙伴。

后来，当你提到你哥哥发生变异的时候，我开始猜到冯伦的整个计划是怎么回事了，所以组织医生来进行确认——事实证明我的猜测是对的。这个可怕的阴谋令我感到不安，我活在自责和内疚之中。接着发生了更意想不到的事——你妈妈被你哥哥袭击了。我终于忍不住暗示你们去找韩布强。希望你们能借此了解真相。但我的这种做法，等于是背叛了驯鹿组织，组织里的人不会放过我的。所以我只有离开这里，躲到一个隐秘的地方去。

整件事的过程就是这样。作为朋友（哪怕是我单方面这样认为），我想提醒你的是——据我了解，驯鹿组织想创造一个活死人的世界，他们这样做的动机我不得而知。但我敢肯定的是，驯鹿组织的头领和成员绝不是一群疯子或单纯的反社会分子这样简单。他们对活死人热衷和掌控的背后，一定隐藏着一个恐怖而惊人的秘密。

我自己不是一个邪恶的人。我当初加入驯鹿组织，只是因为对活死人感兴趣，没想到后来会被迫做出这样的事。而冯伦——可能你现在对他恨之入骨。但我确实不知道，他对你做出这样的事，究竟是他本人的意愿还是他也受到了来自上级的压力。凭我的感觉，他尚未彻底泯灭人性。他曾多次对我说，要特别关照你哥哥（他当时没想到你妈妈也会遭此劫难），并且他强调过很多次，要确保你的安全，因为你是他的朋友。

洛晨，我无颜向你道别，或说出再见一类的话。我只希望，你的未来掌握在自己手中。

我将信撕得粉碎，和我的眼泪一起丢进风中。

尾声

两年之后，我大学毕业了。我放弃了继续读研究生和出国留学的机会，加入到对抗驯鹿的国际组织。我实现了当初许下的愿望——如果我没有变成活死人的话，我愿意服务于全人类。同时我发誓，哪怕用尽一生，我也要找到冯伦。

如今，我没有任何后顾之忧——爸爸退休了，在一个世外桃源般的山庄里过着不被人打扰的幽静生活。而我已经没有任何一个活死人亲人，妈妈和哥哥都不在这个世界上了。

现在世界上没有大批主动想变成活死人的人，人们摈弃了期望转换成另一种生存形式，从而达到“永存”的不切实际的想法。

没有什么是亘古不变的，我们的救赎还有很长一段路。

人类犯了一个大错，又回到原点，终究回归了“人”的本性。

但一切并未因此停止。

驯鹿组织还在进行着他们不为人知的恐怖计划。

那些被秘密隐藏起来的活死人还在继续进化，不停地进化。

未来会发生什么样的事，没有人知道。

我和关于活死人的故事还没有结束，它会一直持续到下一个世纪。

（第六个故事完）

龙马的故事讲完了，大厅里暂时没有人说话，似乎大家都陷入了深思。正如龙马之前所说，他希望大家关注故事的内涵和深意，很明显他做到了，这个故事带给大家的，除了回味，还有思考。

几分钟后，夏侯申轻轻鼓掌，一边摇头一边赞叹道："我必须承认，这个故事令我深深折服。现在的后起之秀确实不简单。我们这些老家伙也该向你们学习了。说实话，我那篇'谜梦'，简直不能和你这个故事相提并论。"

夏侯申的高度赞扬令龙马感到不好意思，他的脸微微泛红，说道："夏侯先生，您言重了。"

"你不必谦虚，我也认为这是个非常好的故事。悬疑惊悚故事中，像这种内涵丰富，又具有思想深度的作品，绝对当属精品。"荒木舟也不吝赞美之词。

两位前辈都做出了如此高的评价，北斗这种毛头小子就更是兴奋得不能自已，他不断地搓着手说："能跟你们这些悬疑高手学习，真是令我获益匪浅！"

南天也感受到了一种前所未有的压迫感——龙马的故事带有某种侵略性，它威胁到了在场的所有人——这个故事无疑是目前最好的，后面的人所讲的故事能不能超越它，成了一个共同的难题。

这时，南天忽然想起了那个“主办者”所说的话——**假如最后胜出的那个人恰好是我的话，那你们剩下的人一个也别想活着出去。**

如果龙马不是主办者，那他这个精彩的故事显然也对那个主办者构成了压力。但如果恰好就是他的话……

南天的后背冒起一股凉气。但很快，他体内的血液又沸腾起来，将砭骨的身体烧热了——**我是最后一个讲故事的人，我是“守关”的。**不管怎么说，只要我的故事能超越前面所有的人，那个混迹其中的主办者就别想赢！

“我们是不是可以开始打分了？”克里斯看了一下手表，“快十一点钟了。”

北斗去柜子里拿出纸笔分发给大家。在打分之前，白鲸迟疑了一下，继而坦诚地对龙马说道：“不管你是不是主办者，我都会给你一个高分。如果我们后面的故事没能超过这个分数的话，我也认了。”显然，他和南天想到了同样的问题。

听白鲸这样说，龙马显得有些尴尬和不自在。这句话既是对他的褒扬，又是对他的怀疑，令他不知该做出何种回答，只有缄口不语。

平均分由南天和北斗一起统计出来了——果然是一个目前为止最高的分数——9.2分！

“感谢各位对我的肯定。”龙马站起来，诚恳地向众人道谢。这时，他注意到坐在自己对面的暗火脸色铁青，浑身颤抖，仿佛想到了什么可怕的事。他问道：“你怎么了，暗火？”

暗火猛地打了一个激灵，仿佛被叫到名字都能吓他一大跳。现在，大厅里的人都望向他。他抬起头来，神情骇然地盯着众人，好半晌后，吐出一句话来：**“龙马的故事，真的给了我一个‘启示’。”**

龙马微微皱了下眉头，好像预感到了什么不好的事。他试探着问道：“什么启示？”

“我……”暗火一时不知该从何说起，他顿了片刻，“昨天晚上，我听到了那奇怪的脚步声。”

“什么？”歌特惊异地问道，“那今天早上我说起的时候，你怎么不说？我还以为只有我一个人听到了呢。”

暗火没有理睬歌特，继续说道：“我不但听到了，我还打开门来看了……”

众人都瞪大了眼睛。千秋紧张地问道：“你看到那是谁了吗？”

暗火的思绪又回到了昨晚那恐怖的一刻，他竭力压下自己的恐惧：“没有，光线太暗了，我看不清那个人是谁。况且我只看到他的背影，和他穿的衣服……”

他又停了下来。千秋焦急地催问道：“然后呢？”

“那背影和衣服让我有种熟悉的感觉。今天一天，我都在试图找出那个人是谁。但是谁都不像。直到我听了龙马讲的故事后，突然受到了启发……”说到这里，他深吸一口气，左手紧紧地抓进手臂里，他的心脏也在同时揪紧了，“我想起来那背影和衣服是谁的了……”

旁人敛声屏息，目不转睛地盯着他。

“那个人是……已经死了的尉迟成！”他失控地叫道。

房子里的温度仿佛一下子下降了十度，不管暗火说的是否属实，这句话所带来的恐怖效应令每个人都感到寒意砭骨。

好几秒后，荒木舟喝道：“荒唐！尉迟成已经死了好几天了，怎么可能出来走动？难不成你想说这里真的闹鬼？”

“不，那不是鬼魂！”暗火大声叫道，“我敢肯定，那是一个实体！”

他不说那是一个“人”，却说是一个“实体”，让人感到他话里有话，但一时又不明白具体是指什么。

龙马听出来了，他眼神凌厉地盯着暗火，说道：“你刚才说，是从我的故事中获得了启示。然后又说昨晚看到已经死了的尉迟成出来走动——暗火，你到底什么意思？你不会是想说，尉迟成变成了活死人，我的故事因此与现实重叠，从而犯规了吧？”

“我不是这个意思。”暗火迎着他的目光，“我只是把我看到的实情说出来而已。之前，我完全没有考虑已经死去的人。但听了你的《活死人法案》后，我突然想起来，那个背影和那件衬衣，就是尉迟成的！”

“你既说不是这个意思，又把这个意思说得更明显了。”龙马两眼眯了起来，“其实，我倒真的希望你不是这个意思。否则的话，我只能理解成——你是在故意陷害我，而且用的是如此拙劣的方法！”

“如果你不相信我说的，可以现在就到尉迟成的房间去，看看他穿的是不是……”暗火停了下来，意识到了什么。

“你也发现你所说的站不住脚了？”龙马讥讽道，“只有你一个人看到了那个所谓的‘背影’，你想说是谁都可以。只是将它安插到一个死人身上，真是可笑到了极点。”

看到暗火没有说话，龙马进一步说道：“现在，我不得不怀疑你这么做的用心——或者说明白一点儿吧，我怀疑你的真实身份。”

没等龙马说完，暗火猛地站起来。龙马下意识地向后退了一步。但暗火并没朝他走去，而是快步走上楼梯。几秒钟后，南天反应过来，自语道：“他要到尉迟成的房间去！”

这话提醒了众人。纱嘉惊恐地捂住了嘴，歌特捂住鼻子，露出骇然的神情：“尉迟成已经死了好几天了，他的尸体早就……”

南天略微迟疑，随即快步朝暗火追去。荒木舟、夏侯申和北斗、克里斯紧跟其后。

暗火果然如大家猜测的那样，走到尉迟成的房间，深吸一口气，猛地将房门打开。

他像雕塑一样立住了。

后面的南天等人感到事情有异，慌忙赶过来，当他们看到尉迟成房间内的景象后，全都愣住了。

房间里尉迟成的尸体不见了！

这时，龙马、莱克、白鲸、纱嘉等人也上楼来了。他们看到空空如也的房间，一齐瞪大了眼睛，显得惊骇无比。

“这是怎么回事？”夏侯申张大嘴巴，难以置信地问道，“尉迟成的尸体哪儿去了？”

暗火转过头来，骇异地望着众人："现在，你们相信我说的了吗？"

"不！这不可能！"龙马气急败坏地喊道，自从进入这里以来，他从没表现得如此失控，"别指望我会相信这种荒唐的事情！我那篇《活死人法案》只是一篇虚构的小说。现实生活中，怎么可能真的有死人复活这种事！"

南天忽然想到一个问题："暗火，你说昨晚看到的背影就是尉迟成的。那么，你有没有看到他走到什么地方去了？"

暗火的思绪回到了昨晚那恐怖的一刻，他打着寒战说："这正是可怕的地方……我看到他走到一处阴暗的角落，然后就……消失了。"

众人对视着，感到匪夷所思。而这时，克里斯走进了尉迟成的房间，他眼睛一亮，在尉迟成被害的那座沙发上发现了一样东西。他低声喊道："你们来看，这里有一张纸条。"

所有人都涌了进来。克里斯将那张他们每天用来打分的纸小心地拿了起来，但上面的文字却不是用签字笔或圆珠笔书写的，而是已经风干的鲜血——

"我终于知道了，只有死人才能离开这里！"

这一张血纸，看起来就像是来自地狱的请柬，所有人都震惊得呆若木鸡，浑身发冷。

又一个谜团产生了。南天倒吸一口凉气。

已经过去六天了。

还有八天的时间。

我们能解开这所有的谜吗？

（《必须犯规的游戏》第二季完，敬请期待第三季）